용마검전

FANTASY FRONTIER SPIRIT

김재한 판타지 장편 소설

용마검전 3

김재한 판타지 장편 소설

초판 1쇄 찍은 날 § 2014년 11월 12일
초판 1쇄 펴낸 날 § 2014년 11월 19일

지은이 § 김재한
펴낸이 § 서경석

편집부장 § 권태완
편집책임 § 박은정
디자인 § 신현아

펴낸곳 § 도서출판 청어람
등록번호 § 제387-1999-000006호
등록일자 § 1999. 5. 31
어람번호 § 제1-1981호

주소 § 경기도 부천시 원미구 부일로 483번길 40 서경B/D 3F (우) 420-822
전화 § 032-656-4452 팩스 § 032-656-4453
http://www.chungeoram.com
E-mail § chungeorambook@daum.net

ⓒ 김재한, 2014

ISBN 979-11-316-9287-5 04810
ISBN 979-11-316-9234-9 (세트)

CONTENTS

魔龍劍展

1

　루레인 왕국의 왕도 루레디아.

　나딕 제국 황혼기에 독립국가로 우뚝 선 후, 루레인 공작은 초대 국왕이 되면서 자신이 기거하던 루레인 성을 왕성으로 삼았다. 그 후로 한 나라의 왕도다운 위엄을 갖추기 위해 증축을 거듭한 끝에 지금은 초기보다 훨씬 웅장하고 아름다운 도시가 되었다.

　그 왕도에서 한 무리의 병력이 밖으로 나와 있었다. 기사 스무 명과 마법사 세 명, 그리고 치유술사 두 명으로 이루어진 무리로, 정찰이 목적이라고 보기에는 어려워 보이는 구성이었다.

　왕도를 나와 하룻밤을 야숙한 그들은 슬슬 목적지를 앞에 두고 있었다.

일행을 이끄는 중년의 고참 기사가 말했다.

"오후까지는 문제없이 공주님 일행과 합류하겠구려."

"그렇겠지요."

"개인적으로는 기대가 크오. 용검공작께서 무슨 바람이 부셔서 나오신 건지 모르겠지만……."

"저도 그렇습니다."

대답하는 기사만이 아니라 다들 같은 기대감을 공유하고 있었다. 말은 안 하지만 '용검공작'이라는 말이 나오자 눈빛이 초롱초롱해진다.

이들은 왕도에서 용마공주 아리에타 일행을 마중하기 위해 보낸 일행이었다. 그동안 그녀를 납치하려고 시도한 불온한 무리가 있었다는 소식을 듣고는 충분히 호위가 될 만한 인력을 꾸려서 보낸 것이다.

아리에타는 딱히 이런 마중을 바라지는 않았다. 슬슬 왕도가 가까워 오자 무사히 도착할 거라는 소식을 넣는 김에 그동안의 일을 간략하게 보고했을 뿐이다. 하지만 왕실 입장에서는 기겁할 수밖에 없었다.

쿠구구구궁……!

"음?"

느긋하게 말을 달리면서 잡담을 나누던 이들의 표정이 굳었다. 먼 곳에서 폭음이 들려왔던 것이다.

쿠우우웅……!

그것도 한 번으로 끝나지 않고 연이어 울려 퍼지고 있었다. 고참 기사가 물었다.

"무슨 일인 것 같소? 근방에 이런 훈련을 할 만한 부대가 있던가?"

어느 곳이나 마법을 이용해서 병력을 훈련한다. 그러다 보니 지나가다 보면 이런 폭음을 들을 일도 있었다.

마법사가 대답했다.

"잠시만 기다려 주시지요."

그가 멀리보기 마법을 사용했다. 폭발의 진원지가 멀리 떨어져 있어서 자세히 살피기는 무리지만 대략적인 상황은 알 수 있으리라.

곧 마법사의 안색이 변했다.

"군의 훈련 상황이 아닙니다. 대로변에서 일어나는 일입니다."

"이런! 설마 공주님 일행인가?"

그렇다면 자신들이 맞이하러 가는 아리에타 일행이 또다시 적의 습격을 받고 있는 것일지도 몰랐다. 고참 기사가 외쳤다.

"모두 전속력으로 달린다!"

"예!"

그들은 전속력으로 말을 질주시켜서 폭발의 진원지로 향했다. 그러는 동안에도 폭음은 계속 이어지고 있었다.

콰쾅……! 쾅……! 콰아아앙……!

격렬한 전투가 벌어지고 있음을 알 수 있는 소리였다. 거리가 가까워지니 그곳에서 폭발하는 강렬한 마력 파동에 감각이 저릿저릿해졌다.

'도대체 누구와 싸우고 있단 말인가?'

고참 기사는 바짝 긴장했다. 그는 쿼드로플 마스터였지만 저곳에서 폭발하는 힘은 그가 감당할 수 있는 수준을 넘었다.

하지만 허겁지겁 현장에 도착한 그들은 아연해할 수밖에 없었다.

"공주님?"

폭발에서 좀 떨어진 곳에 두 사람이 서 있었다. 그중 한 사람은 긴 백발에 노을빛 눈동자를 가진 아름다운 소녀, 용마공주 아리에타였다. 그녀는 어린 시녀를 옆에 데리고 느긋하게 상황을 관전 중이었다.

"음? 베랑 경 아닌가?"

아리에타가 고참 기사를 알아보고 의아해했다. 급히 말에서 내린 고참 기사 베랑은 당황한 나머지 마땅히 왕족에게 올려야 할 예조차 잊고 물었다.

"죄송하지만, 이게 도대체 무슨 일입니까?"

"내가 묻고 싶군. 그대들은 무슨 일인가?"

"저희는 왕실에서 공주님 일행을 호위하기 위해 왔습니다."

"아, 내가 보낸 소식 때문인가? 쓸데없이 수고를 끼쳤군."

아리에타가 실소를 흘렸다. 별 생각 없이 소식을 넣기는 했지만 왕실 입장에서는 당연한 조치였다.

베랑이 조심스럽게 물었다.

"공주님, 저기……."

콰쾅!

그때 재차 폭음이 터졌다. 베랑이 놀라서 폭음의 진원지를 바라보았다.

옆에서 아리에타의 대답이 들려왔다.

"내 일행, 아젤 경과 타란토스 공작이 대련을 벌이는 중이다. 가까이 가지만 않으면 위험할 일은 없으니 신경 쓰지 않아도 좋다."

"대련 중이라고요?"

베랑이 물었다. 아리에타가 고개를 끄덕였다.

"그렇다."

"……"

베랑이 할 말을 잃었다. 그도 그럴 것이 아리에타의 시선이 닿은 곳에서 벌어지고 있는 일은 그의 상상을 아득히 초월하고 있었기 때문이다.

'대련이라고? 저게?'

그것은 대련이라기에는 너무 격렬하고, 또한 거창했다.

"여전히 잘도 도망치는군!"

카이렌이 약 오른 목소리로 외쳤다. 동시에 쌍검이 격렬하게 춤춘다. 눈 깜짝할 사이에 열 번 이상의 검격이 허공을 난도질했다.

쉬쉬쉬쉬쉬쉭!

하지만 공기가 찢어지며 비명을 지르는 곳에 상대는 없었다. 분명히 실체가 있다고 여기고 공격했건만, 그를 비웃듯이 환영이 스러지면서 옆에서 위협적인 기척이 드러났다.

쩌엉!

검과 검이 맞부딪치면서 맑은 소리가 울려 퍼졌다. 하지만 그것도 잠시, 카이렌이 손끝으로 느낀 반발력조차 거짓이었다는 듯 상대가 사라진다. 어쩔 수 없이 카이렌의 자세가 흐트러지는 순간 뒤쪽에서 붉은 머리칼의 청년 아젤이 나타났다.

카이렌이 노성을 지르며 뒤돌아보지도 않고 검을 찔렀다.

"이 수법을 몇 번이나 써먹을 셈인가!"

"그야 안 먹힐 때까지지요."

"윽?!"

카이렌이 당황했다. 이번에야말로 실체를 잡았다고 확신하고 곡예에 가까운 동작으로 뒤를 찔렀건만, 앞에서 불쑥 아젤의 목소리가 들려오는 게 아닌가?

그리고 카이렌의 목에 칼이 들이대졌다. 아젤이 의기양양해하며 말했다.

"훗. 오늘은 제가 이겼습니다."

"젠장."

카이렌의 표정이 구겨졌다.

"3중 실체 분신이 격파되니 4중 실체 분신인가? 애도 아니고 깨질 때마다 무작정 하나씩 늘려 가다니."

"어허, 지고 나서 그런 식으로 투덜거리시면 안 되지요. 그

리고 4중 실체 분신이라니, 아닙니다. 정답과는 거리가 멀어
요."

"뭐? 그럼 무슨 짓을 한 것인가?"

"당연히 비밀이죠. 스스로 궁리해 보시죠. 아니면 다음 번
에 이기시면 그때 알려드려도 좋고. 이걸로 제가 3승 앞서 가
는군요. 왕도 가면 두둑이 챙기겠네, 이거."

아젤이 휘파람을 불며 검을 집어넣었다.

첫 번째 검투 대련 후, 왕도로 향하는 동안 카이렌은 아젤과
매일매일 대련을 벌였다. 용령기와 스피릿 오더까지 동원한
본격적인 대련이었다.

물론 대련이기 때문에 이런저런 제약을 설정해 두기는 했지
만 역시 그 여파는 무시무시했다. 그렇기에 마을에 머무를 때
는 어디까지나 순수한 검투로만 싸우거나, 혹은 물리적 여파
가 적은 기술들만 사용하기로 합의하고 대련해 왔다.

지금까지 두 사람의 전적은, 아젤 입장에서 7승 4패 2무승
부. 3승 앞서고 있었다.

카이렌이 쌍검을 집어넣으며 구시렁거렸다.

"이거 용검공작의 체면이 완전히 구겨지는군. 남들에게 말
하면 믿지 못할 게야."

"그러게요."

빙긋 웃으며 아젤은 속으로 생각했다.

'내 지인들은 내가 4패나 했다는 걸 못 믿어할걸?'

아젤의 상태가 영 부실하다고는 하지만 대단한 일이다. 그

렇다고 아젤이 마냥 우위에 섰다고 우쭐해할 만한 일도 아니다. 순수한 검투 대련처럼 제약이 큰 상황에서는 우위에 섰지만 본격적으로 힘을 쓰는 상황에서는 압도적인 힘의 격차를 극복하기 힘들었다. 오늘 거둔 승리도 그동안 감춰두고 있던 온갖 꼼수를 동원해서 쟁취한 결과다.

'실전이라면… 음. 지금의 나로서는 3 대 7 정도로 불리하겠지.'

아젤은 그동안의 경험을 통해서 냉정하게 자신과 카이렌의 전력 차를 분석했다. 그만큼 카이렌을 높이 평가하고 있었다.

아젤이 너스레를 떨었다.

"뭐, 안 믿어줘도 상관없습니다. 딱히 제가 공작님한테서 명예를 빼앗고 싶어서 이런 짓 하는 게 아니니까요."

"고얀 놈 같으니."

두 사람은 내기를 걸고 대련을 벌이고 있었다. 서로 이길 때마다 쌍방 합의하에 납득할 만한 요구를 들어주는 내기였다.

문득 카이렌이 왕실에서 나온 이들을 보았다. 일행을 이끄는 베랑은 물론이고 다들 경악한 나머지 턱이 빠질 것처럼 입을 벌리고 있었다.

"흠. 왕실에서 나왔나? 반갑군. 나는 타란토스 공작, 카이렌 타란토스다."

"요, 용검공작님을 뵙게 되어 영광입니다."

베랑이 가까스로 정신을 수습하고 인사했다.

2

왕실에서 보내온 호위대와 합류한 일행은 사흘 만에 왕도 루레디아에 도착했다.

왕도는 다른 도시와는 비교도 안 되는 규모와 웅장함을 갖추고 있었다. 아젤도 조금 감탄했다.

'크기야 그렇다 치고 외관은 제도와 비교해도 떨어지지 않는데?'

아젤이 잠들기 전, 나딕 제국은 거의 대륙을 통일하다시피 한 대제국이었다. 그런 곳의 제도를 보아온 입장이다 보니 루레디아의 규모가 그리 커 보이지는 않았다. 하지만 외관에 신경을 많이 써서 충분히 왕도로서의 위엄을 갖추고 있는 것이 인상적인 도시였다.

게다가 그동안 보아온 도시들에 비하면 훨씬 압도적인 규모인 것도 사실이라 그 번화한 모습을 보는 게 즐겁기 짝이 없었다. 무엇보다 어딜 가나 사람이 많고 활기가 넘친다는 점이 좋았다.

'나딕 제국도 내가 잠든 후에는 이랬겠지.'

용마전쟁이 끝난 후에도 그 상흔은 깊게 남아 있었다. 아젤은 모두가 희망을 얻었음에도 힘겨워하던 시기만을 기억하고 있었다.

일행은 곳곳에서 왕도 시민들의 시선을 받았고, 그중에서도 아리에타는 사람들의 환성을 받았다.

"아리에타! 아리에타!"

"왕국의 용맹한 꽃이여!"

사방에서 낯 뜨겁기까지 한 찬사들이 쏟아졌다. 남녀노소를 가리지 않는 그 인기에 그녀가 얼마나 왕도의 시민들에게 사랑받는 존재인지 알 수 있었다.

아젤이 슬쩍 물었다.

"…이래서 꽃단장하고 오신 거군요?"

"왕도에서 꾀죄죄한 모습으로 다녔다가는 왕실의 명예에 먹칠을 하는 셈이니 귀찮음을 감수할 수밖에."

사실 왕도에는 어제 저녁쯤에 도착할 수 있었다. 하지만 아리에타는 굳이 조금 떨어진 마을에 하루 머물면서 일정을 지체시키더니 아침부터 그럴싸한 모습으로 꽃단장을 하고 나왔다. 그녀에게는 환영해 주는 시민들에게 아름다운 모습을 보여줄 의무가 있는 것이다.

아젤이 물었다.

"아니, 에노라 양 없었으면 어쩌시려고 그랬어요?"

"음. 그건……."

맨 처음 서부 국경수비대를 떠나올 때, 아리에타는 에노라를 떼어 놓으려다가 그녀의 고집에 꺾이고 말았다. 하지만 여행을 하면서 보니까 아리에타에게는 스스로를 꾸미는 재주가 없었다.

아리에타가 쓴웃음을 지었다.

"곤란하기는 하지만 어떻게든 되겠거니 했지."

"…안 됐을 것 같은데……."

"정 안 되면 인근 귀족에게 시녀를 빌릴 수도 있지 않았겠는 가. 그대가 생각하는 것만큼 대책 없었던 건 아니다."

아리에타가 변명했다.

아젤은 에노라를 보았다. 말은 안 했지만 그녀는 어깨에 힘 이 들어가서 우쭐거리고 있었다.

"왕실 시녀는 대단하네, 에노라 양."

"그럼요. 아무나 될 수 있는 게 아니랍니다. 좀 달리 보이나 요?"

"난 언제나 에노라 양을 대단하다고 생각해 왔는데 뭘 새삼 스레."

"어머나, 입에 발린 칭찬만은 베테랑 기사님들과 비교해도 안 떨어지신다니까."

그리 말하면서도 에노라는 전혀 싫어하는 기색이 아니었다.

당당한 모습으로 왕도의 시민들에게 아리에타가 무사히 돌 아왔음을 알린 일행은 그대로 왕궁에 입궁했다. 그들이 돌아 온다는 소식을 들은 국왕은 이미 일정을 비우고 맞이할 준비 를 마친 상태였다.

국왕을 알현하러 가는 길에 아젤이 자일을 보며 물었다.

"자일 경, 왜 그래?"

"으, 음?"

"무슨 처음 자대 배치 받는 신병처럼 굳어 있길래."

"…내가 그랬나?"

군인인 자일에게는 참으로 와 닿는 비유였다. 아젤이 말했다.

"그렇던데. 왜?"

"아, 그게… 국왕 폐하를 뵙는다고 생각하니 어쩔 수 없이 긴장이 되는군."

"정상이다. 오히려 아젤 경이 이상한 거지. 어째 그렇게 아무렇지도 않은가?"

보어가 물었다. 그야 왕실 기사단 소속이라 이래저래 국왕을 배알한 경험이 있었다. 하지만 처음에는 자일보다도 더 굳어 있었고 지금도 긴장하게 되는데 아젤은 완전히 태평했다.

아젤이 말했다.

"음, 글쎄? 뭐 국왕 폐하를 알현하는 게 대단한 영광이긴 하지만 우리가 주역은 아니잖아? 우리야 그냥 공주님 옆에 가만히 앉아 있다가 물러나면 그만인데."

"그야 그렇기는 한데… 아무리 그래도 그렇지."

"하긴 아젤 경, 당신은 공주님이나 공작님을 봤을 때도 그랬지. 담이 큰 건지 아니면 겁이 없는 건지 모르겠다."

자일이 쓴웃음을 지었다.

곧 일행은 아리에타, 카이렌과 함께 알현실로 들어서서 국왕을 배알했다. 아젤이 말한 것처럼 그들이 할 일은 없는 자리였다. 그저 아리에타와 카이렌이 형식적으로 국왕에게 귀환했음을 알리고 그동안 있었던 일 중 중요한 것들을 보고하는 자리에 무릎 꿇고 고개 숙이고 앉아 있다가 물러난 게 전부였다.

자일이 죽다 살아 나온 표정을 지었다.

"후우. 겨우 끝났군."

"별일도 아니었는데 뭘. 나중에 출세하면 어쩌려고 그래?"

"으음, 출세라……."

"그럼 난 일단 실례해야겠군."

보어가 말했다. 그는 왕실 기사단 소속이니 일단 복귀해서 그동안의 일을 보고해야 했다.

그가 두 사람에게 말했다.

"근무 마치고 연락하지. 괜찮으면 오늘 우리 집에 오지 않겠나?"

질레드 후작령이야 여기서 멀리 떨어져 있지만 왕도에서 일하는 귀족들은 당연히 왕도에 집을 갖추고 있게 마련이다. 특히 질레드 후작가는 명문인지라 중심가에 훌륭한 저택이 있었다.

아젤이 대답했다.

"아, 초대는 감사하지만 아마 오늘은 안 될걸?"

"어째서?"

"공주님과 공작님이 그냥 놔주실 것 같지 않아서."

"아, 그렇군. 아젤 경이야 두 분께 인기 만점이었으니."

"별로 인기 있고 싶지 않았는데."

"거울이나 보면서 거짓말을 하시지? 그럼 두 분에게서 풀려

나는 대로 꼭 연락을 줘. 꼭 초대할 테니까."

"그러지."

"자일 경은… 음. 자네는 어떤가? 인사드릴 혈족의 어른들이 계신가?"

"아니, 난 상관없네. 기꺼이 초대에 응하도록 하지."

빈스 자작가는 딱히 이름난 가문도 아니고 왕실에서 일하는 혈족도 없었다. 그래서 자일은 당장 오늘부터 묵을 만한 숙소를 알아볼 생각을 하고 있었다.

"그럼 아젤 경, 꼭 연락하는 거다."

"아, 알았어. 뭔 남자 초대하겠다고 그렇게 끈질기게……."

"자네는 왠지 이렇게 못 박아두지 않으면 뒤도 안 돌아보고 휙 떠나 버릴 것 같은 인상이라……."

"내가 그렇게 매정해 보였나?"

아젤의 물음에 자일과 보어가 서로를 바라보더니 당연하지 않으냐는 표정으로 고개를 끄덕였다. 아젤은 살짝 상처받았다.

"원 참. 꼭 연락할 테니 걱정 말라고."

"믿어 보지."

보어가 씩 웃고는 그 자리를 떠났다. 그의 뒷모습을 보던 아젤이 피식 웃었다.

자일이 의아해하며 물었다.

"왜 그러나?"

"아니, 보어 경 진짜 많이 변했다 싶어서. 여기로 출발할 때를 생각하면 진짜 상상도 못 할 일이잖아?"

"하긴 그렇지."

자일도 쿡쿡 웃었다. 사람이 이렇게 극적으로 변할 거라고 는 전혀 생각지 못했다.

그때 복도 저편에서 에노라가 걸어왔다.

"아젤 경, 자일 경. 두 분 왕도에 머무를 곳 있으세요?"

"나야 당연히 없지."

"저도 아직 정해진 곳이 없습니다."

"그렇군요. 공주님께서 두 분이 머무를 곳을 마련해 두셨는 데……."

"감사합니다."

자일이 안도하는 기색을 보였다. 사실 수중에 돈이 많지 않 아서 왕도에서 숙소를 잡으면 돈이 많이 들지 않을까 걱정하 던 참이었다.

두 사람은 아리에타의 별궁으로 향했다. 아리에타의 지시에 따라 이미 아젤을 위해서 손님방이 마련되어 있었다.

자그마치 왕궁의 별궁이다. 손님 '방' 이라고 해도 그건 일반 인들이 이야기하는 '방' 과는 개념이 많이 달라서 번듯한 집 한 채라고 해도 좋을 넓이와 구성에 왕궁다운 호화로움이 딸 려 있었다.

하지만 아젤은 그런 방을 보고도 전혀 놀라지 않았다.

"역시 왕궁이라 호화찬란하군."

그 정도의 감상이 전부였다.

자일이 어이없어 했다.

"정말이지 자네는 전에 어떻게 생활했던 건지 모르겠군. 나한테는 눈이 부실 정도인데……."

"나도 궁금해. 뭐, 공주님이나 에노라 양이나 내가 귀족이었을 거라고 하던데, 그래서겠지."

"더 기억나는 건 있나?"

"하나둘씩… 뭔가 하다 보면 겹쳐서 떠오르는 것들이 있긴해. 명확하게 내가 누구인지는 모르겠지만 살면서 겪었던 이런저런 일이 떠오르는데 그걸 보니 좀 잘사는 귀족이었던 건 맞는 것 같고."

그와 함께 여행한 입장에서 기억을 잃었다는 아젤의 말은 가면 갈수록 믿기 어려워 보인다. 그는 믿을 수 없을 정도로 강했고 너무 많은 비밀을 감추고 있었다. 하지만 허점이 많아도 거짓이라고 단정하고 캐묻기에는 또 애매하다.

'무엇보다 본인이 너무 당당하니.'

아젤이 용의주도하게 주변 사람들을 속여 넘기려고 했다면 저런 태도를 보이진 않을 것이다. 아무리 봐도 의심하든 말든 상관없어하는 모습이라 오히려 믿음이 간다.

무엇보다 자일은 다른 사람과 달리 처음 발견될 당시, 처참하기 짝이 없던 아젤의 모습을 보았다. 사람이 그런 몰골이 되면 좀 이상이 생기는 거야 당연하지 않겠는가?

아젤이 말했다.

"하지만 아마 난 이 나라 사람은 아니었을 거야."

"왜 그렇게 생각하나?"

"여기까지 오는 동안 낯선 것이 너무 많았어. 거리의 모습도, 풍습이나 버릇도… 그걸 생각하면 이국의 귀족이었겠지. 왜 거기에 있었던 것인지는 모르겠지만."

"흠……."

"그걸 생각하면 말이 다르지 않은 게 다행이지."

사실 이 점은 아젤이 깨어난 이래로 지금까지 가장 감탄한 부분 중의 하나다.

잠들기 전과 비교할 때, 언어와 문자가 달라지지 않았다.

문자는 그렇다 치고 200년이 넘게 지났는데도 언어가 바뀌지 않은 건 정말 대단하지 않은가?

나딕 제국 당시에 쓰던 바벨어는 루레인 왕국을 비롯하여 나딕 제국의 영토를 갈라먹은 7개국에서 지금까지도 그대로 쓰이고 있었다. 소소한 어휘나 말버릇을 보면 당시와 다른 구석이 많이 보이지만, 언어의 틀은 거의 그대로라 다른 지방에 온 정도의 위화감밖에 느끼지 못했다.

"바벨의 전설에 감사하고 있어. 진실 여부도 불분명한 전설에 감사하는 날이 올 줄이야."

나딕 제국 시절에도 역사가 아닌 전설로 전해지던 이야기, 바벨.

지금도 대륙에는 수많은 언어가 존재한다. 나딕 제국이 대륙 통일에 가장 근접한 대제국이기는 했지만, 그들의 영토가 아닌 변방에는 각자의 언어와 문화를 가진 이들이 있었기 때문이다.

　하지만 먼 옛날에는 지금과 비교할 수 없을 정도로 많은 언어가 존재했다고 한다. 산만 넘어도 언어가 달라서 서로 의사소통이 안 되고 그로 인해 수많은 분쟁과 죽음이 있었을 정도로.

　이 상황을 안타깝게 여긴 태곳적 위대한 마법사들이 하나로 모여 거대한 마법의 의식을 계획하니, 그것을 가리켜 '바벨'이라 하였다. 그들은 하늘을 찌를 듯한 거대한 탑을 세웠고 그것을 통해서 각기 다른 언어로 표현되는 사람들의 의식을 하나로 모았다. 마침내 수많은 사람의 마음을 모아 그것을 표현할 수 있는 공용어를 탄생시키니 그것이 바로 바벨어였다.

　지고한 마법의 비의로 탄생한 이 언어는 탄생하는 순간, 대륙의 모든 인간이 알게 되었다고 한다. 그리고 누대에 걸쳐 언어의 틀은 거의 변화하지 않고 어휘만이 바뀌면서 의사소통을 원활하게 했다.

　아젤이 말했다.

　"그럼 공주님이 부르실 때까지는 좀 쉬어볼까. 멋대로 돌아다니면 안 될 테니 자일 경, 체스라도 두지 않겠나?"

　"음. 난 거의 못 두는데."

　"어느 정도는 실력을 쌓아두는 게 좋아. 귀족의 교양이잖나?"

　"자네가 그런 말을 하니까 정말 안 어울리는군."

　자일은 픽 웃고 말았다.

3

결국 아리에타는 왕도에 도착한 당일에는 아젤을 부르지 않았다. 돌아온 후로 보고할 사항도 많고 여기저기 끌려다니다 보니 하루가 끝나 버렸던 것이다.

그녀가 보낸 미안하다는 메시지를 받은 뒤, 자일은 퇴근하는 보어를 따라서 그의 집으로 가버렸고 아젤은 혼자 남았다. 아리에타가 배치해 준 시종과 시녀들이 가져다준 식사를 먹어 치운 아젤은 혼자서 멍하니 허공을 바라보고 있었다.

"도서관 출입이라도 부탁할 걸 그랬군."

왕궁도서관이라면 꽤 많은 책을 갖추고 있을 것이다. 여기 머무르는 동안 한 번쯤 가서 역사에 대한 책들을 닥치는 대로 보고 싶었다.

아젤은 그 위에서 뛰어놀아도 될 것 같은 커다란 침대 위에 몸을 던진 채 침대 천장을 올려다보았다. 누가 왕실 침대 아니랄까 봐 침대 각 모서리에 기둥이 있고 그 위에 천을 얹어서 화려한 문양의 천장을 만들어 두었다.

"느긋한 것도 괜찮은데……."

생각해 보면 이렇게 멍 때리고 시간을 보내는 것도 참 오랜만이다.

발란 숲의 유적에서 깨어난 지 대략 한 달이 지나는 동안은 정말 다사다난했다. 몇 번이나 전투를 겪어야 했고 그 속에서 자신을 연마하느라 긴장의 실을 팽팽하게 잡아당기고 있었다.

'잠들기 전까지 포함해도 말이지.'

용마전쟁이 끝난 후에도 진정한 의미에서의 안식은 없었다. 전후처리로 정신이 없었던 데다가 용마왕의 저주가 목숨을 갉아먹고 있었으니까.

그러다 보니 이런 시간도 나쁘지는 않다. 그렇게 생각하면서 멍하니 시간을 흘려보내고 있을 때였다.

똑똑.

문을 노크하는 소리가 들렸다. 아젤이 들어오라고 하자 시녀가 들어와서 말했다.

"아젤 경, 귀하신 분이 찾아오셨습니다."

"귀하신 분?"

아젤은 의아해했다. 아리에타는 이미 오늘은 못 찾아오겠다는 메시지를 보냈으니 카이렌일까? 하지만 아젤과 그가 일행으로 여행했음이 알려졌는데 굳이 귀하신 분이라며 돌려 말하는 표현을 쓸 것 같지는 않은데…….

아젤이 자기 머리를 가리키며 말했다.

"음. 정리 좀 부탁해도 될까요?"

"예."

시녀는 말뜻을 알아듣고 다가와서 헝클어진 아젤의 머리를 정리해 주고, 옷매무새를 단정하게 바로잡아 주었다.

귀족 세계의 상식이 없는 야인이라면 결코 하지 않았을, 오히려 시녀가 권했어도 그 의미를 알아채지 못하고 짜증을 냈을 일이었다. 하지만 아젤은 왕궁의 손님된 입장에서 이런 경우에는 아리에타의 체면을 생각해서라도 몸가짐을 바르게 할 필요가 있음을 알고 있었다.

'이러니까 귀족 같다는 소리를 들었지.'

카르자크 후작으로 책봉되면서 마르고 닳도록 예절 교육을 받았던 게 골수에 박혀 있었다. 아젤은 쓴웃음을 지으며 침실에서 나섰다.

그리고 테이블에 앉아서 차를 마시고 있는 소년을 보고는 눈을 크게 떴다.

'어?'

처음 보는 소년이지만 한눈에 그가 누구인지 알 수 있을 것 같았다.

찰랑거리는 단정한 백발에 황금색 눈동자, 그리고 약간 뾰족한 귀와 왼쪽 귀 위로 솟아난 청백색의 날카로운 깃털 조형물 같은 뿔…….

'용마왕자 세이가 바일 루레인.'

아리에타와 상당히 생김새가 닮은 소년이었다. 아리에타보다 두 살 어린 그는 차가운 기품이 흐르는 얼굴로 아젤을 바라보았다.

"밤늦게 불쑥 찾아와서 미안하군. 그대가 누님께 기사 서임을 받았다는 아젤 경이 맞는가?"

"그렇습니다, 왕자님."

"시녀에게는 말하지 말라고 해두었는데 내가 누군지 알아보았나 보군. 하긴 누님과 함께 지냈다면 당연하겠지만."

소년은 놀라는 기색이 없었다. 용마왕자인 그는 자기는 모르는 타인이 자신을 아는 것에 익숙했으며, 아리에타와 자신의 용모가 닮아 있다는 사실도 잘 알았기 때문이다.

"정식으로 소개하지. 루레인 왕실에서 당대 용마왕자의 칭호를 받은 세이가 바일 루레인이다."

"기사 아젤 제스트링어가 인사드립니다."

아젤이 궁정식 예를 표했다. 그것을 본 세이가의 눈이 이채를 띠었다.

"누님께 기사 서임을 받기 전까지는 무명의 야인이었다더니 그런 것 같지 않군. 이름 있는 가문의 혈족이라고 해도 믿겠어."

"감사합니다."

"찾아온 내가 하기엔 이상한 말이지만, 자리에 앉지."

열다섯 살의 소년이었지만 행동에는 왕족다운 기품이 있었다. 나이가 많은 사람을 아랫사람으로 대하며 하대하는 태도에 전혀 어색함이 없고, 그러면서도 상대를 무시하는 느낌을 주는 게 아니라 자신의 신분에 어울리는 행동을 하고 있다는 자연스러움이 있었다.

아젤이 마주 앉자 세이가가 말했다.

"내가 찾아온 건 자네를 보고 싶어서다."

"저를 말씀입니까?"

"그래. 누님과 스승님께서 다른 사람에 대해서 그렇게 열렬하게 말씀하시는 건 처음 봤거든."

아마 왕궁에 돌아온 김에 가족들을 보는 자리에서 아젤에 대해서 이야기한 모양이다.

세이가 말했다.

"그리고 감사하기 위해서이기도 하고."

"감사요?"

"누님께서 자네가 아니었다면 무사하지 못했을 거라고 말씀하시더군. 누님을 지켜줘서 고맙다, 아젤 경."

차가워 보이는 인상이지만 그의 말에는 진심이 담겨 있었다. 아젤이 말했다.

"아닙니다. 기꺼이 해야 할 일을 했을 뿐이지요."

"그렇게 할 수 있는 사람이 세상에 많지 않지. 누님은 강하다. 하지만 여성의 몸인데 왕실의 명예를 높이기 위해 싸우는 짐을 홀로 지다니, 말도 안 되는 일이야. 언제나 무리하고 계신데 계속 더 큰 무리를 강요하니… 조금만 스스로의 행복을 생각하셔도 좋을 것을."

한숨을 쉰 세이가 말을 이었다.

"아젤 경, 실력이 출중하다고 들었는데 혹시 내 기사가 될 생각은 없나? 대우는 섭섭지 않게 해주겠다."

"처음 보는 저를 높이 사주셔서 감사합니다만, 저는 일신의 사정으로 가봐야 할 곳이 있는 몸이라 그 제의를 받아들일 수 없습니다. 죄송합니다."

"흠. 누님께서 기사 서임을 해주셨다 들었는데, 혹시 누님

휘하로 들어갈 생각은 있나?"

"그건 아닙니다."

"정말로 누님이 말씀하신 대로 출세에 뜻이 없는 건가?"

"적어도 지금은 그렇습니다. 좀 더 우선하는 일이 있는지 라……."

"밝히기 어려운 사정이 있다 들었다. 더 캐묻지는 않도록 하지. 하지만 아쉽군. 난 활동을 시작한 지 얼마 안 되는지라 실력 있는 인력이 많이 필요하거든."

"제가 아니더라도 왕자님께는 유능한 인재가 많지 않습니까?"

"왕실에서 매번 빌려주는 인원들만으로는 부족해. 내 직속으로 일할 사람이 많이 필요한데, 유감스럽게도 아직 그런 사람이 많지 않아. 베테랑들은 다들 어느 정도 입지가 있게 마련이고, 그런 사람들을 빼오고자 하면 그쪽과 마찰이 생기지. 결국 입지가 적고 장래성이 뛰어난 인물들을 섭외해야 하는데 그게 쉽지 않더군."

"그렇군요."

어린 소년과는 어울리지 않는 이야기다. 하지만 왕족으로 자라난 그가 자신이 하는 일이 어떤 의미인지, 그리고 사람을 다룰 때 무엇이 문제인지 정확히 알고 있다는 사실을 알 수 있었다.

"누님도 이런 문제를 겪고 계신데… 안타깝게도 직속 인원을 늘릴 뜻이 없으시다. 좀 더 적극적으로 누님을 보필해 줄 만한 인원이 필요한데, 누군가 자기를 위해 희생하는 것을 싫어하시니 매번 무리해서 위험에 뛰어드는 것과 같지. 난 누님의 짐을 덜어드리고 싶다. 그러기 위해서는 유능한 사람들이 필요하고."

세이가는 자신의 활동으로 아리에타의 짐을 덜어줄 수 있기를 바랐다. 그래서 아젤을 포섭하고자 와본 것인데…….

'확실히 기묘한 인간이기는 한데…….'

아리에타와 카이렌이 그랬듯이 세이가도 아젤에게서 용마력의 향취를 느끼고 있었다. 하지만 용마족이나 용마인에 비하면 은은한 정도인지라 좀 묘하다고 생각하는 정도였다.

'누님과 스승님께서 좀 과장해서 말씀하신 것 같군.'

용마력의 향취를 제외하면 아직도 아젤의 마력은 대단하지 않다. 그러다 보니 그를 처음 보는 세이가가 아젤이 강자라는 인상을 받지 못하는 것도 당연했다. 강자라면 마력 파동을 드러내지 않더라도 그 속에 강대한 힘을 감추고 있다는 것이 감지되게 마련이니까.

세이가는 특정 인물에 대한 남의 평가를 신뢰하지 않았다. 반드시 스스로 확인해야만 직성이 풀린다.

아젤에 대한 이야기는 벌써부터 꽤 많이 돌고 있다. 아리에타가 언급한 것은 물론이고, 그녀를 마중하러 갔던 왕실 기사단이 아젤과 카이렌의 대련을 보고는 호들갑을 떨어댔기 때문이다. 하지만 세이가는 아젤을 직접 만나보고 판단한 시점에서 그런 이야기들이 과장되었다는 결론을 내렸다.

'하긴, 어차피 인간이지. 너무 기대를 크게 했어.'

세이가는 스스로의 강함에 확신을 가졌다. 스승인 카이렌을 제외하면 자신을 능가하는 자가 많지 않으리라고 여긴다.

그것은 단순히 어린 소년의 치기가 아니다. 실전을 포함한 경험이 뒷받침되어 있었다. 그는 올해 치른 첫 실전은 물론이고 그 후에 나선 두 번의 전투에서도 압도적인 활약을 보였던 것이다.

카이렌에게 단련받은 후, 많은 인간을 상대해 보았다. 하지만 그중에 진정으로 강하다는 실감이 드는 이는 아무도 없었다. 왕실 기사 중에서는 최강의 검호(劍豪)라 불리는 이조차도 세이가에게는 맥을 못 추었다. 그러다 보니 세이가는 은연중에 인간은 기술적으로는 뛰어나도 결국 종합적인 전투 능력 면에서는 자기에게 미치지 못한다는 편견을 갖고 있었다.

"아, 그리고 누님을 구해준 것에 말로만 감사를 하고 싶지는 않은데, 뭔가 바라는 것이 없나? 딱히 없다면 재물로라도 보상을 하겠다만."

"음. 그거라면… 왕궁 서고에 출입할 수 있게 해주실 수 있겠습니까?"

"왕궁 서고?"

세이가가 의아해했다. 전혀 생각지 못한 부탁이었기 때문이다.

아젤이 말했다.

"예, 거기에 있는 책들을 보고 싶어서요. 언제든지 출입할 수 있도록 허가해 주시면 감사하겠습니다."

"그런 거야 어렵지 않지. 내가 말해두고, 혹시 모르니 출입증을 발급해 두라 하겠다."

"감사합니다."

"그럼 이만 실례하겠다. 대화 즐거웠네."

"살펴 가시길."

아젤의 예를 받은 세이가는 바깥에서 대기하고 있던 시종들과 함께 돌아갔다.

아젤이 중얼거렸다.

"이거 왕궁에 있는 동안 좀 귀찮아질 것 같은데… 홈."

4

그 예감은 그대로 들어맞았다.

바로 다음 날부터 아젤은 산더미 같은 초대장과 선물들을 받고 머리를 짚었다.

"아이고, 맙소사."

귀족 사회라는 게 이렇다. 어떤 오락거리보다도 사람에게 관심을 갖고 사교활동에 열중한다. 특히 왕도쯤 되면 워낙 동급으로 교류할 수 있는 사람이 많고 문화적으로도, 그리고 유행 면에서도 최첨단을 달리는지라 그런 경향이 심하다.

그러다 보니 눈에 띄는 사람이 있으면 그냥 내버려 두질 않는다.

용마공주 아리에타는 지금까지 단 한 번도 기사 서임권을 쓴 적이 없다. 그런데 그녀가 충성 서약도 받지 않고 기사로 서임했으니 놀랄 수밖에.

또한 그녀와 함께 여행한 일행들에게 듣자 하니 그는 아리에타를 노리는 용마왕 숭배자들을 상대로 눈부신 활약을 보였다고 한다. 그게 어느 정도였냐 하면 살아 있는 전설이라 불리는 용검공작조차 그를 칭찬했다는 것이다. 심지어 그녀를 호위하기 위해 나섰던 베랑 경의 증언에 따르면 용검공작과 대등하게 대련을 벌이기까지 했다고 한다.

이런 이야기가 퍼지다 보니 소문에 민감하고, 신기한 사람이 보이면 눈을 반짝반짝 빛내는 왕도의 귀족들이 관심을 표하는 것은 당연한 일이었다.

"와, 좋겠다."

점심식사에 아젤을 초대하기 위해 온 에노라가 눈을 반짝였다. 아젤이 심드렁하니 대꾸했다.

"뭐가 좋아?"

"하룻밤 만에 일약 사교계의 별이 된 거잖아요. 너 나 할 것 없이 한 번 보기나 하자고 초대장과 선물을 보내오다니, 귀족 아가씨 입장에서는 정말 꿈같은 일이랍니다."

"…내가 귀족 아가씨가 아니라서 그런지 영 달갑지 않은데."

뭐, 이런 일을 겪어보지 못한 것도 아니라서 전혀 들뜨지 않는다. 잠들기 전에는 뭇 귀족들의 관심과 경애는 물론이고 황족들조차 제발 얼굴 좀 보고 이야기 좀 들려주거나 무예를 지도해 달라고 매달리던 몸이었던 것이다.

"게다가 선물들이 영… 에노라 양, 이 향수 가질래?"

아젤이 받은 선물들 중에는 향수나 스카프, 은장식 액세서리 등 여성용 물품이 많았다. 에노라가 눈을 반짝였다.

"정말요?"

"뭐, 나야 필요 없는 물건이니까. 그거 말고도 혹시 갖고 싶은 거 있으면 가져도 돼."

아젤은 굳이 이 선물들을 돌려줄 생각을 하지 않았다.

귀족들이 초대장과 함께 보낸 선물들은 다들 서민 입장에서는 눈 돌아가는 고가품이다. 하지만 그들 입장에서는 그냥 예의상 체면치레하려고 보낸 것들이다. 비싼 거라 부담되어서 못 받겠다고 돌려받으면 그게 오히려 무례한 짓이다. 거절할 구실이 되려면 이걸 다 합친 것만큼 비싼 정도는 되어야 하리라.

게다가 이것을 불필요한 호의라고 볼 수 없는 것이, 상류사회에는 거기에 맞는 옷차림이라는 게 있는 법이다. 귀족들 입장에서는 자신이 초대한 사람들이 격식에 맞지 않는 차림새로 와서 창피를 당하지 않도록 배려하는 것이다. 여성용 물품을 보낸 것도 그 일환이다.

에노라가 싱글벙글했다.

"와, 아젤 경 이제 보니 엄청 좋은 사람이시네요!"

"…이 타이밍에 그런 말을 하면 지금까지는 내가 굉장히 나쁜 사람이었던 거 같잖아."

"그런데 정말 괜찮으세요? 초대에 응해서 가시려면 필요하실 텐데요? 같이 갈 여성 분이 없어서 그러시는 거라면 제가 아는 언니들을 소개시켜 드릴 수도 있는데……."

왕궁 시녀들은 다들 귀족 출신이다. 그러다 보니 사교계에 얼굴을 내밀 기회가 있으면 눈을 반짝반짝 빛낸다. 화제의 주인공인 아젤의 에스코트를 받을 수 있다면 너도 나도 가고 싶어서 안달이 나리라.

아젤이 혀를 찼다.

"어린 아가씨가 못 하는 말이 없어. 일없네요."

"왕궁 시녀들은 외모도 선발 기준에 들어 있어서 다들 미녀랍니다. 귀족으로서의 몸가짐도 갖추고 있고요. 그런데도 관심 없으세요?"

"에노라 양, 은근 슬쩍 자기도 미녀라고 금칠하네?"

"어머나. 부정하시는 거예요?"

"에노라 양은 예쁘다기보다는 귀엽지."

"그런 식으로 말하면 여자들에게 인기 없어요, 아젤 경."

에노라가 뾰로통한 표정을 짓는 것을 본 아젤은 웃어버리고 말았다. 그리고 말했다.

"어쨌든 호의는 매우 감사하지만 사양할게. 난 이 중 누구의 초대에도 응할 생각이 없으니까."

"네? 진심이세요?"

에노라가 믿을 수 없다는 듯 물었다.

이제 갓 기사 서임을 받은 아젤에게는 절호의 기회였다. 어지간히 실력이 있는 무인이라도 배경이 없다면 출세하기 어렵다. 그러니 귀족들에게 얼굴을 알리고 인맥을 구축할 수 있는 기회가 정말로 귀중한 것이다.

아직 어리기는 하지만 왕실에서 일해온 경험으로 그런 생리를 잘 이해하고 있는 에노라였다. 아젤이 세상 물정을 모르고 있다고밖에는 생각할 수 없었다.

"아젤 경, 다시 한 번 생각해 보세요. 이런 기회는 얻고 싶다고 얻을 수 있는 게 아니에요. 기회가 왔을 때 잡지 못하면 아무리 실력이 있어도 평생 공을 세울 기회도 없는 한직만 맴돌다가 끝나는 수도 있는걸요."

"…와, 에노라 양, 나 지금 좀 감탄했어."

"네?"

"아니, 진짜 산전수전 다 겪은 어른 같은 소리를 하니까."

"사람이 진지하게 이야기를 하면 진지하게 들어주세요."

에노라의 표정이 다시 뾰로통해졌다. 아젤이 웃었다.

"칭찬하는 거야. 에노라 양은 귀족이기는 해도 시골에서 자랐고 아직 어린데 왕도 귀족 사회의 생리가 어떤지 핵심을 파악하고 있는 게 놀라워. 아무리 왕실 시녀로 일했다고 해도 아직 1년도 안 되었는데 그렇다니, 에노라 양은 똑똑하구나. 하긴 어지간히 눈치 빠르고 똑똑하지 않으면 공주님의 전속 시녀가 되지 못했겠지."

"아이 참, 사람을 앞에 두고 낯 뜨거운 칭찬을 늘어놓으시네요."

아젤이 순수한 찬사를 늘어놓자 에노라의 얼굴이 빨개졌다.

아젤이 말했다.

"무슨 걱정을 하는지는 알겠어. 하지만 난 별로 그런 식으로 출세하고 싶은 마음이 없거든. 적어도 당분간은 자유롭고 싶으니까 벌써부터 귀찮은 일에 뛰어들고 싶지는 않아."

"하아. 아젤 경은 이상해요."

"뭐, 왕실 시녀인 에노라 양의 기준으로 보면 그렇겠지. 어쨌든 갖고 싶은 거 있으면 얼른 골라봐. 공주님이 기다리고 계실 테니."

곧 에노라는 산더미 같은 여성용 물품을 고르고 희희낙락하며 아젤의 숙소를 나섰다.

5

하루 만에 다시 만난 아리에타는 아젤이 알던 것과는 완전히 다른 모습이었다. 실로 공주다운, 그리고 여성스러운 차림새였던 것이다. 머리를 올린 뒤 보석이 박힌 은관을 쓰고 새하얀 바탕에 희미한 푸른색과 은실로 장식이 들어간 드레스를 입은 그녀는 넋이 나갈 정도로 아름다웠다.

잠시 멍하니 그녀를 바라보던 아젤이 말했다.

"…놀랐습니다."

"음? 뭐가 말인가?"

"한순간 다른 사람인 줄 알았지 뭡니까?"

"그렇게 안 어울리는 줄은 몰랐군. 두 시간 동안이나 고생해 가며 입은 옷인데."

아리에타가 농담을 던졌다. 하지만 두 시간 동안 고생했다는 부분은 가감 없는 사실이었다.

아젤이 물었다.

"왕궁에서는 항상 그렇게 입고 지내시는 겁니까?"

"그럴 리가. 이제까지 그대가 본 것보다 더 편하게 입고 지내지. 두 시간 동안 시녀들의 인형놀이 대상이 되는 건 매일 할 짓이 아니야. 오늘은 폐하께서 모처럼 아침식사를 함께하자면서 그 자리에 이 사람 저 사람 불러 모으시는 통에 어쩔 수 없었을 뿐이다."

어제의 아리에타도 공들여서 꾸민 모습이었지만, 그건 여행 동안 보여준 모습의 연장선상에 있었다. 언제든지 검을 뽑아 휘두를 수 있는 차림새였던 것이다.

오늘의 아리에타는 그야말로 왕족 여성으로서 완벽하게 꽃 단장한 상태였다. 시녀들이 두 시간에 걸쳐 솜씨를 발휘한 결과물은 예술 작품이라고 해도 과언이 아니다.

아젤이 씩 웃었다.

"제가 운이 좋았군요."

"그렇지. 날이면 날마다 볼 수 있는 모습이 아니니까."

아리에타는 그렇게 말하며 에노라가 채워준 찻잔을 물었다. 잠시 향을 음미하던 그녀가 물었다.

"그러고 보니 하루 사이에 인기가 폭발했다지?"

"그렇습니다. 초대장이 산더미처럼 쌓였지요."

"왕도의 귀족들은 재미있는 소문을 듣고 쑥덕거리는 것 말고는 할 일이 없는 작자들이니 그렇게 될 수밖에 없었겠지. 귀찮겠군."

"네. 공주님은 에노라 양과는 달리 저를 잘 아시는군요."

"에노라가 무슨 말을 했기에?"

"제게 어른스럽게 귀족 사회의 생리에 대해서 알려주었지요."

아젤이 앞서 있었던 일을 이야기해 주자 아리에타가 웃었다.

"그렇군. 뭐, 그대가 상식으로 판단 가능한 사람이었다면 올바른 충고일 것이다. 뒤를 받쳐 줄 배경이 없는 사람이 그 능력을 발휘할 자리를 얻고자 한다면 그런 기회는 아주 귀중하지. 에노라의 충고는 옳다."

그 말에 에노라의 얼굴이 빨개졌다. 아리에타는 그런 에노라의 표정을 즐기다가 아젤을 보며 쓴웃음을 지었다.

"하지만 아무리 봐도 그대가 출세하고 싶어서 안달이 난 사람은 아니니 말이다."

"그랬다면 공주님께 충성 서약부터 했겠죠."

"후후. 뭐, 원한다면 지금이라도 괜찮은 자리 하나는 내줄 수 있다만."

"사양하겠습니다."

"아쉽군. 그러고 보니 세이가에게서 영입 제안을 받았다지?"

"예."

"세이가는 인재욕이 많지. 나와 스승님께 이야기를 들을 때부터 한 번쯤 찾아가 봐야겠다고 벼르던데, 귀찮게 하지 않던가?"

"그렇지는 않았습니다. 한 번 권하시더니 깔끔하게 물러나셨는데요."

"그래? 의외군. 아, 그리고 아마 곧 스승님께 똑같은 제안을 받게 될 것이다. 아마 스승님께서는 왕실이 아니라 타란토스 공작령 쪽으로 스카우트하고 싶어 하시겠지만."

"물론 그것도 사양해야지요."

"그래야지. 안 그러면 나는 굉장히 서운해할 테니까."

"하지만 타란토스 공작령에는 가볼 생각입니다."

"음?"

아리에타가 의아해했다. 아젤이 타란토스 공작령에 가려는 이유를 짐작할 수 없었기 때문이다.

아젤이 말했다.

"공작님께 내기 때문에 받을 게 있으니까요."

"그러고 보니 3승 앞선 만큼 받아낼 게 있었지. 무엇을 받으려고 그러는가? 돈은 아닐 테고."

"생각해 둔 게 있습니다. 그리고 그것 때문에 공주님께도 부탁드릴 게 있습니다만."

"나한테?"

아리에타가 고개를 갸웃했다.

6

왕궁에 머무르기 시작한 후로 아젤은 대부분의 시간을 왕궁 서고에서 보냈다. 이 정도로 많은 책이 모여 있는 곳을 드나들 수 있는 기회는 실로 귀중한 것인지라 최대한 많은 정보를 얻고 싶었다.

왕궁 서고에는 아젤이 열람 가능한 책만도 6천 권이 넘어서 책을 고르는 것도 큰일이었다. 아젤의 감각으로 보면 압도적인 양이었다. 그가 잠들기 전, 나딕 제국의 황실 서고와 거의 비슷한 규모였던 것이다.

아젤이 잠들기 전도, 그리고 지금도 아직 인쇄술이 발달하지 않은 시대다. 같은 책을 복제할 때는 필사가 당연했다. 그나마 한 사람이 필사하면 그것을 그대로 모방하여 한 번에 필사본을 여러 권 제작하는 방법을 마법사들이 개발해 내긴 했지만 시중에 유통되는 책이 적었고 웬만한 귀족들도 책 수십 권을 소장하고 있으면 애서가를 넘어 책 수집가 소리를 들었다.

시대가 그러한데 6천 권이나 되는 책이 한곳에 모여 있으니 놀랄 수밖에. 게다가 아젤은 출입할 수 없는 기밀 서고의 책들까지 합치면 총 1만 권이 넘는다고 한다.

'뭐, 그쪽은 왕실 기록이 대부분이지만 금서는 좀 보고 싶군.'

금서로 지정되는 것은 왕실을 모독하거나 신성모독적인 경우가 대부분이다. 아젤 입장에서는 혹시나 거기에 찾는 내용이 들어 있을지도 모르는 일이다.

아젤은 사서의 도움을 받아서 자신이 원하는 시기의 역사를 다룬 책들과, 현재의 대륙 정세를 알 수 있는 책들을 읽어 나갔다.

그 결과 현재 일곱 왕국이 어떻게 나딕 제국의 영토를 갈라먹었는지 명확히 알 수 있었다. 유감스럽게도 카르자크 후작령은 루레인 왕국이 아닌 다른 나라에 속해 있었다.

"하긴 위치상으로 무리지."

이미 예상했던 일이다. 루레인 왕국이 다른 나라보다 훨씬 큰 패권 국가가 아니고서야 카르자크 후작령을 포함하고 있을 수 없는 위치였던 것이다.

아젤은 현재에 대한 자료는 그쯤에서 접어두고, 일단 역사 쪽에 집중했다.

"풋. 와… 이거 끝내준다."

그러다 보니 아젤 자신에 대한 기록들도 접하게 되었는데 당사자 입장에서는 낯간지럽거나 웃기는 것들뿐이었다.

보통 영웅에 대한 기술은 이후의 역사가들의 성향에 따라서, 그리고 권력을 쥔 자가 어떤 성향을 가졌느냐에 따라서 그 해석이 달라지고 왜곡되게 마련이다. 그런데 아젤에 대해서는 부정적인 방향으로의 왜곡은 거의 없고 대부분이 미화되어 있었다.

아무래도 용마왕 아테인을 쓰러뜨린 전설적인 영웅인 데다가 전쟁이 끝난 후에 정쟁에 휘말리는 일이 없었다는 점이 컸다. 공식적으로 아젤은 어느 날 갑자기 종적을 감춘 것으로 되어 있는지라 여기에 대해서 별의별 추측과 망상이 난무했다.

"본의 아니게 영웅으로서의 삶을 신비주의로 완성시킨 셈이네, 이거."

살아온 행보 자체가 전설이 된 아젤은 그 마지막이 신비로워서 사람들에게 낭만적인 상상력을 불러일으켰던 것이다. 타인이 자신에 대해서 기록하고 해석하고 상상한 것을 보다 보니 이게 정말 자기 이야기가 맞나 싶은 낯섦이 가득했다. 그러면서도 분명히 자기 기억 속에 있는 일들을 찾을 수 있다는 게 재미있는 점이다.

어쨌든 그런 책들을 읽으면 읽을수록 아젤이 그동안 품었던 의혹은 확신으로 변해갔다.

'용마왕 숭배자 놈들 정말 대단하군.'

그들이 역사의 이면에서 암약한 결과, 용살의 의식과 용마기에 대한 기록이 실전되었다. 용마왕 숭배자와 맞서 싸우는 수호그림자의 일원이며, 백 년의 세월을 살아온 전설적인 무인 카이렌 타란토스조차 그것에 대해서 모를 정도로.

'지배 세력도 아니면서 이 정도 규모로 역사를 조작하는 게 가능하다니……'

아젤 입장에서는 어떻게 그런 일이 가능했는지 이해할 수가 없었다. 차라리 그들이 세상을 지배하고 공공연하게 권력을 휘둘러서 역사를 조작했다면 이런 결과가 나와도 이해할 것이다. 하지만 사회의 이면에 숨어서 수작을 부리는 것만으로 세상에 퍼져 있던 지식을 말소시키는 게 가능하단 말인가?

'의도는 알겠는데, 어떻게 그렇게 할 수 있었는지가 문제지.'

그들이 이런 조작을 가한 이유는 쉽게 추측할 수 있다. 인간이 용마왕 아테인을 쓰러뜨릴 정도로 강해지기 위해서는 용살의 의식을 통해서 용마기를 만들어내는 과정이 반드시 필요하기 때문이다. 적어도 아젤은 그 둘 없이 초월적인 강함을 손에 넣을 방법을 모른다.

'역시 대암흑이 크게 작용한 건가?'

대암흑은 온 세상이 미쳐 돌아가서 용마왕 숭배자들이 파고들 틈이 숭숭 뚫려 있었다. 그때라면 이런 말도 안 되는 일도 가능했을지도 모른다.

'하지만 수호그림자는 뭘 하고 있었지?'

카이렌의 설명대로라면 용마왕 숭배자들은 강대한 힘을 가졌음에도 수호그림자 때문에 이면에 숨어서 세상을 지배하는 데 실패했다. 그런데 역사를 조작하고 지식의 전승을 끊는 데는 성공했다니 그것도 좀 이상하지 않은가? 아무리 대암흑으로 인한 혼란이 컸다고 해도 좀 납득이 안 된다.

'흠…….'

아젤이 생각에 잠겨 있을 때였다. 익숙한 기척이 감각을 자극했다.

"누가 보면 무인이 아니고 학자인 줄 알겠군."

긴 검은 머리칼을 늘어뜨린 수려한 용모의 청년 용마족, 카이렌이었다.

왕실 서고는 아무나 출입할 수 있는 곳이 아니다. 하지만 용검공작이라 불리는 카이렌이 책 좀 보겠다는데 제지할 만한 이는 아무도 없었다.

그가 아젤에게 다가와서 아젤이 늘어놓은 책들을 살펴보았다.

"역사에 관심이 많은가? 얼씨구? 자네랑 이름이 같은 영웅에 대한 것까지 보고 있어?"

"하하하. 아무래도 용마왕 숭배자들 때문에 관심이 생겨서요."

아젤은 그렇게 변명했다. 용마왕 숭배자들이 죄 깊은 이름을 가졌다면서 죽자 살자 달려들었으니 그럴 만도 하지 않겠는가?

"용마전쟁의 영웅들에 대한 기록은 나도 보았지만 믿기에는 너무 허황된 것이 많아. 역사가를 자청하는 놈들이 하나같이 허풍만 가득해서는……."

"구체적으로 예를 들어 본다면 어떤 부분이 그랬습니까?"

"음. 예를 들면……."

아젤의 질문에 카이렌이 잠시 생각하다가 대답했다.

"자네가 본 책들에도 있을 거라고 생각되네만, 리시어 강 전투에서 용마왕군이 펼친 계략을 격파한 부분이지."

마물들을 마치 인간 군대처럼 정교하게 통솔하는 것으로 유명한 용마왕군의 장수 에센더가 인간 군대를 상대로 치명적인 계략을 펼친 적이 있었다.

에센더는 본래는 아주 깊은 리시어 강의 상류에 둑을 쌓아서 물을 막아버림으로써 도강이 가능할 정도로 얕아 보이게 만들었다. 그리고 자신의 부대가 마치 인간들에게 대책 없이 밀리는 것처럼 연출해서 부대의 도강을 유도한 다음, 둑을 터뜨려서 강에 들어선 3천의 병력을 싹 수몰시키려고 했다.

카이렌이 실소했다.

"상식적으로 생각하면 도저히 어쩔 도리 없이 당할 수밖에 없는 전술이었지. 그런데 기록된 바에 의하면 그렇지가 않았단 말씀이야."

"기록은 어땠습니까?"

"위대하신 영웅 아젤 카르자크께서 나서서 홍수처럼 몰려오는 물길을 일검에 갈라 버리고 대마법사 칼로스가 그렇게 산산조각 난 수류를 마법으로 뿔뿔이 흩어지게 인도해서 병력 손실이 거의 없었다고 하네. 이게 말이나 되는 소린가?"

누가 들어도 허무맹랑하다고 할 만한 이야기였다. 카이렌이 고개를 절레절레 흔들었다.

"리시어 강이 작은 강도 아닌데. 자네가 리시어 강을 실제로 보면 진짜 말도 안 되는 일이란 걸 알 수 있을 걸세."

그 말에 아젤은 불쑥 튀어나올 뻔한 말을 삼키며 쓴웃음을 지었다.

'…아니, 그거 진짜 있었던 일인데요?

확실히 기록으로만 보면 황당해할 만한 일이다. 하지만 아젤과 칼로스는 실제로 저 일을 해냈다. 저런 일도 할 수 있는 이가 아니고서는 도저히 용마왕 아테인과 일대일로 싸워서 이길 수 없었다.

'그때 참… 에센더 그놈 표정이 굉장했지.'

공들여서 준비한 계략이 말도 안 되는 수단으로 깨부숴지고, 곧바로 부대가 궤멸의 위기에 몰리자 강철 같은 이성으로 무장했던 에센더의 정신도 무너지고 말았다. 결국 아젤의 검에서 도망치지 못하고 그곳에서 전사했으며 그것은 용마왕군에게 치명적인 손실이었다.

카이렌은 아젤의 속마음은 꿈에도 모르고 말을 이었다.

"그러니 아젤 카르자크에 대한 기록은 반쯤은 흘려 넘기게. 인기가 높다 못해 신성시되는 영웅이다 보니 과장된 부분이 보통이 아니야."

"혹시 공작님은 그를 싫어하십니까?"

"내가? 아젤 카르자크를?"

"네."

"절대 그렇지 않네. 나 역시 한때는 그의 전설 같은 무용담을 보면서 가슴 두근거리던 소년이었으니까. 하지만 그런 만큼 더욱 엄격하게 그를 보고 싶은 게지. 그는 아무리 엄격한 시선으로 봐도 정말 굉장하거든. 오히려 저런 허황된 과장이 그의 가치를 떨어뜨린다는 점을 어리석은 것들은 모르고……."

"…아, 그렇군요. 공작님의 충고는 가슴에 새겨두겠습니다."

아젤은 재빨리 카이렌의 말을 막았다. 그대로 놔뒀다가는 자신에게는 정신공격에 가까운 찬사가 끝도 없이 이어질 것 같았기 때문이다.

"흠. 그리고 보면 자네가 아젤 카르자크와 닮긴 했지."

"그런가요?"

"적어도 외모는. 초상화가 거의 안 남아 있긴 한데, 외모상의 특징은 거의 자네와 일치해. 이름도 같다니 대단한 인연이지. 심지어 제스트링어라니, 아젤 카르자크가 귀족이 되기 전의 성이 아닌가?"

"……."

이 말에는 아젤도 식은땀을 흘릴 수밖에 없었다. 설마 거기까지 알고 있을 줄이야.

'공식 기록에는 카르자크라는 성만 남아 있었을 텐데, 야사로 전해진 건가?'

아젤은 자신이 안이했음을 깨달았다. 하긴 깨어날 당시에나 지금이나 치밀하게 주변을 속여 넘기기보다는 그냥 될 대로 되라는 식으로 대응하고 있기는 했다. 솔직히 그가 200년 넘게 잠들어 있다가 깨어났다고 말해봤자 누가 믿어주겠는가? 그러다 보니 딱히 공들여서 숨기고 속여야겠다는 생각이 들질 않는 것이다.

카이렌이 말했다.

"아마 자네의 부모님이 아젤 카르자크에 대해서 잘 알고 의도적으로 그 이름을 붙여주지 않았을까 싶군. 그걸 생각하면 제스트링어는 성씨가 아닌 다른 이름이었을 수도 있지."

"그럴지도 모르겠군요. 흠……."

아젤에게는 다행스럽게도(?) 카이렌은 지극히 현실적인 추론을 이야기했다.

세상 사람들이 이름을 여러 개 갖는 경우는 흔한 일이다. 일반적으로는 이름과 성씨만 대지만 혈족들이 붙여준 이름들이 그 사이에 붙어서 풀 네임이 긴 경우는 얼마든지 찾아볼 수 있었다.

예를 들면 아리에타만 해도 그렇다. 공식적으로 아리에타의 풀 네임은 아리에타 에센리아 티아리스 리안다 바일 루레인이었다. 태어날 때 왕실의 어른들이 지어준 이름들이 고스란히 덧붙여진 것이다.

그러다 보니 카이렌은 아젤이 카르자크 후작이 되기 전의 성이 제스트링어라는 것까지 알고 있으면서도 아젤의 정체를 의심하지 않았다. 애당초 사람 정체가 의심스럽다고 220년을 잠들었다가 깨어났을 가능성을 의심하는 사람이 있다면 그쪽이 정상이 아니리라.

카이렌이 말했다.

"그러고 보니 아리에타가 쓸데없는 이야기를 한 모양이던데?"

"공작님이 타란토스 공작령에서 한자리 해볼 만한 마음 없냐고 제안하실 거라는 이야기라면, 하셨습니다."

"훗."

그 말에 카이렌이 코웃음을 쳤다. 뭔가 의미심장한 기색이라 아젤이 고개를 갸웃했다.

잠시 뜸을 들인 카이렌이 말했다.

"제자가 왕실에서 한자리 주겠다고 한 걸 걷어찼는데 내가 비슷한 제안을 했다가 똑같은 꼴을 당해서야 체면이 서지 않지. 나는 자네에게 좀 더 매력적으로 들릴 만한 제안을 준비해 왔다."

"어떤 제안입니까?"

그리고 이어지는 카이렌의 제안은 확실히 아젤이 생각도 못한 내용이었다.

"내 영지에서 용살의 의식을 보여주지 않겠나?"

7

왕궁에 머무른 지 닷새째 되는 날, 아젤은 보어의 가문인 질레드 후작가의 저택에 초대받았다.

카이렌이 타란토스 공작령으로 돌아갈 때 함께 가기로 한 참이라 왕도에 머무를 날도 며칠 남지 않았다. 그래서 시간이 날 때 보어의 초대에 응하기로 한 것이다.

왕궁을 나서는 마차에 함께 오른 채, 보어가 말했다.

"왕궁에서 정말 인기가 많은 모양이더군. 자네가 초대에 응

해주지 않는다고 투덜거리는 소리가 나한테까지 들려오던
데."

"초대장을 차곡차곡 쌓으면 천장에 닿을 정도지. 일면식도
없는 나를 보겠다고 그렇게들 열성이라니, 진귀한 동물이 된
기분이야."

아젤이 투덜거렸다. 왕궁에 있는 동안 초대장이 쌓이는 게
일상이라, 사흘째 되는 날부터는 시녀들도 일일이 올 때마다
알리지 않고 모아두었다가 한 번에 보고하고 있었다.

곧 마차가 질레드 후작가의 저택에 도착했다. 마차에서 내
린 아젤은 왕도 중심가의 고급스러운 건물 중에서도 상당한
규모를 자랑하는 저택을 보고는 조금 감탄했다. 정문에서부터
저택까지의 거리가 멀어서 마차를 타고 가야 할 정도였으니.

"훌륭한 저택이군."

"그럭저럭 갖출 건 다 갖추고 있다네. 연무장도 있고."

"어이, 설마 여기까지 데려와서 대련하자는 건 아니지? 그
렇잖아도 용검공작께서 매일 찾아와서 귀찮게 하고 있는데."

"정말이지 그분의 사랑을 독점하고 있군. 질투 나는 일이
야."

"매일 들볶이는 상황이 되어보면 그런 말 못할걸."

아젤이 투덜거렸다. 왕궁까지 와서 카이렌과 매일 대련을
벌이는 상황은 정말이지…….

'재미있지. 그건 부정 못하겠어.'

아젤도 천생 무인이라서 수준이 맞는 상대와 기량을 겨루는

일이 즐겁기 그지없었다. 카이렌과 대련하면서 수싸움을 벌이는 것은 다른 어떤 유희도 따라오지 못할 최고의 쾌락이다.

보어가 말했다.

"어쨌든 걱정 말게. 오늘은 귀찮게 하지 않을 테니. 밤새 술이나 마셔보자고."

"그런 일이라면 환영이지."

여행 중에는 항시 적의 존재를 염두에 두어야 했기 때문에 마음 놓고 취할 수가 없었다. 이 시대에 깨어난 후로 한 번도 마음껏 술을 마셔본 적이 없는 터라 이야기를 듣는 것만으로도 즐거워졌다.

저택에 가니 자일이 있었다. 아젤이 물었다.

"왕궁으로 안 돌아온다 싶었더니 죽 여기 있었던 건가?"

자일은 죽 보어의 손님으로 이 저택에 머물고 있었던 것이다. 아젤이 그의 옷차림을 보고는 장난 섞인 말투로 말했다.

"그나저나 군복보다 그쪽이 잘 어울리는걸? 사교계에서 인기남이 될 수 있겠어."

"놀리지 말게."

자일이 쓴웃음을 지었다. 하지만 아젤의 말도 빈말은 아니었다. 군복과 무장을 벗고 귀족답게 차려 입은 자일은 얌전한 귀공자로 보였다. 변경에서 위험천만한 군 생활을 했다고는 믿어지지 않을 정도로 곱상한 인상이다.

보어의 가족들은 모두 왕도에 머무르고 있지는 않았다. 왕실에서 일하는 질레드 후작과 후작 부인, 2급 행정관이라는 둘째 아들 리윈이 있었다. 저녁 식사 자리에서 아젤은 그들과 인사를 나누었는데 둘 다 아젤에게 많은 관심을 표했다.

환담을 나누며 식사를 마치고 아젤과 자일은 보어의 방으로 안내되었다. 보어가 창고에서 꺼내온 고급주를 선보이자 아젤과 자일이 그를 칭송했다.

보어가 말했다.

"아버님께서 아젤 경에게 관심이 많으신 모양이야. 출가 안 한 딸이 있었다면 소개시켜 주는 건데 아깝다고 하시더군. 친척이라도 소개시켜 줄까 하시길래 내가 사교계에 나가지 않고 떠날 사람이라고 말렸지."

"내가 예쁜 아가씨 소개받는 건 눈꼴셔서 못 봐주겠다, 이거군?"

"나의 본심을 아주 잘 이해해 주니 기쁘네."

"거 참. 그러고 보니 보어 경은 혼담 없나? 그 나이면 유부남이어도 이상하지 않은데."

보어는 스물여섯 살로 아젤과 동갑이었다. 명문 귀족이라면 벌써 결혼해서 애를 낳았어도 이상하지 않을 나이다.

보어가 멋쩍어했다.

"음. 이런저런 이야기가 있긴 한데 아직 왕실 기사단에 들어간 지 얼마 안 되었고 해서 좀 기다려 달라고 하고 있네. 아직 사교계에서 기사 보어는 제대로 얼굴을 알리지 못했거든."

"어른들이 소개해 주는 아가씨 말고 직접 참한 아가씨를 찾아보겠다, 이거군."

"바로 그거지. 여태까지 출세 코스 밟는답시고 시커먼 남자들만 득시글거리는 곳에서만 고생했으니 이제 사교계의 꽃들이 얼마나 향기로운지 직접 경험하고 싶단 말일세."

"어허, 설거지도 안 해본 사람이 고생 운운하면 안 되지."

"그 이야기는 그만하기로 하지 않았나."

보어가 웃었다. 여행하는 동안 자기가 얼마나 세상 물정을 모르고 살았는지 절절히 깨달은 그는 정말 많이 변해 있었다.

자일이 물었다.

"아젤 경은 언제까지 왕도에 머무를 계획인가?"

"글쎄. 빠르면 내일모레쯤에는 떠나게 될 것 같은데. 늦어도 사나흘 정도고."

"그렇게나 빨리?"

자일과 보어가 놀랐다. 아젤은 어차피 갈 곳도 없는 데다 아리에타가 그에게 호의를 보이고 있으니 좀 더 오랫동안 왕궁에 머무를 거라고 여기고 있었던 것이다.

보어가 말했다.

"곧 떠난다는 이야기가 들리더니 사실이었군."

"지금도 귀찮은데 더 있다가는 어떤 귀찮은 일이 따라올지 상상이 안 가거든. 왕족들의 관심까지 끌고 싶지는 않아."

귀족들의 초대야 무시해 왔지만 왕족이 그를 청한다면 무시할 수 없다. 왕도 귀족 사회에 편입될 야심이 없는 이상, 그들이 관심을 보이기 전에 홀쩍 사라지는 편이 좋았다.

보어가 웃었다.

"자네는 정말이지… 내가 아는 어떤 사람하고도 달라. 그 정도로 출세욕이 없는 것도 문제 있어 보이는데."

"그런가?"

"내가 귀족으로 태어나서 왕실에서 일하는 몸이라 이런 소리를 하는 건지도 모르겠지만… 옛말에 능력 있는 매가 발톱을 감춘다는 말이 있지 않나? 겸손의 미덕을 갖추라는 의미로 하는."

"갑자기 그 말은 왜?"

"그 말이 귀족 사회에서는 전혀 따를 만한 소리가 아니란 말이지. 능력이 없는 놈이 그러면 멸시받고 끝나지만 능력이 있는데 야심도 없이 놀려고 하면 보통 구박이 심한 게 아니거든. 능력 있는 놈이 왜 발톱을 써서 가문에서 받은 만큼 이름을 떨쳐 주질 않느냐는 논리인데, 우리 둘째 형님이 그래서 마음고생이 심했어."

"젊은 나이에 왕실 2급 행정관이니 능력은 출중한 것 같은데… 전에는 놀기 좋아하셨나?"

"어렸을 때부터 머리가 굉장히 좋았는데 워낙 놀기를 좋아했어. 그래서 아버님께서 억지로 일을 떠맡기셔서 실적을 내게 하신 뒤에 행정관 시험을 보게 하셨지. 덕분에 내가 고생을 많이 했다네. 나는 둘째 형님처럼 놀기 좋아하게 크면 안 된다고 억세게 굴리셨지."

"그랬군."

보어가 젊은 나이에 쿼드로플 마스터가 된 것은 재능도 재능이지만 그만큼의 노력이 뒷받침되었기 때문이다. 가문에서 그의 재능을 개화시키기 위해 그만한 지원을 했고 보어도 거기에 부응한 것이다. 철없는 귀족 도련님 같은 면모도 있고 오만하기도 하지만, 무인으로서는 성실하게 자신을 단련해 왔다.

'출세라.'

에노라에 이어 보어에게까지 이런 말을 들으니 문득 옛일이 떠오른다.

지금의 그를 보면 잘 상상하기 어렵지만 용마전쟁 당시, 아젤은 출세욕이 넘쳤다. 이유는 두 가지였다.

처음에는 비천한 용병에 불과했던 그가 아무리 활약해도 알아주지 않는 것에 분노해서였다. 열심히 싸워서 공을 세운 것은 그인데 귀족과 기사라는 것들이 그 공을 가로채는 경우를 겪으면 정말 머리끝까지 화가 올랐다.

그런 부조리 속에서 싸우고, 싸우고, 또 싸워서 출세했다. 기사가 되고, 번듯한 배경이 되어 줄 인맥을 얻고, 도저히 살아날 수 없을 것 같은 위기를 타파해 가면서 명성을 떨치자 아무도 그에게 함부로 할 수 없게 되었다.

예전에 품었던 불만은 사라졌지만 그래도 싸우면 싸울수록 더 출세하고자 하는 욕구가 강해졌다. 이유는 간단했다.

'이놈들 도저히 안 되겠어. 내가 지휘권을 잡아야만 해!'

…그런 위기감이 드는 상황이 계속되었기 때문이다. 상황판단 못하는 윗선의 무능함 때문에 수도 없이 목숨의 위협을 겪

었고 고귀한 정신을 가진 사람들이 죽어 나갔다.

심지어 눈부신 공로로 출세하는 아젤을 질시하여 그를 제거하기 위한 함정을 파는 놈들까지 있었다. 인류가 일치단결해서 싸우지 않으면 안 되는 그런 상황에서조차 말이다.

'후.'

아젤은 옛일을 떠올리며 실소했다.

다 옛날 일이다. 지금은 악착같이 다른 사람 위에 서고 싶은 마음도, 그래야 할 이유도 없었다.

'하지만 또 그래야 할 날이 올지도 모르지.'

용마왕 숭배자들과 몇 차례에 걸쳐 싸우면서 점차로 불길한 예감이 강해지고 있었다. 이 평화로운 시대에 또다시 거대한 암흑이 도래할지도 모른다는 예감이…….

보어가 물었다.

"그런데 아젤 경, 왕도를 떠나면 어디로 갈 생각인가?"

"일단은 공작님과 함께 가기로 했어. 그래서 빨리 떠나게 된 거지. 공작님 일정에 맞춰야 하니까."

"아, 공작님께서도 돌아가시는 건가?"

"왕궁 생활을 나보다 더 귀찮아하시더군."

카이렌은 젊은 시절부터 공식 석상에 나서는 걸 좋아하지 않았다. 하지만 워낙 거물이다 보니 왕도에 왔다는 소식이 알려지자 다들 한 번이라도 얼굴을 보고 싶어서 난리가 아니었다. 왕족들까지 그러하니 아무리 카이렌이라도 여기저기 끌려다닐 수밖에 없어서 만날 아젤에게 와서 투덜거리다가 대련을 벌이고 가는 게 일과였다.

자일이 말했다.

"부러운 일이야. 난 휴가가 반년이나 되지만 뭘 하고 지내야 할지 모르겠는데."

"서부 국경수비대도 통이 크군. 반년이나 휴가를 주다니."

보어가 끼어들어서 한마디 했다.

"뭐, 자일 경은 서부 국경수비대를 대표해서 공주님 호위를 맡은 거였고… 이 기회에 고향이나 다녀오라는 거겠지. 간만에 들러서 무용담이라도 들려주면 가족들도 좋아하지 않겠나?"

"그래야겠지."

그렇게 대답하는 자일의 표정이 어두워졌다. 보어가 당혹스러워하며 물었다.

"어, 저기 혹시 내가 뭔가 말을 실수했나?"

"아니, 그런 건 아니야. 내가 우리 집안 이야기를 한 적이 있던가?"

"없었지."

"별건 아니고… 우리 집안, 빈스 자작가는 별로 사정이 좋질 않아."

자일은 취기가 도는지 살짝 붉어진 얼굴로 자신의 사정을 이야기했다.

빈스 자작가는 자작가치고도 영 상태가 안 좋은 가문이었다. 그래도 예전에는 시골 귀족일지언정 괜찮게 사는 편이었는데 자일의 할아버지 대에 가세가 크게 기울었다. 자일의 할아버지는 현실감각이 부족한 데다가 도박으로 가산을 탕진하기까지 했다. 그러다가 가뭄이 오고 마물이 날뛰는 등 영지에 위기가 찾아왔을 때 제대로 된 대처를 하지 못해서 순식간에 가문의 형편이 나빠지고 말았다.

결국 살아남기 위해 영지까지 팔아먹어야 했고, 그래서 지금은 영지라고 해봐야 작은 마을 하나가 전부였다.

"어려서부터… 아버지께 세상에 나가서 가문의 이름을 드높여서 기울인 가세를 다시 일으켜야 한다고 귀에 못이 박히도록 들었지."

철들기 전부터 검을 쥐고 수십 번도 넘게 손에 물집이 잡혔다 터지도록 휘둘렀다. 할아버지 때문에 가문이 기우는 것을 본 아버지는 귀신같이 엄한 태도로 자일을 몰아붙였다. 자일이 젊은 나이에 쿼드로플 마스터가 된 것은 그렇게 혹독한 유년기를 보냈기 때문이었다.

"하지만 기울 대로 기운 가문에 무슨 힘이 있겠나?"

가세가 기울었어도 영주 가문이니 자식을 기사로 만들 권한은 있었다. 하지만 그걸로 끝이었다. 선대에 쌓았던 인맥도 방탕한 조부가 모조리 끝장을 내버렸기 때문에 경력을 쌓으려고 어디 들어갈 곳을 고를 수도 없었다.

고민 끝에 자일은 왕국군에 입대했다. 이렇다 할 배경이 없는 상황에서 성공할 기회를 얻으려면 그러는 수밖에 없다고 보았기 때문이다.

"우습게도 난 군에 입대한 후… 숨통이 트이는 기분이었다네. 군율을 강요받는 것? 집에서 지내던 것에 비하면 휴가를 받은 기분이었지."

자일의 부친은 그가 그 누구보다도 귀족다운 귀족이 될 것을 요구했다. 어려서부터 지옥 같은 훈련으로 무예를 연마하는 것은 물론이고 예법이나 학식을 갖춤에 있어서도 어디 가서도 부끄러움이 없는 사람이 될 수 있도록 교육시켰다. 그런 집안에 비하면 왕국군은 천국 같았다.

그의 이야기를 들은 보어가 신음처럼 중얼거렸다.

"그런 사정이 있었군……."

어려서부터 가문의 힘 덕분에 승승장구해 온 보어와는 정반대였다. 보어는 새삼 자신이 얼마나 유리한 위치에 있었는지 실감했다.

"공주님께는 감사하고 있어. 아무런 배경도 없는 내가 서부 국경수비대에서 전공을 쌓아서 위로 올라가려면 아주 긴 시간이 필요했을 테니까. 어쩌면 평생 그러지 못하고 거기서 썩었을 수도 있고."

서부 국경수비대를 대표해서 아리에타를 왕도까지 성공리에 수행하고 국왕에게 치하를 들었다. 그 나름대로 인정받을 만한 공적을 얻은 셈이다.

보어가 자일의 잔에 술을 부어주었다.

"마시게. 이제 자네는 첫 단추를 어렵사리 꿴 거야. 앞으로는 다 잘 풀리는 것만 남았지. 용마공주께서 자네를 기억했으니 좋은 기회가 생기지 않겠나?"

"고맙네."

자일이 쑥스러운 듯 웃었다. 그렇게 술로 밤이 깊어갔다.

8

이튿날, 아젤은 출근하는 보어를 따라서 왕궁으로 돌아왔다. 전날 새벽까지 술을 퍼마셔서 아침에 일어났을 때는 반쯤 시체가 되어 있었다.

"으그극, 이것이 숙취인가. 정말 오랜만에 맛보는 아픔이군."

같은 마차에 탄 보어가 웃었다.

"난 지금 굉장히 신기한 기분일세."

"왜?"

"자네가 나보다 약한 게 있다는 게 놀랍거든. 술도 강할 줄 알았는데."

"예전에는 강했던 것 같기도 한데… 뭐, 기억이 불확실하니. 앞으로는 조심해야겠어. 으으."

전성기의 아젤은 술에 취해서 고생하는 일 따위는 없었다. 아무리 많이 마셔도 살짝 알딸딸한 정도지 만취해서 이성이 날아가지도, 숙취에 시달리지도 않았다. 왜냐하면 용살의 의식을 거치면서 육체가 말도 안 되게 강건해졌기 때문이다.

그 시절을 생각하고 계속 퍼마셨는데 지금은 그때와는 비교도 할 수 없을 정도로 술에 약해졌다. 덕분에 혀가 꼬이고 눈이 감기는 가운데 헛소리를 늘어놓는 진귀한 경험을 할 수 있었다. 다행인 건 기억이 끊어지지는 않았다는 거지만…….

'그냥 일찌감치 기술 쓸걸.'

스피릿 오더의 응용기 중에는 술이나 각종 약물의 영향에서 육체와 정신을 보호하는 기술이 있었다. 아젤은 자기가 꽤 취했다는 걸 자각한 시점에서 그 기술을 써서 기억이 끊기는 건 막았는데 기술이 완전하지 않아서 숙취까지 어찌하지는 못했다.

"우욱, 마차를 타고 가는 게 이렇게 괴로운 거였나."

"정비된 길을 달리면서 그런 소리를 하면 어떡하나? 흙길을 갔으면 벌써 토했겠구먼."

전혀 숙취가 없이 말짱한 보어는 마음껏 우월감을 즐기면서 아젤을 놀려댔다.

왕궁으로 돌아온 아젤은 숙취에서 탈출하기 위해서 명상에 잠겼다. 스피릿 오더로 몸속의 술기운을 배출해 내고자 한 것이다. 하지만 가만히 있어도 머리가 지끈거리고 어지러워서 토할 것 같은데 명상에 잠긴다는 건 보통 어려운 일이 아니었다.

'할 수 있다! 칼 맞고 피 흘리면서도 했는데 이 정도에 못할까 봐?'

아젤은 이를 악물고 정신을 집중했다. 하지만 반대로 말하

자면 칼 맞고 피 철철 흘릴 때만큼이나 명상하기가 어려웠는
지라 진도가 더뎠다.

"으아, 술 냄새!"

그런 아젤을 찾아온 에노라가 코를 막으면서 눈살을 찌푸렸
다.

"아니, 도대체 무슨 술을 얼마나 퍼마셨길래 이렇게 심하게
냄새가 나는 거예요?"

"음."

겨우 명상에 잠겼던 아젤이 쓴웃음을 지으며 눈을 떴다.

확실히 주변에 술 냄새가 진동하고 있었다. 그저 술을 많이
마셨다고 나는 술이 아니라 주변에다가 술을 막 뿌려 놓은 듯
한 냄새였다.

"몸속에 쌓였던 술기운을 배출해서 그래. 이제야 좀 살겠
네."

"그런 것도 돼요?"

"응. 일단 좀 씻어야겠는데… 혹시 급한 일이야?"

"그렇지는 않아요. 그리고 안 씻으면 곤란한 일이니까 빨리
씻고 오세요."

에노라가 아젤의 등을 떠밀고는 술 냄새 가득한 방에서 도
망치듯 나갔다.

한바탕 몸을 씻은 아젤은 그럭저럭 말끔한 모습으로 돌아와
있었다. 하지만 역시 컨디션이 영 안 좋다.

'아욱, 오늘은 지겠는데.'

아젤은 반드시 찾아와서 대련을 요구할 카이렌을 떠올리며 눈살을 찌푸렸다.

에노라가 말했다.

"공주님께서 오늘 저녁에 식사를 함께하자고 하셨어요. 아젤 경도 곧 떠나니까 그전에 얼굴이나 보자고 하시는 거예요."

"알겠어. 저녁까지는 최대한 멀쩡한 척을 할 수 있는 상태로 회복해야겠군. 아, 그리고… 에노라 양. 문득 생각난 건데 물어봐도 될까?"

"뭔데요?"

"저번에 서부 국경수비대 떠날 때, 공주님한테 이야기했던 거 있잖아."

에노라가 고개를 갸웃거렸다. 무슨 말을 하는지 짚이는 데가 없는 것 같았다.

아젤이 쓴웃음을 지으며 물었다.

"공주님 따라오겠다고 할 때 시집도 못 가는 몸으로 만들 거냐고 따졌다면서?"

"따지다니요. 제가 감히 어찌……."

"어쨌든. 그거랑 그게 도대체 무슨 상관인지 모르겠더라고. 공주님도 그러시던데."

"우리 고향에서는 당연한 일인데요?"

"응?"

"귀족의 일원으로 태어나서 자기에게 주어진 일 하나 제대로 못 해내면 시집갈 자격이 없다는 소리 듣는다니까요."

"고작 그런 이유였어?"

"고작이라니 아젤 경, 함부로 말씀하시면 안 되지요. 얼마나 중요한 문제인데."

"음. 아니 그래도 에노라 양은 아직 어린……."

거기까지 말하던 아젤은 에노라가 도끼눈을 뜨는 것을 보고는 재빨리 말을 바꿨다.

"…이 아니라 꽃다운 나이의 소녀잖아. 그런 이유로 목숨의 위협을 감수하다니."

"하지만 공주님도 마찬가지이신 걸요."

"응?"

"공주님은 용마공주로 태어났다는 이유로 다른 왕족과 달리 목숨을 걸고 싸우시잖아요. 전 처음 공주님 시녀가 됐을 때는 아니었지만 그곳에 가서는 정말로… 공주님이 대단한 분이라고 생각했어요."

그녀의 전속 시녀로 배치되고 나서는 이름난 용마공주가 이런 사람인가 실망하기도 했다. 아리에타는 넋을 잃을 정도로 아름다운 사람이었지만, 왕궁에 있는 동안은 헐렁하고 잠꾸러기였기 때문이다.

그러나 전장에서 스스로의 의무를 다하고자 싸우는 아리에타를 보았을 때, 에노라는 세상이 격변하는 충격을 받았다.

"아버님께서 항상 말씀하셨어요. 귀족이 고귀하게 대접받는 것은 시련이 닥쳐왔을 때 누구보다 먼저 죽을 각오를 해야 하는 의무를 지기 때문이라고."

시골 영지인 바이레 남작가는 휘하에 많은 병력을 거느리고 있지 못했다. 영주인 바이레 남작은 물론, 가문의 남자들이 앞장서서 영지를 노리는 위협들을 물리쳐 왔다. 사람들은 그들을 존경했고 그것은 바이레 가문의 자랑이었다.

아리에타는 에노라가 아는 가문의 남자들을 닮았다. 아직 어린 나이에 위험 속으로 뛰어들 것을 강요받으면서도 한마디도 불평을 하지 않았다. 자신이 짊어지고 태어난 숙명을 원망하지도, 슬퍼하지도 않고 그 힘을 다른 사람을 위해 쓰고자 하는 고결함에 에노라는 감동했다.

"그래서 도망치고 싶지 않았어요. 공주님이 저렇게 싸우는데 그 곁에 머리를 빗어줄 사람 하나 없이 다 도망쳐 버린다면 그건 너무 슬프잖아요."

"하……."

아젤은 잠시 멍하니 에노라를 바라보았다.

"하하하하하하."

그리고 참지 못하고 웃음을 터뜨렸다. 무안해진 에노라가 얼굴을 붉혔다.

"사, 사람이 진지한 이야기를 하는데 그렇게 웃다니! 무례해요!"

하지만 아젤은 웃음을 그치지 않았다. 어찌나 신 나게 웃었는지 눈에 눈물이 맺혀 있었다.

겨우 웃음을 그친 아젤을 보며 에노라가 화를 냈다.

"아젤 경, 저질이에요!"

"…아, 미안. 비웃거나 놀릴 의도는 없었어."

"설득력이 눈곱만큼이라도 있는 소리를 하세요."

"진짜야. 그냥 좀 옛날 생각이 나서."

아젤이 먼 곳을 바라보는 눈으로 공허한 미소를 지었다.

"에노라 양이랑 비슷한 말을 했던 아이가 있었거든……."

"…아저씨는 모두를 위해 피 흘리며 싸우는데, 아저씨의 얼굴을 닦아줄 사람도 없으면 슬프잖아요."

모두가 제 목숨만 챙겨 달아나고 절망이 몰려올 때, 아젤의 곁에 남아서 그렇게 말해줬던 사람이 있었다. 모두가 불길한 아이라며 배척했지만 그 말로 아젤을 구원해 주었던 여자아이.

생각해 보면 그 여자아이는 에노라보다 좀 더 어렸던 것 같다. 부모도 없이 사람들 사이를 떠돌며 하루하루를 살아가면서도 눈부시게 빛나는 것을 갖고 있었다.

그 시절에는 그랬다. 세상을 뒤덮은 어둠이 너무 짙었기에 사람이 가진 빛나는 것들이 더욱 눈부셔 보였다.

가만히 회상에 잠겨 있는 아젤을 보던 에노라가 물었다.

"그 아이는 어떻게 됐는데요?"

"살 곳을 찾았지. 그 후로는 모르겠어."

사람들에게 배척받았기에 아젤이 살 곳을 찾아주었다. 그 후로는 다시 만나지 못했지만 행복하게 살았을 거라고 믿고 싶었다.

에노라가 뾰로통한 얼굴로 말했다.

"흥. 지금 이야기를 봐서 용서해 드릴게요."

"관대한 처사에 감사드립니다."

"말이나 못하면 밉지나 않지요."

에노라는 입술을 삐죽였다.

9

저녁까지 최대한 몸 상태를 정상으로 돌리고 싶었지만 뜻대로 되지 않았다. 원래 몸 상태를 망치기는 쉽지만 회복하기는 어렵게 마련이다. 게다가…….

"후후훗."

방해꾼이 있으니 더욱 힘들 수밖에.

아젤이 예상한 대로 카이렌이 찾아왔고, 아젤의 상태를 알아차린 카이렌은 이 기회를 놓칠 수 없다며 대련을 강요해서 승리했다. 그리고 아리에타와의 식사 자리에서 희희낙락해 있는 카이렌의 모습이 눈꼴셔서 아젤이 한마디 했다.

"병자 이겨놓고 그렇게 좋으십니까?"

"병자라니, 여기 병자가 어디 있나? 설마 숙취를 병이라고 하려는 건 아니겠지?"

"끄응."

아젤이 내일 반드시 갚아주겠다고 벼르는데 아리에타가 말했다.

"천하의 아젤 경도 숙취에는 어쩔 도리가 없는 모양이군."

"할 말이 없습니다."

"그러고 보니 스승님, 그 일은 결국 성사되지 않았나 보군요."

그 말에 카이렌이 쓴웃음을 지었다.

"유감스럽게도 그렇게 되었다. 세이가가 워낙 바빠서……."

"사흘 후에 또 출정하는 상황이니 그럴 수밖에 없지요. 아젤 경도 이런 상태고 하니 무리하게 진행하지 않는 편이 나았습니다."

"무슨 일입니까?"

아젤이 의아해하며 묻자 카이렌이 설명해 주었다.

"음. 그러니까 자네가 왕궁을 떠나기 전에 세이가와 한판 붙여보려고 했거든."

"왕자님과 말씀입니까?"

"그래, 근데 세이가가 워낙 일정이 바쁘더군. 나중에 기회가 있겠지."

"제 의사는 고려하지도 않는 겁니까?"

"설마 내가 권해서 세이가가 응할 경우, 자네가 거절할 수 있을 거라고 생각하나?"

"그야… 없겠죠."

"잘 알고 있으면서 뭘 그러나?"

"거 참. 너무하십니다그려."

"하지만 자네가 하고 싶지 않다고 하는 건 좀 의외군. 세이가와도 붙어보고 싶어 할 줄 알았는데."

"별로 더 이상 높으신 분의 이목을 끌고 싶지 않거든요. 왕자님은 인재욕도 많으시다는데 그랬다가는 꽤나 귀찮아질 수도 있을 거고."

"바로 그 점 때문에 붙여보려고 했던 거야."

"네?"

"세이가는 인간을 무시한다."

세이가는 오랜만에 만난 스승에게 그동안의 일들과 속내를 털어놓았다. 카이렌은 그의 말 속에서 스스로의 힘을 과신하는 것과, 인간을 무시하는 마음을 읽었다.

"음. 말이 좀 극단적이었군. 정확히 말하자면… 인간을 약자라고 여긴다."

"그게 그거 같습니다만?"

"좀 다르지. 인간이 자신의 부족함을 채워줄 수 있는 존재임은 잘 알고 있다. 그래서 유능한 인재를 원해. 하지만… 근본적으로 인간은 아무리 대단해 봤자 자기보다는 약하다고 생각한단 말이다. 그 아이가 무력 면에서 인정하는 것은 나와 아리에타 정도야."

"그리고 두 분 다 용마족과 용마인이니 그런 인식이 생길 만도 하군요. 하지만 왕실 기사단에도 실력이 출중한 사람이 많지 않습니까?"

"쓸 만한 자들은 있지. 하지만 인간 기사로 한정해서 본다면, 세이가를 눌러줄 만한 자는 없다."

"그렇습니까?"

아젤은 좀 놀랐다.

아리에타의 실력은 아주 잘 알고 있다. 세이가를 직접 만나 보니 용마력은 아리에타와 비슷한 수준이지만, 나이가 어리고 실전 경험이 적은 만큼 전체적인 기량은 그녀보다 못할 것 같 았다.

'그럼 왕실에는 공주님보다 강한 기사가 없다는 건가?'

자일과 보어를 통해 이 시대 기사들의 수준을 짐작해 보기 는 했지만 그래도 꽤 충격적이었다. 그래도 왕실 기사 중에 베 테랑이 꽤 있을 거고, 무력으로 이름을 떨치는 자도 있을 텐 데…….

'도대체 수준이 얼마나 떨어진 거야? 아니면 단순히 루레인 왕실 기사들이 약한 건가?'

아리에타는 분명 강하다. 하지만 용마전쟁 때, 스피릿 오더 수련자 중에는 그녀보다 강한 이가 수두룩했다.

생각에 잠겨 있는 아젤에게 카이렌이 말했다.

"그러니 그런 생각이 완전히 굳어지기 전에 한 번쯤 깨줄 필 요가 있어. 용마왕 숭배자들이 노릴 수도 있는데 그럴 때 상대 가 인간이라고 얕보기라도 했다가는 큰코다치는 수가 있지. 하지만 이건 나는 할 수 없는 일이다."

"공작님 휘하의 기사들이라면 어떻습니까?"

"그럴 만한 녀석이 없지는 않지만, 세이가를 특별한 일 없이 내 영지까지 오라고 할 수도 없고 그 아이와 대련 한 번 시키겠다고 자기 직무를 팽개쳐 두고 이 먼 왕도까지 오라고 할 수도 없는 노릇이다."

"타란토스 공작령의 기사들이 왕실 기사들보다 실력이 나은가 보군요?"

"내가 직접 단련시키는데 당연한 것 아닌가?"

"…아, 네."

카이렌의 뻔뻔한 대답에 아젤은 어련하시겠냐 하는 눈길을 보내주었다. 카이렌이 코웃음을 쳤다.

"뭐, 실력 평가는 나중에 직접 가서 해보면 되지 않겠나? 어쨌든 그런 이유로 자네와 붙여볼까 했는데… 유감스럽게도 기회가 닿지 않았어."

"흠. 왕실 기사들 말고…… 왕국 전체를 기준으로 보면 어떻습니까?"

"상당히 괜찮은 실력자들이 있지. 내 영지의 기사들도 그렇지만, 굳이 왕실에 소속되어서 출세하려고 하지 않고 자기 영지에 충실한 자도 많은 법이거든."

"그렇군요."

"내 영지에는 자네도 재미있어할 만한 실력자가 많아. 기대해 보게."

"정말 기대되는군요."

아젤은 진심으로 말했다. 깨어난 후로 인간 스피릿 오더 수련자들에게는 실망만 해왔는지라 제대로 된 실력자를 보고 싶었다.

아리에타가 쓴웃음을 지었다.

"마음 같아서는 저도 오랜만에 스승님께 가서 다시 단련받고 싶지만… 그럴 만한 여유가 안 나니 아쉽군요."

"내가 왕궁에 오래 머물지 않는 걸 탓하는 것 같구나."

"바로 그거지요. 기왕 올라오신 김에 장기간 머무르면서 지도해 주시면 참 좋을 텐데."

"일없다. 나한테 한 번 말이라도 붙여보겠다고 귀찮게 하는 놈들이 얼마나 많은지 아느냐? 이런 환경에서는 제대로 단련하는 게 힘들어. 세이가의 활동이 좀 더 본격화되면 교대로 휴가를 받고 내려오든가 해라."

"그럴 수 있었으면 좋겠는데요."

아리에타가 한숨을 쉬었다. 용마공주라는 입장상 그녀는 다른 왕족보다도 훨씬 자유가 제한된다. 이번 일로 더 강해져야 할 필요성을 느꼈지만 그건 단기간에 해결될 문제도 아니고, 이끌어줄 만한 스승인 카이렌은 저런 말이나 하고 있으니…….

하지만 그녀가 몰라서 그렇지 카이렌도 한가한 몸이 아니다. 대외적으로는 영지에서 잘 안 나오는 걸로 되어 있지만 사실은 수호그림자로서 왕국 곳곳을 돌아다니며 활동하고 있었다.

카이렌이 말했다.

"어쨌든 너도 세이가를 좀 본받을 필요는 있다. 용마왕 숭배자들이 또다시 너를 노리지 않는다는 보장이 없는 이상, 앞으로는 네 사람들을 늘려야 할 것이야."

"생각은 하고 있어요. 아젤 경이 제 제의를 뻥 걷어차서 매우 안타깝지만."

"매우 죄송하게 생각합니다."

"표정이라도 좀 꾸미면서 그런 말을 하도록."

아리에타가 코웃음을 쳤다.

지금까지 아리에타는 자기 직속의 병력을 만들 생각을 하지 않았다. 하지만 다른 사람의 희생을 걱정하다가 용마공주인 자신이 용마왕 숭배자에게 납치당하는 일이 생긴다면 그야말로 주객이 전도되는 셈이다. 그렇기에 아리에타도 마음을 바꾼 것이다.

카이렌이 말했다.

"내가 여기 있어주지는 못하겠지만… 영지에서 쓸 만한 녀석들이 보이면 네게로 보내주마. 야심이 있는 녀석들은 얼마든지 있으니까."

"그런 배려라면야 감사히 받지요. 여기서는 사람 모으기도 쉽지 않을 것 같으니."

세이가가 아젤과 만났을 때 말한 대로 유능한 인재를 모으는 건 쉬운 일이 아니다. 카이렌이 쓸 만한 사람을 보내준다면 아리에타에게는 큰 도움이 되리라.

문득 아젤이 말했다.

"공주님이 원하는 조건에 맞는 사람이라면 가까이에도 한

명 있지 않습니까?"

"음? 그런 사람이 누가 있나?"

"자일 경입니다."

"호오."

아리에타의 눈이 빛났다. 아젤이 말했다.

"왕실의 조직에 속한 사람이야 빼내기가 힘들지만, 서부 국경수비대 소속인 자일 경이라면 비교적 마찰이 적지 않겠습니까? 자일 경은 서부 국경수비대에 배속된 지도 그렇게 오래 되지 않았고 하니까요."

"흠. 확실히… 해볼 만하겠군. 혹시 본인의 뜻은 어떨 거라고 보나?"

"공주님이 제의를 하시면 바로 넘어올 거라고 봅니다."

아젤은 자일의 집안 사정을 간략하게 이야기해 주었다. 아리에타가 고개를 끄덕였다.

"그런 사정이 있었다니 더욱더 그냥 지나갈 수 없군. 알겠다. 내일이라도 당장 권해보도록 하지."

"감사합니다. 그리고 공작님."

"음?"

"왕도를 떠나는 건 사흘만 늦춰 주시지 않겠습니까?"

"왜 갑자기?"

"할 일이 생겨서요."

아젤은 그렇게 말하며 웃어 보였다.

10

아리에타는 일단 마음을 결정한 이상 망설임 없이 일을 추진했다. 바로 다음 날, 자일을 왕궁으로 불러서 자기 직속이 될 것을 권유, 허가를 받고 소속을 옮겨 버렸다.

자일은 어안이 벙벙해진 채로 아젤의 숙소에 와 있었다.

"뭐가 어떻게 된 건가?"

아리에타에게 충성 서약까지 마친 후인데도 자일은 아직 현실감이 들지 않았다. 모든 게 꿈이라서 잠깐 졸았다 깨면 다 없었던 일이 되어버리는 게 아닌가 걱정이 들었다.

아젤이 말했다.

"뭐긴. 다 잘 풀린 거지."

"아젤 경."

"뒷일은 걱정하지 않아도 될 거야. 서부 국경수비대 쪽에도 적당히 위로가 되도록 물품을 지원해 주겠다고 하시니까. 급여도 잘 챙겨주시겠다고 했고, 왕도에 집도 하나 마련해 주시겠다더군. 무장과 의복도 소속에 맞게 새로 맞춰서 하사하실 거고……."

"음. 뭐라고 말해야 할지 모르겠군. 일단은… 고맙다고밖에 할 말이 없어."

자일이 고개를 숙였다. 아리에타와 함께 여행하면서 은근히 그 덕을 보지 않을까 기대하기는 했다. 높으신 분에게 자기를 어필한다는 건 그런 의미니까. 하지만 이렇게 잘 풀릴 거라고는 상상도 못했다.

아젤이 씩 웃었다.

"적재적소라고 생각해서 말씀드렸을 뿐이야. 자일 경이 공주님과 함께하는 동안 능력을 보이지 않았다면 이렇게 잘 풀리진 않았겠지. 그러니 고마워할 건 없어."

아젤이 자신의 검을 들어서 손가락으로 한 번 튕겼다. 검날이 울리면서 맑은 소리가 울렸다.

"말했다시피 난 이제 곧 떠나. 그전에 할 일이 있어서 자일 경을 여기로 부른 거야."

"사흘간 나를 빌리겠다… 고 말씀드렸다던데, 무슨 일인가?"

"가르쳐 주고 싶은 게 있어서."

"가르쳐 주다니?"

"자일 경, 당신은 무인으로서 상당히 뛰어나. 그 나이에 쿼드로플 마스터가 되었다는 건 놀라운 성취고 그걸 활용하는 능력도 출중하지. 그러나……."

그렇게 말하는 아젤을 보던 자일은 갑자기 숨쉬기가 답답해지는 걸 느꼈다.

'뭐지?'

아젤이 점점 크게 보이고 있었다. 마치 강적 앞에서 위축되었을 때처럼, 그의 존재감이 시야를 점령하고 그의 목소리 말고는 아무것도 들리지 않는다. 자기도 모르는 새 몸이 움츠러들고 호흡이 가빠지고 있었다.

"당신은 스피릿 오더의 진수를 몰라. 그래서야 곤란하지. 앞으로 공주님을 덮칠 위험은 한층 더 흉악할지도 모르니까."

자일은 반쯤 패닉에 잠겨 있었다. 아젤이 교묘한 정신파로 자일의 감각을 혼란시켰기 때문이다.

다음 순간, 그러한 혼란이 썰물 빠지듯이 사라져 가면서 자일의 감각이 자유로워졌다. 자일이 헛숨을 토했다.

"헉."

"스피릿 오더의 진수는 정신을 다루는 데 있지. 용마왕 숭배자들이 잊힌 비술이라고 칭했던 것… 당신은 내게 그걸 배워야 해. 그러지 않으면 그 기술을 쓰는 자들에게 대적할 수 없을 테니까."

아리에타의 곁에 자일을 남겨두기로 한 시점에서 아젤은 그에게 자신의 밑천을 털어서 비술을 전수해 줄 것을 결심했다. 용마왕 숭배자들의 위협은 이번으로 끝나지 않는다. 어쩌면 자신이 이 시대에 깨어난 것은 그들이 또다시 세상에 거대한 어둠을 드리울 준비를 하고 있기 때문인지도 모른다. 만약 그렇다면 거기에 맞서 싸울 힘을 가진 동료가 필요했다.

"스피릿 오더는 정신을 수련하는 것을 가장 우선시한다. 그 이유를 알고 있어?"

"정신을 일반인과는 다르게 쓰는 법을 익히지 못하면 마력을 인지할 수 없으니까. 그리고 마력을 인지하지 못한다면 그걸 쓸 수도 없지."

즉, 마력 감각을 손에 넣기 위해서 정신 수련을 우선시할 수밖에 없다. 그런 대답이었다.

자일의 답을 들은 아젤이 고개를 저었다.

"아니야. 그건 하나의 답이 될 수 있지만, 완전하지는 않아."

"그럼 뭐지?"

"자일 경, 우리는 원래 용마족처럼 빠르게 움직이거나 괴력을 발휘하도록 태어나지 않았어."

"음?"

"스피릿 오더 수련자는 초인이야. 우리의 신체 능력은 그저 몸을 단련하는 것만으로는 아무리 해도 도달할 수 없는 수준이지."

아젤도, 자일도 일반인이 보기에는 그야말로 번개처럼 빠르게 움직인다. 무거운 갑옷을 입은 채로도 그들은, 일반인이 반응은커녕 인지조차 하지 못하는 순간에 끝장을 낼 수 있다.

"본래 인간의 감각은 몸을 단련함으로써 신체 능력이 향상되는 것을 따라가. 하지만 그런 만큼 한계가 뚜렷하고 스피릿 오더를 통해 손에 넣는 힘은 그 한계를 넘어가. 즉 우리는 너무 빠르고, 너무 강해. 감각이 따라갈 수 없을 정도로."

정신을 연마하는 것은 초인이 되기 위한 준비 작업이다. 일반인보다 훨씬 빠르게 주변을 인지하는 감각, 받아들인 정보를 고속으로 처리하는 능력, 그리고 빛처럼 빠르게 생각하는 사고 능력이 있어야만 초인적인 육체 능력을 제대로 써먹을 수 있다.

"그런 기본 바탕이 없으면, 그 후에 얻는 능력을 써먹지 못해. 그러기는커녕 제어 못해서 자멸하지 않으면 다행이지. 다른 말보다 월등히 빠른 명마는 그걸 다룰 기량이 있는 기수에게는 최고의 말이지만, 그렇지 못한 사람에게는 감당 못할 정도로 빠른 폭주마일 뿐이야."

"…그런 관점은 처음이야."

"당연히 생각해야 하는 부분이야. 아마 정신을 연마해서 마력 감각을 손에 넣은 후에는, 일반인의 성장 한계를 뛰어넘는 신체 능력도 따라갈 수 있게 되니까 신경을 안 쓸 수도 있겠지. 하지만 알고 있어야 해. 그래야만 스피릿 오더가 인간이 타고난 것과는 다른 방식으로 감각을 다루는 기술을 발전시켜 온 결과물임을 알 수 있어."

"그건 어떤 의미지?"

"인간은 감각을 직관적이지 않은 방식으로 다루도록 태어난 종족이 아니야. 언제나 본능적으로 호흡하고, 느끼고, 단련하지. 감각을 활용하는 법, 집중하는 법을 배우지만 그건 겉핥기에 불과해. 정신을 연마하는 과정에서 감각의 구조와 작동 원리를 파악해야만 그전에는 상상도 못한 방식으로 그걸 다룰 수 있게 되는 거야. 그리고 그 방법을 앎으로써 상대의 감각을 이용할 방법도 느끼지."

예를 들어 아젤은 시각을 마음대로 조종할 수 있다. 눈을 뜬 채로도 아무것도 안 볼 수도 있으며, 보이는 풍경에서 일정한 색을 제외해 버릴 수도 있고, 어둠 속에서도 어둡고 밝은 개념을 없애 버리고 사물의 윤곽만을 보는 것도 가능하다.

자일은 혼란스러워했다.

"그런 일이 가능한가?"

그도 감각을 제어하기는 한다. 하지만 아젤처럼 다양한 조건을 설정할 수 있는 건 아니다. 그저 빠르게, 느리게, 그리고 보다 집중력을 높여서 명확하게… 일반인도 어느 정도 할 수 있는 일들을 보다 자유롭게 할 뿐이다.

아젤이 말했다.

"난 당신이나 보어 경이 스피릿 오더 수련자이면서도 이런 기초적인 것조차 모른다는 사실이 충격적이었어. 이런 당연한 걸 모르고 있기 때문에 당신은 스스로의 힘을 전혀 제대로 못 살리고 있는 거야. 자아, 자일 경. 일단 근육을 쓰지 말고 몸을 움직이는 법을 훈련해 보자."

"몸에서 떨어진 물건을 움직이듯이 말인가?"

"그렇지. 마치 꼭두각시를 조종하듯이. 하지만 외부에서 붙잡고 움직이는 게 아니라 내부에서부터 모든 것을 통제할 수 있어야 해. 정신으로만 그 일을 해내는 게 첫걸음이야.

아젤이 말했다. 과연 그런 일이 가능한지 의문을 품는 자일에게 못 박듯이 덧붙였다.

"의심하지 마. 내가 가르치는 것들을 할 수 없는 일이라고 여긴다면, 영원히 내가 하는 일들을 보며 놀라기만 하게 될 거야."

"음. 알겠어."

자일의 눈빛이 바뀌었다. 그동안 아젤이 해온 일들을 보았다. 그게 스피릿 오더의 진수라면 자신이 못할 이유가 없다.

"고등 기술을 전수하기에 사흘이라는 기간은 짧지. 하지만 요점은 가르칠 수 있을 거야. 그걸 얼마나 정신에 새기고 발전시켜 나갈 수 있을지는 당신 하기 나름이고."

사흘 동안 가르칠 수 있는 건 별로 없다. 하지만 기본이 탄탄한 자일이니 200년의 세월 동안 실전(失傳)된 개념들을 전수해 주면 그걸 바탕으로 발전해 나갈 수 있으리라.

자일이 물었다.

"아젤 경, 당신은 도대체 정체가 뭐지?"

"아직 거기에 대답할 수 없다는 게 유감스럽군. 하지만 언젠가는 말해줄 수 있을 거야."

아젤은 그렇게 말하며 미소 지었다.

11

꿈을 꾸었다.

먼 옛날, 모두가 절망하던 시절의 꿈을.

용마전쟁 당시 용병으로서 각지를 돌아다니며 용마왕군과 싸우던 아젤은 세상이 처한 현실에 절망했다. 자기가 아무리 검을 휘둘러서 사람을 구해도 변하는 게 없었다.

혼자만의 힘으로는 안 된다. 많은 사람을 움직일 수 있는 위치로 올라가야 한다.

그런 생각을 하면서 기사가 되었다. 두 번째 스승 바르프에게 가르침을 받고 난 뒤, 어디에 나서도 부끄럽지 않은 실력을 가졌기 때문에 기사가 될 길은 넓게 열려 있었다.

하지만 기사가 되자 또 다른 난관이 기다리고 있었다. 말단 기사가 할 수 있는 일은 그저 명령에 따라 싸우는 것뿐이다. 눈앞에 닥친 혹독한 현실에도 불구하고 인간이 만든 조직에는 온갖 부조리가 범람했다.

진정 아젤을 힘들게 하는 것은 인간들의 마음이 병들어 있다는 사실이었다.

용마왕이라는 거대한 어둠에 맞서 인간들은 하나로 뭉치기 시작했다. 그러나 모든 인간이 한마음 한뜻으로 숭고한 단결을 이룬 것은 아니다. 목숨, 아니, 인류의 미래가 위협받는 상황에서도 인간은 마음속 어둠을 털어내지 못했다.

그렇지 않았다면 아젤이 이런 상황에 처하지도 않았으리라.

이 성은 전술적으로 꽤 중요한 위치에 있었다. 지형적인 이점 때문에 적은 인원으로도 많은 적을 효율적으로 막아낼 수 있었으며, 여기가 뚫리면 적들은 영지의 중심부까지 훨씬 수월하게 진군하는 게 가능해진다.

그러니 제정신 박힌 영주라면 여기에 많은 전력과 물자를 투입했어야 했다. 하지만 유감스럽게도 영주는 합리적인 선택을 하지 않았다. 친족이 지키던 성이 적의 손에 떨어지자 겁을 집어먹고 각지의 병력을 자기를 지키기 위해 불러들였다.

당연히 병력이 철수한 지역은 적에게 고스란히 노출되었다.

수많은 영지민이 유린당할 판인데도 그는 오로지 자신의 안위만을 걱정했다.

'쓰레기 같은 놈.'

달빛이 휘영청 밝은 밤에, 아젤은 성벽 난간에 기댄 채 사람들이 피난하는 걸 내려다보며 영주를 욕하고 있었다.

영주의 명령이 떨어지자 이 성을 지키던 병력의 8할이 빠져나갔다. 남은 것은 아젤을 포함, 영주의 명령을 거부하고 일반인들이 도망칠 시간을 벌기 위해 남은 소수였다.

사람들은 발등에 불이 떨어져서 짐을 바리바리 싸들고 도망치기에 바빴다. 함께 이곳에 남아 자신을 희생하겠다고 하는 없었다.

그들을 목숨 걸고 지키고자 하는 아젤 입장에서는 정말로 씁쓸한 일이다. 하지만 더욱 씁쓸한 것은⋯ 사람들이 이런 상황에서조차 서로를 멸시하고 차별한다는 것이다.

"아저씨는 안 도망쳐요?"

그렇게 물은 것은 꾀죄죄한 몰골의 어린 여자아이였다. 한눈에 뒷골목 부랑아라는 것을 알아볼 수 있는 모습이다.

성벽에서 사람들이 빠져나가는 것을 보던 아젤이 말했다.

"아무리 사람이 쓰레기처럼 보이는 상황이더라도⋯ 누군가는 도리를 지켜야 하니까."

"와, 아저씨 말씀하시는 거 되게 유식하다. 누가 보면 귀족인 줄 알겠어요."

"말단이지만 기사니까 귀족이 맞긴 맞거든? 아저씨라고 부르지 말라니까 그러네."

아젤이 구시렁거렸다. 이때의 아젤은 갓 스무 살이 된 뽀송
뽀송한 청년이었다. 며칠째 씻지도 못하고 수염도 깎지 않아
서 별로 그래 보이지 않기는 했지만.

"너도 어서 가."

"싫어요. 여기서 아저씨 싸우는 거 볼 거예요."

"그러다 죽어. 너 같은 애들 살리겠다고 남아서 싸우는 건데
그러면 어떡하냐?"

"아저씨가 구해주지 않았으면 벌써 죽었을 거예요. 그러니
까 괜찮아. 어차피 가봤자 또 저주받았다는 소리나 들을 거
고."

여자아이는 사람들 사이에서 저주받은 아이라 불리며 괄시
받았다. 아이가 지닌 능력 때문에 사람들이 두려워할 만한 일
들이 생겼기 때문이다.

하지만 그 일들이라는 것들도 다 하잘것없는 것들이었다.
아이가 화를 내니 물건들이 저절로 움직였다거나, 아이가 머
물던 곳에서 불이 났다거나, 근처에 있던 이들이 병에 걸렸다
거나…….

지식을 가진 자라면 두려워하지 않았을 것이다. 날 때부터
마력을 지닌 자들이면 한 번쯤 겪었을 법한 흔한 일에 불과했
으니까. 일단 부정적인 이미지가 박히고 나자 이런 일도 저런
일도 다 저 아이 때문에 일어난 거라고 갖다 붙인 티가 팍팍 난
다.

하지만 밀려오는 절망 속에서 사람들은 학대할 대상을 필요로 했다. 모든 것이 아이의 탓이라면서 두려워하고 미움을 쏟아 냈다.

아젤은 광기에 찬 사람들에게 죽임당할 뻔한 아이를 구해 주었다.

"꼬마야, 넌 저주받지 않았어."

"어떻게 알아요?"

"난 알아. 넌 그냥 좀 특이한 체질을 타고난 것뿐이야. 어쩌면 좋은 마법사가 될 수 있을지도 모르지. 그러니까 사람들이 뭐라고 하든, 자기 자신을 좀 더 소중히 하며 살아도 돼."

"하지만……."

뿌우우우우—!

아젤은 아이의 말을 다 들어주지 못했다. 용마왕군이 쳐들어왔기 때문이다.

"빨리 도망가라."

아젤은 아이의 머리를 쓰다듬어 주고는 성벽 위를 달렸다.

그때부터 잔존 병력은 긴 사투를 벌였다. 목숨을 내던지는 투혼으로 수적 열세를 극복해 가면서 시체의 산을 쌓았다.

일곱 시간이 지났을 때, 먼 곳에서 동이 트면서 사방이 밝아졌다. 대부분이 야행성 마물로 이루어진 용마왕군은 일단 물러났고 겨우 살아남은 병력들은 빠져나갈 준비를 했다.

"큭……."

생존자 속에는 아젤도 있었다.

밤의 어둠 속에서 악귀 같은 기세로 적들을 베어 넘긴 그는 지쳐 있었다. 워낙 수적 열세에서 분투하다 보니 여기저기 눈먼 칼에 맞아 부상도 당했다. 그가 고위 스피릿 오더 수련자가 아니었다면 출혈 과다로 사망했을지도 모르는 상태였다.

당장에라도 쓰러질 것 같은 몸을 이끌고 성벽을 내려가는 그에게 한 사람이 다가왔다. 밤새 이루어진 전투에도 불구하고 그곳을 떠나지 않은 여자아이였다.

"너… 왜 안 갔어?"

아젤이 묻자 아이는 어디서 구했는지 물을 적신 깨끗한 천으로 아젤의 얼굴에 묻은 피를 닦아주며 웃었다.

"아저씨는 모두를 위해 피 흘리며 싸우는데, 아저씨의 얼굴을 닦아줄 사람도 없으면 슬프잖아요."

"……."

아젤은 잠시 넋을 잃고 여자아이를 바라보았다. 절망적인 상황에서 싸우면서도 그런 적이 없는데, 갑자기 왈칵 눈물이 솟구칠 것 같았다.

겨우 그런 감정을 억누른 아젤은 슬쩍 시선을 피하며 투덜거렸다.

"아저씨가 아니라니까 그러네."

CHAPTER **13**

예언을 추종하는 자들

魔展
龍劍

1

대륙 북방에 위치한 어둠의 설원.

그곳은 인간의 접근을 불허하는 마경(魔境)이었다. 예전부터 혹독한 추위와 인간에게 호의적이지 않은 용들, 그리고 넘치는 마물들로 인해서 위험이 넘쳤지만 용마전쟁 이후에는 인간들에게 패퇴한 용마왕군의 잔존 세력들이 그곳에 자리 잡으면서 뻔히 악의 온상임을 알면서도 칠 수 없는 곳이 되고 말았다.

용마왕 숭배자들의 성지라 불리기에 부족함이 없는 땅.

니베리스는 그곳으로 돌아와 있었다.

"이곳이……."

어둠의 설원에 온 레지나는 놀람을 금치 못했다.

인간의 발길이 닿지 않는 대륙 북단 끝까지 오는 과정은 그녀가 상상했던 것과는 전혀 달랐다. 정상적인 수단으로 대륙 남서부에 위치한 루레인 왕국에서 여기까지 오려면 아주 길고 험난한 여정이었으리라. 하지만 그들은 비약적으로 그 기간을 단축시킬 수 있었다.

"이곳이 어둠의 설원……."

레지나가 감개무량한 눈으로 주변을 둘러보았다.

그녀의 뒤쪽에는 원형의 금속 구조물이 있었다. 마법적인 장식이 가득 들어간 테두리가 서서히 회전하고 그 한가운데는 마치 무저갱처럼 어둠으로 가득 차 있었다.

용마왕 아테인이 남긴 위대한 마법의 유산, '공허의 길.'

이것을 통해서 그들은 수천 킬로미터에 해당하는 공간을 한순간에 뛰어넘었다. 현시대의 그 누구도 재현해 내지 못하는 이 유산이야말로 어둠의 설원에 본거지를 둔 자들이 대륙 곳곳에서 활동할 수 있는 비밀이었던 것이다.

니베리스가 말했다.

"영광으로 생각해라. 원래는 그대 같은 말단이 오는 게 허락되지 않는 땅이니."

"예."

레지나가 주변을 둘러보았다. 그곳은 차가운 돌벽으로 이루어진 웅장한 성이었다. 용마전쟁 당시, 용마왕 아테인이 만약을 대비하여 비밀리에 만들어둔 거점, 용마궁(龍魔宮)으로 200년 이상이 흐른 지금까지도 완벽하게 기능하고 있었다.

니베리스와 레지나가 공허의 길이 설치된 곳에서 나와서 걷고 있을 때, 그 앞을 누군가가 가로막았다.

"무사히 돌아와서 다행이야, 니베리스."

화사한 금발의 용마족 청년이었다. 얼음을 깎아내어 만든 뒤 색을 불어 넣은 장식물 같은 두 개의 뿔이 뒤쪽으로 비스듬하게 휘어 나와 있었고 눈동자는 어두운 청색이었다. 그리고 영롱한 빛을 흘리는 손등의 용마석 역시 눈동자와 같은 색을 띠고 있었다.

니베리스가 싸늘한 눈으로 그를 바라보았다.

"쓸데없는 걱정이다. 설마 내가 적에게 죽기라도 할 줄 알았나?"

"아니, 난 그저… 순수하게 널 걱정했을 뿐이야. 이번 임무는 많이 위험하다고 들었으니까."

"키르엔, 당신도 같은 임무를 맡았을 텐데? 당신 쪽은 어떻게 되었지?"

"내 쪽은 표적이 왕족은 아니었지."

"어쨌든."

"음. 그러니까… 성공하긴 했어."

키르엔이라 불린 용마족 청년은 슬쩍 시선을 피하면서 말했다. 니베리스가 차갑기 그지없는 태도를 보이는 데 비해 이 청년은 그녀를 어려워하는 것 같았다.

그 대답에 니베리스의 눈길이 한층 더 차가워졌다.

"축하할 일이군. 그럼 이만 비켜주시겠어? 유능한 당신과 달리 왕비께 내가 무능해서 실패했다고 알리러 가야 하는 몸이니."

"니베리스."

"비켜."

"음. 알겠어. 피곤할 텐데 돌아오자마자 귀찮게 해서 미안해."

키르엔은 안타까워하면서 길을 비켜주었다. 니베리스는 찬바람 쌩쌩 부는 태도로 그를 지나쳤다. 레지나가 그를 흘끔 바라본 다음 니베리스를 따랐다.

'둘이 무슨 관계지?'

용마왕 숭배자들의 조직이 워낙 점조직이다 보니 레지나는 상부에 대해서 별로 아는 게 없었다. 어둠의 설원이 용마왕 아테인이 안배한 성지이며, 이곳에 머무르는 자들은 모든 조직의 위에 군림하는 용마왕 숭배자 세력의 중추라는 것만을 알 뿐.

니베리스에 대해서도 그녀가 어둠의 설원에서도 귀한 신분이라는 것 말고는 별로 아는 게 없다. 과연 이곳에는 어떤 세력 구도가 존재하고 있는 것일까?

"레지나."

그때 앞서 가던 니베리스가 그녀를 불렀다. 레지나는 퍼뜩 정신을 차리고 대답했다.

"예."

"넌 하인을 따라서 내 거처로 가 있도록 해라."

그새 니베리스가 하인을 불러두었다. 평범한 귀족가의 하인

같은 차림새를 한 인간 하인을 본 레지나는 신선한 충격을 받았다.

"아가씨께서는?"

"난 어머님을 만나 뵈러 가야 한다. 아마 저녁때까지는 돌아갈 것이다. 늦게 되면 기별을 넣도록 하지."

"알겠습니다."

그녀가 혼자 복도 저편으로 가 버리고 나자 인간 하인이 레지나를 안내하려고 했다. 하지만 그때 그곳에 키르엔이 나타났다.

"이 사람은 내가 잠시 빌리도록 하지. 너는 가서 할 일을 하도록."

하인은 곧바로 그 말에 따랐다. 레지나가 당혹스러운 표정을 짓자 키르엔이 말했다.

"이름이 뭐지?"

"레지나라고 합니다. 용 그림자 소속이었습니다."

"용 그림자? 음… 하부 조직 중 하나였나 보군. 니베리스 직속이었나?"

"죄송하지만 거기까지는 잘 모르겠습니다. 다만 아가씨께서 루레인 왕국에 오셨을 때 도우라는 명령만 받은 터라……."

"하긴 하부 조직은 그런 식으로 관리되지. 그럼 이곳에 대해서는 아는 게 없겠군."

"어둠의 설원이 우리의 성지라는 것 말고는 아는 게 없습니다."

"흠. 내부 출신도 아니고, 정보 제한이 풀린 것도 아니라면 아직 여기 올 자격이 없을 텐데… 아니, 니베리스가 한 일이니 이유가 있겠지."

그렇게 중얼거린 키르엔이 자신을 소개했다.

"나는 키르엔 발타자크라고 한다."

그 말에 레지나는 놀랐다.

발타자크.

그것은 용마전쟁 당시 용마왕 아테인을 보필하던 4명의 용마장군 중 하나였기 때문이다.

'별이 흘리는 피' 발타자크.

'대지의 비명을 삼킨 망치' 레이거스.

'폭풍을 가르는 검' 알마릭.

'하늘의 눈물이 담긴 잔' 아운소르.

일당천의 힘을 가져 전장에 나서는 것만으로도 적들을 공포에 떨게 했던 용마족들이다. 용마족이 탁월한 힘을 타고난다는 것이야 잘 알려진 바지만 그런 용마족 간에도 힘의 우열이 존재하게 마련이다. 그리고 용마왕 아테인이 인정한 이들 넷의 힘은 그야말로 경천동지할 수준이었다고 한다.

키르엔이 말했다.

"네가 떠올린 그 발타자크가 맞다. 발타자크 공작의 직계 혈손이 바로 나다."

"그렇군요."

그렇다면 다른 용마왕 숭배자들과는 격이 다른 고귀한 신분의 소유자라고 할 수 있었다. 긴장으로 식은땀을 흘리는 레지나에게 키르엔이 부드럽게 말했다.

"겁먹을 것 없다. 니베리스가 데려온 널 해코지할 생각은 없으니. 그저 이야기가 듣고 싶을 뿐이다."

"어떤 이야기를 원하십니까?"

"네가 니베리스와 함께하는 동안 보고 들은 것… 그래. 정확히는 니베리스가 어째서 실패했는지, 거기에 대해서 자세히 들려주었으면 좋겠다."

2

그 시각, 니베리스는 용마궁의 중심부에 와 있었다.

이곳은 원래 용마왕 아테인이 몸을 피해 머물렀어야 할 곳이기에 옥좌가 마련된 알현실이 있었다. 그러나 언젠가 돌아올 왕을 위해 그 옥좌는 비어 있었으며, 알현실을 중심으로 갈라진 통로의 끝에 용마왕과 몸을 섞고 그의 자식을 낳은 왕비가 거하는 방이 있었다.

그 방은 어둠에 잠겨 있었다.

분명히 창이 있고 커튼도 쳐져 있지 않은데, 그리고 밖에는 아직 해가 떠 있는데도 이 방은 캄캄한 어둠이 지배한다. 그 한가운데 한 여성이 커다란 의자의 쿠션에 몸을 파묻은 채 눈을 감고 있었다.

니베리스와 마찬가지로 긴 검은 머리칼을 늘어뜨린 용마족 여성이었다. 차분하고 우아한 자태의 소유자로 인간 기준으로 치면 30대 초중반 정도로 보였다. 귀 위쪽의 뿔은 검은색이었으며 용마석은 황금색을 띠고 있었다.

"돌아왔습니다, 할머님."

그녀가 바로 니베리스의 조모이며 어둠의 설원에서 가장 높은 지위를 가진 이였다.

용마왕 아테인의 첫 번째 비, 아인세라.

니베리스가 귀하게 대접받는 이유가 바로 이것이었다. 그녀는 용마왕 아테인의 직계 혈손인 것이다.

니베리스의 인사에 아인세라가 눈을 떴다. 용마석과 똑같은 황금색 눈동자가 드러나는 것과 동시에 주변을 감싸고 있던 어둠이 사라지면서 정상적인 빛이 실내를 비추었다.

"니베리스, 무사히 돌아와서 기쁘구나."

말의 내용과 달리 그녀의 표정은 쌀쌀맞았다. 그렇다고 일부러 차가운 표정을 짓는 것은 아니다. 마치 잘 만든 조각상처럼 감정이 드러나지 않는 얼굴이었다.

니베리스가 고개를 숙였다.

"부끄럽게도 임무에 실패하고 말았습니다."

"자책하지 않아도 된다. 애당초 아직 경험이 적은 네가 맡기에는 위험 부담이 너무 큰 임무였다. 준비 부족이 원인이었지."

"하지만… 키르엔은 성공했습니다."

"키르엔의 임무 난이도는 네 쪽에 비해 높지 않았다. 그리고 키르엔은 너보다 훨씬 임무를 수행한 경험이 많고, 실패도 충분히 맛보았지. 열등감을 느낄 일은 아니다."

"……."

"향상심은 좋은 것이다. 하지만 과거의 작은 실수에 사로잡혀 있으면 미래를 잃게 돼. 그 점을 잊어서는 안 된다."

"…알겠습니다."

"네게 물어보고 싶은 게 하나 있다. 자세한 보고는 나중에 보고서로 받겠지만… 그전에 꼭 확인해야 할 것이 있구나."

"무엇입니까?"

"죄 깊은 이름을 가진 인간이 너를 방해했다고 들었다."

그 말에 니베리스가 입술을 깨물었다. 아젤의 얼굴이 떠오르면서 굴욕감이 치솟았기 때문이다.

아인세라가 물었다.

"혹시 그자가 용마기를 갖고 있었느냐?"

"용마기 말씀입니까? 그럴 리가 없지 않습니까?"

니베리스는 당혹스러웠다. 용마기라니, 이 시대에 그것을 가진 인간이 존재할 리가 없지 않은가? 어둠의 설원에서 총력을 다해 그것을 가진 자들과, 그에 대한 전승을 모두 지워 버렸는데.

아인세라가 물었다.

"확실한 것이냐?"

"확실합니다. 만약 그자가 용마기를 가졌다면 목숨이 위험한 상황에서 쓰지 않았을 이유가 없지요. 그리고 그랬다면 제가 이렇게 무사히 돌아올 수 있었을지 장담할 수 없습니다."

"흠……."

과연 그렇다. 니베리스는 스스로의 재능과 힘에 자부심을 가졌지만 예전부터 귀에 못이 박히도록 용마기의 무서움을 들었다. 그리고 심지어 보고 겪기도 했다. 세상에서 그 존재를 지워 버렸음에도 이 어둠의 설원에는 용마기가 존재하기 때문이다.

니베리스가 말했다.

"하지만 그 죄 깊은 이름을 가진 자는 잊힌 비술을 간직하고 있었고 용살의 의식을 알고 있었습니다."

"용살의 의식을 알고 있었다? 정말이냐?"

돌로 만든 조각품 같았던 아인세라의 얼굴에 표정 변화가 일어났다. 미미하나마 놀람을 드러낸 채 니베리스의 대답을 기다린다.

"예, 그리고 용살의 의식을 통해 용을 죽였을 것으로 추정됩니다."

"그런 일이 있었다니……."

아인세라의 표정이 심각해졌다.

용살의 의식을 안다.

그것만으로도 충격적인 일이다. 그런데 용살의 의식을 통해 용을 쓰러뜨렸다고?

니베리스가 말했다.

"어디까지나 추정입니다. 용의 사체에서 빼내 온 눈동자의 상태로 보건대 용살의 의식이 이루어졌을 가능성은 높다고 봅니다. 그러나… 그렇게 보기에는 납득할 수 없는 점이 너무 많았습니다."

"이유는?"

"그 죄 깊은 이름을 가진 자는, 단독으로 용을 쓰러뜨릴 만큼 강하지 않았습니다."

이 부분은 아직도 니베리스에게 풀리지 않는 의문으로 남아 있었다. 아젤은 도대체 무슨 수로 용살을 이룬 것일까?

니베리스의 설명을 차분히 듣던 아인세라가 말했다.

"마력이 약하고, 용마기를 갖지도 않은 자가 용살의 의식을 알고 있으며 행했다… 확실히 그냥 넘어갈 수 없는 사안이로군."

"앞으로도 주시할 필요가 있다고 생각합니다."

"알겠다. 손을 써두도록 하마."

"할머님, 부디 저를……."

"안 된다."

조용한 목소리였지만 니베리스는 채찍으로 얻어맞은 듯 몸을 떨었다.

니베리스는 아젤 때문에 일이 실패한 것을 설욕하고 싶었다. 그래서 자신이 나설 수 있도록 청하려 했는데 말을 꺼내기도 전에 아인세라가 허락하지 않겠다는 뜻을 밝혔다.

"너는 이미 용검공작에게 노출되었다. 당분간은 자중하는 게 좋아. 새로운 마법서 열람을 허가할 테니 얌전히 마법을 연마하도록 해라."

"…예."

아인세라의 뜻이 확고하니 감히 더 청해볼 엄두가 나지 않았다. 아인세라가 다시 눈을 감고 어둠을 불러들이며 말했다.

"물러가거라."

3

일반적으로 대귀족의 행차는 그만한 규모를 동반하게 마련이다. 특히 공작쯤 되면 어딜 가든 그만한 수행원들이 뒤를 따르며 귀찮은 일들을 처리해 준다.

그런데 카이렌은 자기가 불을 피우고, 시냇물을 길어와서 식사 준비를 하고 있었다.

아젤이 말했다.

"설마 불 피우고 물 긷는 공작님을 보게 될 줄은 상상도 못했는데요?"

물론 아젤도 카이렌에게 이런 잡일을 시켜놓고 놀고 있던 게 아니다. 숲을 뛰어다니면서 새 한 마리, 토끼 한 마리를 사냥해 왔다.

정신파를 자유자재로 다루는 고위 스피릿 오더 수련자에게 사냥을 통한 식량 확보는 좀 반칙이 아닌가 싶을 정도로 쉬운 일이었다.

카이렌이 태연하게 대꾸했다.

"할 사람이 없으면 내가 해야지. 저절로 되는 게 아니지 않나? 아니면 아랫사람인 자네가 다 하겠나?"

"사양하지요."

아젤은 능숙한 손놀림으로 토끼의 가죽을 벗기고 고기를 손질했다. 그러면서 투덜거렸다.

"왕궁에서 나올 때 식량은 좀 챙겨왔으면 좋았잖습니까?"

"음. 자네가 이렇게 못 달릴 줄은 몰랐지. 자네를 과대평가한 내 실수군."

"……"

아젤이 입술을 삐죽였다.

두 사람은 왕도에서 타란토스 공작령까지 먼 길을 '달려서' 이동하고 있었다.

비유가 아니라 문자 그대로의 의미다. 왕실에서 내주겠다는 말도 사양하고, 짐을 가능한 한 줄인 다음 타란토스 공작령까지 일직선으로 달려간다.

다른 사람이 들으면 정신 나간 짓이었지만 카이렌에게는 아주 합리적인 이유가 있었다.

'그게 제일 빠르다.'

그는 말이 전력 질주하는 것보다도 훨씬 빠르게 달릴 수 있으며, 지형을 가리지 않고 일직선으로 목적지까지 이동하는 게 가능하다. 그러니 길을 따라서 여행하는 것과는 비교할 수 없을 정도로 빠르게 갈 수 있는 것이다.

그가 잘못 생각한 것은 아젤의 체력이었다.

"쯔쯔. 그렇게 느리게 왔는데 고작 20킬로미터도 안 달리고 뻗는 꼴이라니."

"…누가 들으면 단위가 잘못된 게 아닌가 의심할 겁니다."

카이렌이 혀를 차자 아젤이 툴툴거렸다.

일반인이 전력 질주하는 것만큼이나 빠른 속도로, 지도상으로는 20킬로미터를 주파했다. 산을 넘고, 숲을 지나고, 들판을 가로질렀으니 제대로 된 길 따라서 같은 거리를 간 것과는 비교도 할 수 없이 험난한 시간이었다.

아젤이 이 시대에 깨어난 지 아직 한 달 반밖에 지나지 않았다. 그동안 몸도 좀 만들었고 마력도 늘긴 했지만 전성기에 비하면 초라했다.

지속적으로 장거리를 이동하는 것은 기술보다는 체력이 중시되는, 요령이 통하지 않는 일이라 금세 지쳐 버리고 만 것이다.

카이렌이 새 구이를 뜯으면서 말했다.

"칼솜씨가 너무 뛰어나서 자네 수준을 지나치게 과대평가했지 뭔가. 일정을 좀 수정해야겠군. 원래는 내일 밤에는 도착하는 걸 목표로 삼았는데……."

"……."

왕도에서 타란토스 공작령까지는 지도상의 직선거리로 500킬로미터가 넘었다.

"일주일 후까지는 도착하는 걸 목표로 잡지. 설마 하루 70킬로미터도 못 가겠다고 하진 않겠지?"

"…아주 절 잡으실 셈이군요?"

"호오, 자네가 약한 소리를 하다니 아주 듣기 좋군."

"끄응."

"어디 오늘 묵을 마을을 정해두는 게 좋겠어."

카이렌은 기분이 좋은 듯 콧노래를 불러 가면서 지도를 펴 들었다.

그리고 둘은 정말로 하루 70킬로미터씩 꼬박꼬박 직선으로 이동했다.

아젤 입장에서는 하루가 지날 때마다 몸이 비명을 지르는 일정이었건만 카이렌은 너무 느리다고 투덜거렸다.

'으으윽! 내가 힘을 회복하기만 하면! 반드시 쓴맛을 보여주겠어, 이 영감탱이!'

설마 이렇게 젊은 나이에 옛날을 그리워하며 이를 갈게 될 줄은 상상도 못했다. 아젤은 속으로 카이렌을 욕하면서 악착같이 카이렌이 설정한 목표 거리를 주파한 뒤 녹초가 되어서 잠들었다.

그렇게 나흘째 되는 날이었다.

"음?"

문득 카이렌이 눈살을 찌푸렸다. 산을 타고 있던 그는 문득 먼 곳에서 연기가 피어오르는 것을 발견했다.

"아젤."

"네, 보입니다."

아젤도 카이렌이 본 것을 발견했다.

두 사람은 더 이상 말을 나누지 않고 그곳을 향해 달리기 시작했다. 전문적인 장비 없이는 도저히 오르내릴 수 없을 것 같은 비탈을 평지처럼 달려간 뒤, 나무들을 밟고 날듯이 연기가 피어오른 곳으로 향한다.

산 중턱에 위치한 화전민 촌락이었다. 그곳을 오크들이 끼어 있는 도적 떼가 급습해서 약탈하고 있었다.

"음?"

고속으로 그곳에 다가가던 두 사람은 문득 이질적인 존재를 발견하고 멈춰 섰다. 한 사람이 나무 위에 은닉술로 모습을 감춘 채 약탈의 현장을 내려다보고 있는 게 아닌가?

'마법사? 아니, 뭔가 이상한데?'

그렇게 고도의 은닉술을 쓰고 있는 게 아니라서 아젤도 카이렌도 쉽게 마법사의 모습을 파악했다. 낡은 모자를 눌러쓰고 펑퍼짐한 여행자용 망토를 두른 이였다. 얼굴이 보이지 않지만 체격이 작았고 범상치 않은 마력의 향취가 감도는 것을 알 수 있었다.

'용마인? 아니, 그건 아닌 것 같은데… 설마?'

아젤은 그에게서 용마력의 향취를 감지했다. 용마족이나 용마인과는 달리 마력이 일부 용마력의 성질을 띠고 있는… 즉, 자신처럼 용살의 의식을 거친 인간이나 가질 느낌이다.

'저놈들이랑 한패로 보이진 않는데……'

화전민 촌락을 급습한 도적 떼는 아무래도 저 마법사처럼 범상치 않은 존재의 패거리로 보이지 않는다. 하지만 한패거리가 아니라면 왜 저토록 차분하게 보고만 있단 말인가?

―일단 가지. 만약 적이라면 상대하면 그만이다.

카이렌이 먼저 결단을 내리고 위스퍼링으로 말했다. 그리고 곧바로 화전민 촌락으로 뛰어들었다. 어린 여자애 위에 올라타서 옷을 찢어발기던 오크를 맹금처럼 덮친다.

파학!

검을 뽑아 드는 것과 동시에 오크의 목이 잘려서 날아오른다.

아젤도 그 뒤를 따랐다. 그가 도착한 곳에서 세 개의 목이 날아가면서 피보라가 일어났다.

"으악!"

"이놈들 뭐야!"

워낙 둘의 습격이 갑작스러워서 도적 떼의 반응이 한 박자 늦었다. 하지만 아젤과 카이렌은 그들이 반응을 하든 말든 개의치 않았다. 보이는 놈에게 다가가서 검을 휘두른다.

도적들은 이미 많은 화전민을 죽이거나 제압하고 아이들과 여자들을 끌고 나오고 있었다. 다 이기고 약탈만 하면 된다고 생각했다가 예상치 못한 습격을 받자 우수수 쓰러져 간다.

"네, 네놈들은 누구냐?"

도적 떼의 수장으로 보이는 거구의 사내가 당황해서 물었다.

아젤이 그 앞으로 걸어가면서 말했다.

"별로 알려주고 싶지 않은데? 어차피 죽을 놈한테 들려줘봐야 의미도 없……."

동시에 아젤의 모습이 사라졌다.

"…고."

맺는 말이 들려온 곳은 사내의 뒤였다. 사내가 놀라서 뒤를 돌아보려고 했다.

그런데 이상하다. 고개를 돌릴 뿐인데 이상하게 시야가 점점 가라앉는다.

직후 옆으로 돌아가던 그의 목이 깨끗하게 잘려서 바닥에 떨어지면서 잘린 단면에서 피분수가 뿜어져 나왔다.

털썩!

"까아아아아아악!"

그 앞에 쓰러져 있던 여자가 비명을 질렀다. 아젤이 움찔했다.

"이런. 실수했군."

"하여튼 애송이는 배려가 부족해서 큰일이야."

카이렌이 혀를 차며 다가왔다.

도적 떼의 수는 총 30여 명 정도, 그들이 두 사람에게 몰살당하기까지는 5분도 채 걸리지 않았다. 정상적으로 무장하고 싸울 각오를 다지고 있었다면 모를까, 여자를 끌어내서 바지를 풀어헤치고 있던 참이다 보니 너무나도 쉽게 일이 끝나 버렸다.

둘은 도적 떼가 묶어두었던 사람들을 풀어주고, 집에 붙은 불을 껐다. 살아남은 화전민들이 두 사람에게 고개를 조아렸다.

"아이고! 정말 감사합니다!"

그런 한편 그들은 두려움이 깃든 눈으로 두 사람을 보았다. 도적 떼를 순식간에 학살해 버린 압도적인 무력 때문만은 아니다.

아젤은 그렇다 치고 카이렌은 용마족이 아닌가? 게다가 새카만 전신 갑옷으로 완전무장한 기사의 차림새라 누가 봐도 귀한 신분임을 알 수 있었다.

"흠. 이런 산골짜기에 화전민 촌락이 있다니··· 동네 영주 성격이 고약한가?"

카이렌이 고개를 갸웃하며 물었다.

이들은 영주의 지배에서 달아나서 산속에 화전을 일군 이들이었던 것이다.

영주의 지배가 가혹하면 이런 경우가 종종 있었다. 가뭄이 들거나 각종 재해로 농사가 잘 안 되는데도 높은 세금을 걷어서 도저히 먹고살 수가 없다고 여긴 이들, 혹은 범죄자들이 영지에서 도망쳐서 마을을 형성하는 경우다.

그러다 보니 마을을 지킬 만한 힘이 없어서 도적 떼에게 대책 없이 유린당하고 말았다. 재물을 약탈당하고 살해당할 위기에서 벗어난 것은 좋았는데 하필이면 그 구원자가 귀족이라는 게 문제였다.

하지만 카이렌은 그 점에서는 상식을 벗어나는 인물이었다.

"뭐, 그렇게 무서워할 것 없다. 내 영지민들도 아니고 도적 떼도 아닌데 뭘 하건 내가 상관할 바는 아니지."

"…매우 호탕하시긴 한데, 왕실에서도 존중받는 대영주께서 그런 말씀하시면 안 되는 거 아닙니까?"

"듣는 귀도 없는데 뭐 어떤가? 그리고 지금은 그보다 신경 쓰이는 게 있으니까."

카이렌이 그렇게 말하고는 나무 위에서 상황을 지켜보던 마법사를 노려보았다. 다음 순간, 그가 순동법을 써서 마법사 앞에 출현했다.

"어?"

마법사가 깜짝 놀라서 나무에서 뛰어내렸다. 은닉술을 쓰고 있었는지라 들킬 거라고 생각하지 않았나 보다.

그 앞에 카이렌이 내려서자 마법사가 당황해서 물었다.

"왜 이러세요?"

그 말에 카이렌과 아젤은 어이가 없었다. 아니, 지금 자기가 얼마나 수상해 보이는지 모르는 건가?

눌러썼던 모자가 반쯤 벗겨진 마법사를 본 두 사람은 좀 놀랐다. 한 열서너 살 정도밖에 안 되어 보이는 소년이었기 때문이다. 금발 곱슬머리에 파란 눈을 가진 소년이 정말 이해할 수 없다는 표정을 짓고 카이렌을 올려다보고 있었다.

특히 아젤의 놀람은 컸다.

'이런 꼬맹이가 용살의 의식을 치렀다고? 그럴 리가……'

곧 카이렌이 싸늘한 표정을 지으며 물었다.

"정체가 뭐냐? 저놈들이랑 한패는 아닌 것 같은데… 설마 뒤에서 사주했다거나 한 건 아니겠지?"

"전혀 상관없는 사람들이에요."

"그런데 왜 거기에 숨어서 보고 있었지?"

"제가 근처를 지나가는데 그들이 나타나서, 저를 해칠까 봐 숨어 있었어요."

"보아하니 꽤 하는 마법사인데 약탈당하는 사람들을 도울 생각은 하지 않았고?"

그 물음에 소년이 고개를 갸웃했다.

"그러다가 제가 죽을 수도 있는데, 그래야 하나요?"

"……"

그렇게 말하는 태도가 너무 당당해서 카이렌도 아젤도 순간 울컥했다.

그 앞에서 소년이 모자를 바로 쓰더니 몸을 일으키고 옷을 툭툭 털었다.

"왜 그렇게 물으시는지는 알겠지만, 제가 그렇게 해야 할 의무가 있는 건 아니잖아요? 제가 도적 떼를 불러온 것도 아니고 이 사람들이 저랑 아는 사람도 아니며, 그 외에 제가 이 사람들에게 의무감을 느껴야 할 어떤 이유도 없는데요."

"그렇기는… 하지."

카이렌은 영 마음에 안 들어 하는 태도로 말했다.

소년의 말은 지독히 이기적이었지만 그렇다고 틀린 말도 아니었다. 소년이 제법 강한 마력을 지닌 마법사라고는 하지만 스무 명이 넘는 도적 떼를 감당할 수 있었으리라는 보장은 어디에도 없고, 그렇다면 냉정하게 자기 목숨을 중시한 것을 두고 뭐라고 하기도 그렇다. 도덕적인 문제로 소년을 비난할 수야 있겠지만 그것도 별로 생산적인 일은 아닐 것이다.

그렇게 생각하면서도 아젤은 의문을 참을 수 없었다.

"하지만 사람들이 당하고 있는데 도와주고 싶다는 생각은 안 했어?"

소년이 양심의 가책을 느끼며 괴로워하는 기색이라도 보였다면 모를까, 너무나도 태연한 것이다. 가까이서 사람들이 약탈당해서 죽거나 지독한 꼴을 당하건 말건 무슨 상관이냐는 얼굴이었다.

소년이 말했다.

"했어요."

"했다고?"

"네."

"……."

아젤과 카이렌이 서로를 바라보았다. 너무나도 당연한 저 대답이 오히려 의외였다. 소년의 표정이 워낙 태연해서 전혀 진실성이 느껴지지 않는다.

소년이 말을 이었다.

"하지만 그들을 도와주는 것보다 제 목숨을 지키는 게 더 중요한 일이었으니까요. 이 정도면 원하는 대답이 되었나요, 아젤 제스트링어?"

쉬잉!

순간 소년의 눈앞에 은빛 선이 내달렸다. 뭔가 번쩍한다고 여긴 순간, 아젤이 그의 목에 칼끝을 겨누고 있었다.

"어떻게 내 이름을 알았지?"

4

팽팽한 위압감이 소년을 덮쳤다. 소년이 살짝 떨리는 목소리로 말했다.

"대답해 드리는 건 쉬운데… 이거 치우고 하면 안 될까요?"

"아예 목에다가 혈선을 그어 줄까?"

"생각했던 것보다 무서운 분이시네……."

소년이 난처해하며 말했다.

"당신이 예언의 사람인지 시험해 보고자 온 수호그림자의 예언지킴이, 레논이에요. 이 정도면 자기소개가 되었을까요?"

"수호그림자라고?"

아젤이 눈살을 찌푸렸다. 카이렌도 영문을 모르겠다는 듯 물었다.

"너 같은 어린애가 수호그림자의 일원이라고?"

"수호그림자가 되는 데 나이는 중요하지 않답니다. 용검공작님."

소년은 식은땀을 흘리면서 주춤주춤 뒤로 물러났다. 아젤은
일단 검을 거두었다.

소년, 레논이 해맑게 웃으며 말했다.

"그저 어떤 인과를 가졌는지가 중요하지요. 어쨌든 원래는
오늘 밤쯤에 찾아갈 생각으로 뒤를 쫓고 있었는데 예기치 못
하게 만나 버렸네요. 당신은 정의감 넘치는 사람이군요, 아젤
제스트링어."

"정의감 넘친다… 는 부분에는 하고 싶은 말이 산더미 같지
만 생략하지. 그보다 우리를 뒤쫓고 있었다고?"

"네."

"언제부터?"

"꽤 됐어요. 하지만 슬슬 따라잡을 수 있겠다고 생각한 게
오늘이었죠."

"즉 우리 행적을 계속 파악하고 있었다?"

"네."

"……."

아젤의 눈에 불신이 떠올랐다.

'그랬는데 내가 아무런 시선도 못 느꼈다고?'

멀리서 눈으로 보았든 마법으로 추적했든 간에 아젤 자신이
시선을 느끼지 못했다는 건 납득할 수 없었다. 설마 수호그림
자에는 아젤의 시선감지를 피할 수 있는 기술이 존재한단 말
인가?

'아니, 확실히 수호그림자가 나타났을 때를 생각해 보면 그럴 가능성이 없진 않겠군.'

자신의 감지 능력을 자신하는 아젤이었지만 그게 절대적이라고 여기진 않았다. 감지 기술과 은닉 기술은 서로 물고 물리는 관계라 언제 우위가 뒤집어질지 알 수 없는 법이다. 수호그림자를 처음 봤을 때, 그들이 20미터 안쪽에서 나타날 때까지 기척을 감지하지 못했던 걸 생각하면…….

아젤이 물었다.

"어떻게 우리를 추적했지?"

"그건 쉬웠어요. 수호그림자들에게 용검공작님의 위치를 물어보면 알려주니까요. 두 분이 워낙 빨라서 쫓아오는 게 큰일이었을 뿐."

"…아. 그런 거였나."

그렇다면 시선이 느껴지지 않았던 것도 이해가 간다. 아젤 자신을 보고 있었던 게 아니니까.

좀 허탈해하고 있는 아젤에게 레논이 말했다.

"당신은 확실히 인간이면서 용마력의 그릇이군요. 용마인도 아니면서……."

용마족과 인간 사이에서는 용마인이 태어난다. 그리고 인간과 섞일수록 그 피가 옅어지다가 어느 시점부터는 용마인의 특성이 없는 인간이 태어나게 되는데, 그때는 용마력의 흔적도 사라진다.

그런데 아젤은 용마력의 향취를 지니고 있었다. 용살의 의식을 통해 용의 힘을 흡수했기 때문이다.

레논이 흥미로워하는 기색으로 말했다.

"나는 잘 모르지만 지난 백 년간 이런 인간이 없었다고 하더라구요."

"웃기는 소리군."

"네?"

"그렇게 말하는 너 역시 그런 인간이면서 그런 소리를 하면 설득력이 없지."

"아아. 저는… 아니, 정확히는 우리는 별개로 놓고 보는 거지요. 우리가 찾는 예언의 사람은 우리에 속하지 않으면서도 그 조건을 충족하는 존재거든요."

"예언된 사람? 무슨 소리야?"

"그건 당신이 예언된 사람이라는 게 확인되지 않으면 가르쳐 줄 수 없어요."

"나도 처음 듣는 사항이다만. 왜 내가 모르고 있었지?"

카이렌이 물었다. 수호그림자의 일원으로 헌신하고 있는 자기가 모르는 사실을 이런 어린 소년이 알고 있다는 사실이 불쾌했다.

레논이 말했다.

"수호그림자의 일원이라고 해서 전부 예언에 대해서 알고 있는 건 아니에요. 예언을 위해 스스로를 바친 예언지킴이만이 알고 있지요."

"스스로를 바친다? 예언지킴이?"

"예언을 지키기 위해, 그리고 이루기 위해 자신의 삶을 포기한 사람만이 예언지킴이가 될 수 있어요. 공작님은 해당되지 않지요."

"수호그림자의 일원으로 헌신하는 것만으로는 부족하다 이건가? 가면 갈수록 마음에 안 드는 비밀주의가 튀어나오는군."

"뭐, 저도 제 처지가 별로 마음에 들진 않아요. 하지만 이미 시위를 떠난 화살이나 마찬가지라 돌이킬 수 없거든요."

생긋 웃으며 말하는 레논에게 아젤이 못마땅한 기색으로 물었다.

"수호그림자의 일원이라면 용마왕 숭배자에게서 인류를 수호하는 사명을 띠고 있는 게 아닌가? 그런 입장이면서 목숨이 아깝다는 이유만으로 눈앞에서 사람들이 도적 떼에게 유린당하는 걸 방치하다니, 솔직히 네 말에 신뢰가 안 생기는데?"

"아젤 제스트링어, 당신은 우리에 대해서 잘못 알고 있네요."

"뭐?"

레논이 시큰둥한 표정을 지으며 말했다.

"우리는 딱히 인류를 수호한다는 사명감에 불타는 것도 아니고 정의를 위해서 일하고 있는 것도 아니에요."

"그럼 뭘 위해서 싸우지?"

"용마왕 숭배자를 말살하고 나아가서는 모든 일의 원흉인 용마왕을 완전히 소멸시킨다. 그게 우리의 존재 목적이에요.

눈앞에서 사람들이 죽어 가고 있으니 지켜야 한다는 건 개인의 생각이지 수호그림자와는 상관이 없죠."

"……."

"표정을 보니 아주 단단히 오해하고 계셨나 보네요. 확실하게 말하겠는데 수호그림자는 정의의 조직이 아니에요. 용마왕과 그 숭배자를 적대하는데 그게 결과적으로 당신이 말하는 '인류를 수호하는' 일이 될 뿐이지요."

"음……."

아젤은 자기 내면에서 실망과 분노가 끓어오르는 것을 깨달았다.

그런 그를 보며 레논은 마치 가면을 쓴 것처럼 웃었다. 분명해맑은 웃음인데 하는 말과 전혀 어울리지 않아서 기괴한 느낌이 들었다.

"인간의 도리와 용마왕 숭배자의 처단 둘 중 하나를 골라야 한다면 기꺼이 후자를 고를 거예요. 그게 수호그림자입니다."

"…내가 수호그림자를 오해하고 있었다는 건 인정하지."

끓어오르는 감정을 애써 가라앉힌 아젤은 자신이 선입견에 사로잡힌 시선으로 수호그림자를 보고 있었음을 인정했다.

'용마왕 숭배자들을 막는다.'

용마전쟁을 겪은 아젤에게 있어서 그것은 곧 인류를 수호하는 숭고한 정의를 실현하는 일이었다. 하지만 수호그림자는, 최소한 레논은 그와 다른 기준으로 움직이고 있었다.

레논이 말했다.

"이해해 주시니 다행이네요. 앞으로 우리가 당신에게 할 일도 별로 호의적으로 받아들여질 것 같지는 않은데 그렇게 오해하고 있으면 난처하거든요."

"뭐라고?"

"그건 밤이 되면 무슨 일인지 알려드릴 수 있을 거예요. 그전까지는 참아주시고… 괜찮으면 기왕 합류했으니까 같이 움직여도 될까요? 어차피 따라갈 건데."

"……"

잔뜩 인상을 찌푸린 아젤과 카이렌 앞에서 레논은 여전히 가면을 쓴 것처럼 생글생글 웃었다.

5

아젤과 카이렌은 화전민 촌락을 떠나서 목적지까지 고속으로 이동했다. 두 사람의 이동 속도가 일반인들은 상상도 할 수 없을 정도로 빨랐지만 소년은 의외로 잘 따라왔다. 하늘을 날 수 있는 마법사는 지형을 가리지 않고 이동할 때는 더없이 유리한 법이고, 소년은 제법 빠른 속도로 장시간 비행하고도 여력이 남아 있는 모습이었다.

"후우."

마을에 도착해서 숙소를 잡은 아젤은 녹초가 된 몸을 씻은 다음 방 안에서 명상에 잠겼다. 그전에 양손으로 마력 응집체를 모아서 마시는 걸 본 카이렌이 놀라서 물었다.

"그건 뭐 하는 짓인가?"

"마력을 회복하는 겁니다."

"생전 처음 보는 방법이군. 그런 방식이 의미가 있나?"

"당장 고갈된 마력을 회복해야 할 때는 차분하게 명상을 하는 것보다 낫습니다. 시간을 두고 영맥에 마력을 충분한 밀도로 가공해서 채울 때는 일반적인 방법이 더 효율이 좋지만."

즉, 아젤은 당장 마력을 쓸 일이 있을지도 모른다고 여기고 있었다.

카이렌이 물었다.

"저 꼬마가 싸움을 걸 거라고 보는 건가?"

"확신은 없어요. 하지만 말하는 투로 봐서 별로 좋은 일 같지는 않으니까."

"흠. 수호그림자는 정말 알면 알수록 괴상해."

"그 일원이신 분이 그렇게 말씀하시면 안 되지요."

"하지만 여태까지 내가 아무것도 모르고 있었다는 게 화가 난단 말이지. 감히 나를 이용해 먹으면서 중요한 사실들을 숨기고 있었다니."

카이렌은 상당히 심기가 불편해 보였다. 용검공작이라 불리면서 사람들의 존경을 받아온 그는 정보를 취급할 때 언제나 남들보다 우위에 있었다. 중요한 정보를 자기가 알고 남에게 말하지 않는다면 모를까, 그 반대의 대접을 받아 본 경험이 없는 것이다. 그러다 보니 수호그림자라는 조직이 돌아가는 꼴이 영 마음에 안 든다.

마력을 회복하던 아젤이 천천히 눈을 떴다.

"…왔군요."

"음? 뭐가 느껴지나?"

카이렌은 아직 아무것도 감지하지 못하고 있었다.

아젤이 말했다.

"저도 기운은 안 느껴집니다. 하지만… 분명히 저를 '보고 있다'는 걸 알 수 있어요."

이 순간, 누군가 멀리서 아젤을 관찰하고 있었다. 그리고 마치 아젤이 알아차린 것을 알기라도 한 것처럼, 불길한 마력 파동이 감각을 자극했다.

카이렌의 표정이 굳었다.

"이건……."

"흑마법의 기운이군요. 아마도 불사체."

금기에 속하는 마법으로 죽음을 극복한 존재가 스스로를 알리고 있었다. 먼 곳에서 아주 미약하게 존재감을 드러낸 것뿐이지만 두 사람에게는 그것만으로도 충분했다.

아젤이 무장을 챙기는 것을 보며 카이렌이 물었다.

"괜찮겠나?"

아젤은 요 며칠간의 강행군으로 피로가 누적되어 있었다. 육체가 지친 것은 물론이고 영맥의 컨디션도 별로 좋지 않을 것이다.

아젤이 말했다.

"어떤 싸움이건 내 사정을 고려해서 정정당당한 조건을 내

거는 정신 나간 적을 만나는 건 기적 같은 확률이죠. 칼끝에
목숨이 걸린 주제에 그런 걸 기대하는 놈이 바보입니다."

"자네는 종종 너무 내 맘에 드는 소리를 해서 곤란해."

카이렌이 씩 웃으며 아젤을 따라 일어났다.

두 사람은 기척을 감추고 숙소의 그 누구도 모르게 밖으로
나왔다. 광범위하게 주변으로 뻗어 나간 감각에 망령들이 속
삭이는 듯 불길하기 짝이 없는 기척이 감지된다. 그것은 상대
가 그들에게 보내는 초대장이었다.

아젤이 말했다.

"셋입니다."

"뭐?"

"우리를 기다리고 있는 게 셋이에요. 뒤에 따라오는 녀석도
하나 있고."

아젤이 뒤를 가리켰다. 그곳에는 레논이 모습을 드러낸 채
따라오고 있었다.

카이렌이 말했다.

"나머지 둘은… 그 시선을 감지하는 능력으로 알아낸 건
가?"

"네."

"그거 참 탐나는 기술이군. 난 어렴풋이 느끼기는 해도 그렇
게 확실하게 잡아내지는 못하는데……."

"나중에 가르쳐 드리죠. 물론 대가는 받겠습니다."

"너무 바가지 씌우지는 말게."

"공작님 하시는 거 봐서요."

그렇게 말하는 동안 두 사람은 마을에서 2킬로미터 정도 떨어진 곳에 있는 언덕에 도착했다. 그곳에 한 사람이 달빛을 등지고 서 있었다.

상대가 물었다.

〈아젤 제스트링어?〉

그렇게 물은 목소리에는 음산한 울림이 섞여 있었다. 듣기만 해도 소름이 끼치고 본능적인 공포감이 꿈틀거리게 만드는 음성은, 살아 있는 생명이 성대의 울림으로 내는 게 아니라 불사체를 이루는 흑마법의 힘이 발하는 소리라는 증거다.

아젤이 물었다.

"상대가 누군지를 묻기 전에 자기가 누구인지부터 밝히시지?"

〈맞는 것 같군. 나는 제타. 그렇게만 알아두어도 된다. 더 알고 싶다면…….〉

펄럭!

불사체가 몸을 가리던 망토를 펼쳤다. 그러다 달빛 아래 불길한 검붉은 선이 전신을 내달리는 칙칙한 금속 갑옷으로 몸을 감싼 해골 기사가 나타났다. 투구 속 해골의 눈구멍 속에서 강렬한 빛이 뿜어져 나왔다.

〈내 검 앞에서 살아남아 자격을 증명해라.〉

"불사체 주제에 별 꼴같잖은 소리를 지껄이는군. 덤벼."

아젤이 마력을 전개했다. 듀얼 밴딩 처리된 세 개의 생명의 고리가 진동하면서 막대한 마력이 뿜어져 나왔다.

우우우우우우!

'처음부터 전력으로 친다!'

강한 태도로 나가긴 했지만 아젤은 본능이 발하는 위험 신호를 듣고 있었다. 눈앞에 있는 불사체는 위험하다. 전신을 두른 기괴한 갑옷과 검은 강력한 마법의 산물이었고 그것을 조종하는 영혼 역시 만만치 않은 자였다.

〈당신은 가만히 보고 있어주셔야겠소.〉

그때 어둠 속에서 또 다른 불사체의 목소리가 울렸다. 하나가 아니고 둘이었다.

〈이것은 수호그림자의 예언지킴이들이 행하는 시험이니까.〉

"그거… 나에게 명령하는 건가?"

카이렌이 이를 드러내며 웃었다.

어둠 속에서 마법사로 보이는 불사체와, 아젤과 대치하는 제타가 입은 것과 비슷한 갑옷으로 전신을 두른 불사체 검객이 나타나 카이렌을 둘러쌌다. 불사체 검객은 얼굴을 검은 마스크로 가리고 마치 용마족의 뿔처럼 굴강한 두 개의 뿔이 난 위압적인 투구를 쓰고 있었다.

〈명령이라기보다는 같은 조직에 속한 자가 하는 부탁이라고 받아들여 주면 좋겠군.〉

"싫다면?"

〈그럼 우리가 당신을 막을 수밖에 없소.〉

"그편이 더 재미있어 보이는데? 같은 수호그림자니 뭐니 해도 불사체 놈들이 나한테 이래라저래라 하는 걸 들어줄 만큼 내가 관대한 사람이 못 되거든?"

후우우우우우!

카이렌이 쌍검을 뽑아 들면서 용마력을 전개했다. 주변 공기가 그의 의념에 호응하여 쩌렁쩌렁 울리는 것을 본 불사체 마법사가 말했다.

〈이런. 이렇게 될 거라더니 정말 그렇군?〉

〈뭐, 아마 내가 살아 있었을 때 이런 일이 생겼어도 그랬을 걸. 칼잡이들의 속성이 그렇다니까.〉

불사체 검객이 웃음 섞인 목소리로 말했다. 해골 구멍들 사이로 바람 빠지는 소리가 나는 게 살아 있을 때 피식 웃는 습관대로 웃은 모양이다.

불사체 검객이 말했다.

〈어디 이 시대에 살아 있는 전설이라고 불리는 용검공작의 실력을 볼까? 난 요즘 애들 실력이 어느 정도인지 늘 궁금했지.〉

"요즘 애들이라. 내 앞에서 그런 건방을 떨 만큼 나이를 처드셨나?"

〈충분히.〉

"그럼 노망나기에 충분한 나이인 것 같으니 추잡한 집착을 버리고 이만 무덤으로 돌아가라!"

그리고 카이렌이 빗살처럼 달려들면서 불사체 검객과 충돌했다.

콰아아아아앙!

섬광이 폭발하며 대지가 뒤흔들렸다.

그리고 카이렌은 당황했다.

'이놈 정체가 뭐지?'

첫 일격은 전력을 다한 급습이었다. 인간이라면 방어고 뭐고 아무런 의미도 없이 한순간에 증발했을 것이다.

하지만 상대는 제자리에 꼿꼿하게 선 채 막아냈다. 뒤흔들리는 대지 위에서 압도적인 마력이 뿜어져 나온다. 카이렌이 해치워 온 불사체들과는 격이 다른 마력.

'이 정도면 나하고 마력이 거의 대등하다.'

카이렌의 용마력은 루레인 왕국의 용마족 중에서는 최강이었다. 놀랍게도 눈앞의 불사체 검객의 마력은 카이렌의 용마력과 비교해도 손색이 없었다.

불사체 검객이 말했다.

〈세타, 나서지 마라.〉

〈일을 어렵게 만드는군요. 델타.〉

〈가끔은 이런 일로 재미도 봐야 하지 않겠나? 평화주의자인 너는 구경이나 해.〉

〈못 말리겠군요. 안 되겠다 싶으면 도울 겁니다.〉

〈설마 내가 이런 애송이한테 밀리겠나?〉

〈몇 살이나 차이 난다고 그런 말씀을 하십니까? 게다가 인생에서 은퇴한 당신이 팔팔한 현역보다 나을 것 같지 않은데요.〉

〈마법사라는 것들은 왜 하나같이 성격이 비뚤어져서 말을 밉살맞게 하는지 모르겠어. 어쨌든 조용히 구경이나 해.〉

델타라 불린 불사체 검객의 마스크 안쪽에서 바람 빠지는 소리가 흘러나왔다. 아마도 생전의 버릇대로 코웃음을 치면서 나는 소리 같았다.

〈그럼 간다, 애송이.〉

"너무 오랜만에 들어 보는 말이라 나를 지칭하는 거 같지 않군, 뼈만 남은 늙은이."

〈그럼 좀 더 개성을 부여해 주지, 전설적인 애송이!〉

델타가 땅을 박차고 달려들었다. 그리고 어둠을 휘감은 검과 카이렌의 쌍검이 격돌했다.

6

주변에서 폭음이 울려 퍼지고 공기가 후끈하게 달아오르는 가운데, 아젤과 제타는 서로 노려보면서 둥글게 걷고 있었다. 하지만 그저 가만히 대치하고 있는 게 아니다. 이 순간, 보이지 않는 영역에서 격렬한 전투가 벌어지고 있었다.

'이 자식, 불사체 주제에 보통이 아닌데?'

아젤은 당혹감을 느꼈다.

지금 이 순간, 둘은 정신파를 제어해서 고속으로 공방전을 벌이고 있었다.

신체 일부에 두드러지게 시선을 유도하면서 공격 자세를 감

춘다. 하지만 상대의 감각이 따라오면 자세를 바꾸면서 거리
감을 흐트러뜨린다. 그것을 받아넘긴다 싶으면 무게 중심과
호흡의 리듬을 바꿔가면서 타이밍을 흩뜨린다.

이 모든 것이 보이는 것과 들리는 것만이 아니라 마력을 이
용해서 직접적으로 상대의 감각에 적용되고 있었다. 그리고
제타는 이미 죽어서 산 자의 감각을 잃어버린 불사체이면서도
상당히 세련된 기술로 아젤에게 맞섰다. 고위 스피릿 오더 수
련자라 칭하기에 손색없는 실력이었다.

'죽은 놈이 이러기도 힘들 텐데.'

마법사는 불사체가 되었을 때 잃는 것보다 얻는 게 많다. 하
지만 스피릿 오더 수련자는 잃는 게 더 많다.

언뜻 보면 스피릿 오더 수련자도 정신을 다루는 것을 근본
으로 하니 문제가 없을 것 같아 보인다. 하지만 스피릿 오더
수련자가 정신을 다루는 것도 결국은 생명의 고리를 중심으
로, 살아 있는 몸이 활동하는 것을 기준으로 삼는 것이다.

불사체가 되는 순간, 자신이 생전에 구사하던 모든 기술이
기준을 잃는다. 모든 것을 불사체의 기준에 맞추어 재구성해
야 하는데 이게 보통 쉬운 일이겠는가?

채앵!

어느 순간, 아젤과 제타가 상대방의 타이밍을 흐트러뜨렸다
고 확신하며 격돌했다. 하지만 둘 다 서로의 판단이 틀렸다는
것을 확인해야만 했다.

〈확실히 예언된 자가 아닌지 의심해 볼 만하군. 그들에 의

해 잊힌 비술을 알고 있어.〉

"역시 이 시대의 스피릿 오더 수련자들이 정신을 다루는 게 미숙한 건 용마왕 숭배자들의 짓인가?"

〈이 시대?〉

제타가 민감하게 반응했다. 아젤은 내심 아차 했지만 겉으로는 드러내지 않고 말을 이었다.

"예언된 자라는 게 대체 뭐지? 갑자기 와서 설명도 없이 이런 식으로 싸움을 거는 불사체를, 난 별로 좋은 놈들이라고 여길 수 없을 것 같은데?"

〈네가 우리를 좋은 놈으로 보건 나쁜 놈으로 보건 그건 상관없다. 우리는 그저…….〉

제타가 공간을 뛰어넘듯이 돌진했다. 살아 있는 인간이 예측하기 어려운 움직임이다. 불사체는 죽은 몸이기에 호흡도 하지 않고 움직일 때 근육이 전조를 보이지 않는다. 어떻게 움직일지 예측할 재료가 살아 있는 인간에 비해서 현저히 적은 것이다.

콰창!

불꽃이 튀었다.

아젤의 정면이 아닌 측면이었다. 앞으로 덮쳐드는 것처럼 보인 것은 환영이고 회전을 가한 순동법으로 옆으로 비스듬히 돌아 들어온 것이다.

〈…놀라운 놈이군. 불사체의 스피릿 오더가 어떤 식으로 움직이는지 알고 있나?〉

제타가 자신의 갑옷 가슴 부분을 쓰다듬었다. 그 표면에 아젤의 검이 긁고 지나간 흔적이 남아 있었다. 아젤은 제타의 움직임을 간파한 것은 물론이고 반격까지 가했다.

아젤이 코웃음을 쳤다.

"별로 신기한 것도 아니지. 초반에 자기 기량을 그만큼 어필했으면서. 그보다 그 갑옷 정말 단단하군."

아젤은 갑옷째로 그를 베어버릴 생각으로 쳤다. 그런데 갑옷이 워낙 단단해서 긁힌 상처만 났다.

'이거 어지간해서는 상처 주기도 힘들겠는데.'

용마왕 숭배자 지켈의 불사체와는 차원이 다른 상대였다. 저 갑옷은 대단히 강력한 마법의 산물이다.

불길한 예감이 밀려온다. 아젤의 등에 식은땀이 흘렀다.

〈좋아. 좀 더 감추고 있는 걸 끌어내 볼까? 주의해라. 이제까지처럼 느리지는 않을 테니까.〉

제타가 달려들었다. 순동법이 아니지만 마치 공간을 뛰어넘는 것처럼 빠른 돌격이다.

챙!

섬광이 교차했다. 간담이 서늘해진 아젤이 눈을 깜빡일 여유조차 없이 후속타에 대응했다.

채채채채채챙!

섬광의 궤적과 어둠의 궤적이 어지럽게 교차한다. 아젤의 표정이 일그러졌다.

'젠장! 이 자식 뭐 이렇게 빨라?'

제타의 속도가 점점 더 빨라지고 있었다. 아젤이 대응하니 더 빠르게, 따라온다 싶으면 더 빠르게, 한계를 모르고 점입가 경으로 가속한다.

피핏!

아젤의 가죽 갑옷 어깨 부분이 갈라졌다.

핏!

아젤의 팔에서 피가 튀었다.

'빌어먹을!'

너무 빨라서 따라갈 수가 없다. 일부러 작은 허점을 내주고 반격을 가해보기도 했지만 그것조차 의미 없을 정도로 제타의 움직임이 빨랐다.

눈은 따라간다. 아젤의 감각은 극한까지 가속하고 모든 정 보를 세분화해서 소화해 낸다.

하지만 몸이 못 따라간다. 최대한 움직임을 작게, 그리고 사 전에 움직임을 예측하면서 방어하지만 그것도 한계가 있었다. 기술로 커버할 수 없을 정도로 제타의 속도가, 힘이 압도적이 다!

카칵!

균형이 깨졌다. 물러나지 않고 옆으로 빙빙 돌면서 버티던 아젤이 한 발자국 밀려났다. 그리고 일단 수세에 몰리자 정신 없이 밀려났다.

〈아무리 뛰어난 기량을 가졌어도 결국 인간, 어디까지 무호 흡으로 따라올 수 있을까?〉

불사체는 호흡할 필요가 없다. 그들은 마력이 허용하는 한 무한히 쉬지 않고 공격을 퍼부을 수 있었다. 호흡 때문에, 그리고 근육의 피로 때문에 움직임이 둔해지는 약점이 존재하지 않는다.

게다가 고위 불사체인 제타가 발하는 어둠의 기운은 닿는 것만으로도 기력을 빼앗아 가는 저주의 힘이다. 아젤은 그것을 방어하기 위해 마력을 소모하고 있었다.

정신을 다루는 방법으로 빈틈을 만들 수도 없다. 제타가 정신을 다루는 기술은 아젤보다는 뒤처지지만 충분히 교묘하며, 마력의 격차를 이용해서 압도적인 양을 퍼부어온다. 또한 물리적인 검투가 너무 격렬해서 정신 공방을 현란하게 펼칠 만한 여유가 없었다.

파파파파파파!

제타는 아직 멀었다는 듯 계속해서 가속했다.

제타의 힘이 아젤보다 몇 배는 강하다. 제타의 속도가 아젤보다 몇 배는 더 빠르다. 그리고 제타의 마력이 아젤과는 비교할 수 없을 정도로 강대하다.

제타와 아젤의 전력은 아득할 정도로 큰 격차가 있다. 그런데도 한순간에 박살 나지 않고 버티는 것은 아젤이 기술적으로는 제타를 훨씬 능가한다는 증거다.

어느 순간, 아젤의 분신들이 나타났다. 제타는 신경 쓰지 않았다. 아젤의 실체를 포착하고 있는 이상 분신으로 현혹하려는 시도는 마력 낭비일 뿐이다.

하지만 그건 오만이었다.

투학!

'아니?!'

옆에서 나타난 아젤의 분신이 제타에게 일격을 먹였다. 태풍처럼 몰아치던 제타가 옆으로 튕겨 나갔다. 그리고…….

꽈르릉! 꽈광!

그 틈을 타서 아젤이 검으로 뇌격을 발해 제타를 후려갈겼다.

"헉, 헉, 허억……!"

아젤은 정신없이 숨을 몰아쉬었다. 무호흡 상태로 움직이는 것도 거의 한계였다. 심장이 정신없이 뛰고 머리가 어질어질하다.

〈기절초풍할 지경이군. 이 기술은 뭐지? 영체이탈의 연장선에 있다는 건 알겠는데, 아무리 그래도 이런 게 가능한가?〉

제타가 흙먼지를 헤치고 멀쩡히 걸어 나왔다. 아젤은 대답하지 않고 호흡하는 데 전념했다.

영체이탈.

그것은 스피릿 오더 수련자가 정신을 연마하는 과정 중에서도 고난이도에 속하는 훈련 방식이다.

정신을 완전히 육체에서 분리해서 떨어뜨려 놓은 상태로 움직인다. 거기에 육체의 그것을 모방한 각종 기관을 구현하고, 그로써 육체에 떨어져 나와서도 살아 있는 느낌을 계속 가질 수 있다.

이 과정은 너무나 어렵기 때문에 성공하는 스피릿 오더 수련자가 별로 없었다. 제타가 불사체가 되었으면서도 스피릿 오더를 쓸 수 있는 것도 이 기술의 연장선상에 있다.

그리고 아젤의 실체를 갖는 분신술 '그림자의 춤' 역시 마찬가지였다. 하지만 영체가 살아 있는 느낌을 구현하는 것과, 자신과 완전히 분리된 분신이 물리적으로 영향을 끼치는 것은 격이 다르다.

제타는 생전에 고위 스피릿 오더 수련자였고 지금도 그 수준을 유지하고 있었다. 하지만 그에게도 아젤이 보여준 기술은 불가해한 경지였다.

〈대답해 주지 않겠다면 내가 알아내야겠군. 하지만 정말로 이해가 되질 않아. 이런 기술을 가졌으면서 어째서 그렇게나…….〉

아젤은 그의 말이 끝나길 기다려 주지 않았다. 호흡이 정돈된다 싶은 순간 순동법으로 달려들었다.

제타의 주변에서 아젤의 모습이 네 개 나타났다.

쾅!

폭음이 울리며 제타가 날아가 버렸다. 너무 정밀하고 존재감이 뚜렷해서 실체를 분간할 수가 없다. 그래서 제타는 그중 셋을 동시에 꿰뚫어 버렸다. 하나는 검으로, 둘은 어둠의 마력으로.

하지만 마지막 하나가 그의 몸을 쳤다. 그리고 해치웠다고 생각한 아젤 중 하나가 어둠의 마력을 뚫고 나와서 그를 후려

갈겼다.

'승부다!'

이 순간, 아젤의 심장이 미친 듯이 고동치면서 마력을 뿜어
냈다.

아젤은 아까 전, 정신없이 숨을 몰아쉬는 순간조차 허투루
낭비하지 않았다. 심장이 뛴다는 것은 생명의 고리가 진동한
다는 뜻이다. 몸이 산소를 갈구하며 괴로워하는 순간은 동시
에 대량의 마력을 이끌어낼 수 있는 기회다. 현재 아젤의 그릇
이 수용할 수 있는 양을 아득히 초월한 대량의 마력이 휘몰아
쳤다.

'별의 숨결!'

불사체를 격멸하기 위한 새하얀 불꽃이 일었다. 검이 질주
하는 궤적을 따라서 불꽃이 폭발한다.

화아아아아악!

백염(白炎)의 폭풍이 휘몰아쳤다. 한계 이상으로 가속한 아
젤이 제타의 방어를 뚫고 소나기 같은 검격을 퍼부었다.

투두두두두두!

기괴한 갑옷이 아무리 튼튼해도 한계는 있다. 이대로 전력
을 다해서 부숴 버리면……

〈애석하군.〉

…그러나 정신없이 두들겨 맞던 제타에게서 진정 안타까워
하는 목소리가 흘러나왔다.

후우우우우웅!

그리고 제타를 중심으로 핏빛 어둠이 폭발했다.

아젤이 일으킨 백염이 거기에 휩쓸려 한 번에 날아가 버렸다. 마치 태풍에 휩쓸린 촛불처럼.

아젤의 움직임이 일순간 멈췄다. 제타는 그 순간을 놓치지 않았다.

〈어째서 이렇게나 경탄스러운 기량을 가졌으면서도… 힘이 없는가?〉

제타의 검이 날아들었다. 정신을 파고든 저주의 어둠을 버텨내느라 경직되었던 아젤의 반응이 한 박자 늦었다.

그 틈이 치명적이었다.

지금까지 아젤은 절대 제타의 검격을 정면으로 받지 않았다. 완력의 차이가 너무 큰 데다가, 제타의 검은 강력한 마법이 깃든 마검(魔劍)이었기 때문이다. 전부 비스듬히 받아내고, 흘려 내면서 자신의 검을 보호해 왔다. 하지만 이번에는 그러지 못했다.

캉!

아젤의 검이 부러져서 날아갔다. 그리고 손쓸 틈조차 없이 제타의 일격이 아젤의 몸을 때렸다.

쾅!

폭음이 울리며 아젤이 나가떨어졌다.

'빌어, 먹을……!'

땅에 처박힌 아젤의 몸이 크게 튀어 올라서 나무에 처박혔다.

일반인이라면 즉사했을 충격이다. 하지만 아젤은 그 순간에도 스피릿 오더로 충격을 줄여서 목숨을 지켰다.

'안 돼……'

아젤은 가물거리는 의식을 억지로 붙잡았다.

우려하던 상황이 그대로 들어맞았다. 그동안 아젤은 카이렌과 대련하면서 그와 전력을 다해 서로를 죽이고자 싸운다면 이런 결과를 맞이할 거라고 예상했다.

그리고 지금, 카이렌이 아닌 제타를 상대로 그 예상이 들어맞았다.

달인이라면 기술만으로도 강맹한 창격을 비껴낼 수 있다. 하지만 기술만으로는 홍수를 막아낼 수는 없다.

힘이 부족하다.

세 살배기 꼬맹이가 세계 최고의 기술을 구사한다고 해도, 철저하게 단련하고 완전 무장하기까지 한 어른을 이길 수 없다. 아젤과 제타의 전력은 그만큼이나 격차가 컸다.

"어때요?"

일어나려고 안간힘을 쓰는 아젤 앞에서 소년의 목소리가 들렸다. 상황을 지켜보고 있던 레논이었다.

〈모르겠다.〉

"…그럼 의미 없는 짓을 한 거잖아요? 괜히 원한만 샀는데?"

〈하지만 더 지켜볼 가치는 있다고 본다.〉

"흠. 그래요? 그럼 다음에는 다른 사람으로 시험해 봐야겠군요."

〈그에게 시간을 주어라.〉

"뭐, 상처를 회복할 시간은 필요하겠지만……."

〈아니, 그 이상의 시간을 주어라. 아마 그래야만 그의 진가를 알 수 있을 것이다.〉

"근거 있는 거예요, 그 의견?"

〈없다. 하지만 내 느낌은 그렇다.〉

"흠……."

〈아마 지금 다른 자가 시험한다고 해도 확신을 얻기는 어려울 거다.〉

"뭐, 시험해 본 당신이 그렇게 말씀하시니, 그렇게 하지요."

〈이만 물러가지. 너무 오래 나와 있었어.〉

"기다려, 더러운 해골바가지……."

아젤이 숨을 헐떡이며 제타를 노려보았다. 제타가 그를 돌아보았다.

〈다음에 복수할 기회를 주지. 지금은 쉬어라. 시험받을 자여. 네가 살아 있는 동안에는 얼마든지 시간이 있을 테니까.〉

그리고 그에게서 뿜어져 나온 어둠이 아젤을 집어삼켰다.

'아, 짜증나는… 놈들…….'

아젤은 그렇게 생각하며 의식을 잃었다.

7

아젤의 의식은 오래전, 아직 어리고 미숙했던 시절로 돌아가 있었다.

'꿈이군.'

아젤은 대뜸 그 사실을 알았다. 자신이 의도하지는 않았지만 잠들기 전에 떠올린 갈망이 의식을 이 지점으로 인도했다.

"인간이 용마족과 싸워서 이기기 위해 필요한 것이 뭐라고 생각하느냐?"

그렇게 물은 것은 체격이 커다란 초로의 남자였다. 아젤도 장신이었지만 그는 아젤보다 거의 머리 하나 정도 컸다. 또한 그의 피부는 갈색이었으며 아젤이 보기에는 무척이나 이목구비가 이국적이었고 새카만 수염을 기르고 있었다.

그가 바로 아젤의 세 번째 스승, 리글렌이었다.

두 개의 휘어진 칼로 쌍검술을 펼치는 그는 당시 아젤이 아는 그 누구보다도 무시무시한 고위 스피릿 오더 수련자였다. 사막의 왕족 출신인 그는 용마왕군에게 왕국이 멸망당하고 나딕 제국군에서 용맹을 떨쳤다.

소속을 잃은 기사가 된 아젤은 리글렌과 함께 싸우고, 그 용맹과 의로움에 반했다. 그는 왕족다운 당당함과 기품을 가졌으며 용마왕군을 두려움에 떨게 만드는 용장이었다.

그리고 리글렌은 아젤을 보고 그가 이 암흑시대에 사람들에게 희망을 줄 수 있는 재목이라 여겼다. 소속이 없이 용병처럼 곳곳을 떠돌던 아젤을 자기 휘하로 들이고 이전의 스승들이 가르쳐 주지 못한 기술들을 가르쳐 주었다.

아젤이 말했다.

"용마기겠죠."

용의 힘으로 정련된, 영혼을 재료로 삼아 만들어내는 궁극의 무기, 용마기.

스피릿 오더 수련자들이 지향하는 힘의 정점에 서 있는 그 기적의 도구를 가진 이들은 희귀했다. 그리고 그들은 하나하나가 용마왕군의 강호들을 상대로도 뒤지지 않는 전력을 가졌다.

리글렌도 그중 하나였다. 그동안 여덟 마리의 용과 사투를 벌여 승리한 대가로 두 자루가 한 쌍으로 이루어진 용마검을 손에 넣는 데 성공한 자.

리글렌이 고개를 저었다.

"아니다."

"그럼요?"

"보다 단순한 것이다. 힘이지."

용마족은 날 때부터 인간보다 압도적으로 강인한 육체를 타고난다. 성인이 된 그들은 가녀린 여성의 모습을 하고 있더라도 맹수를 맨손으로 찢어발기는 괴력의 소유자들이다.

또한 용마족은 아무런 훈련도 하지 않아도 번개처럼 빠르다. 그들이 죽이고자 하면 일반인은 그 움직임을 볼 수조차 없다.

용마족은 이러한 능력을 통제할 수 있는 초감각을 가졌다. 그리고 인간의 고위 마법사를 능가하는, 그것도 마력보다 우월한 특성을 가지기까지 한 용마력을 타고난다.

즉 아무런 전투기술을 연마하지 않는 용마족이라도, 인간 상대로는 일당백의 힘을 자랑한다.

"그런 자들이 무예를 연마하고, 용령기를 익히고, 마법을 탐구한다. 대다수의 인간은 그들 앞에 서면 학살당하길 기다리는 연습용 표적이나 마찬가지야."

그들을 상대하기 위해서는 기술만으로는 안 된다. 힘이 있어야 한다.

그들을 때릴 수 있으면 뭘 하는가? 맞아도 멀쩡한데.

그들의 공격을 막을 수 있으면 뭘 하는가? 방어째로 박살 날 텐데.

"그들과 맞서기 위해서, 보통 인간의 한계라고 불리는 수준을 초월해야 한다. 그게 최소한이다. 괴물처럼 강하고 번개처럼 빨라야 시작점에 설 수 있는 거야."

"용살의 의식 말고 그런 답이 존재합니까?"

용살의 의식을 치러서 승리한다면 용의 힘으로 육체를 강화할 수 있다. 그건 단련해서 도달할 수 있는 한계점을 확실하게 확장시켜 주는 마법의 열쇠다.

리글렌은 여덟 번의 용살의 의식으로 인간의 한계를 뛰어넘었다. 하지만 그게 전부는 아니었다. 용살의 의식을 치르려면 일단 용과 싸워 이길 수 있는 힘을 갖춰야 하지 않는가? 애당초 그 조건을 갖출 수 있다면 용마족과도 맞설 수 있으리라.

리글렌이 말했다.

"아젤, 네 스승들은 아주 뛰어난 사람들이다. 너를 보면 알 수 있지. 바르프, 그가 살아 있을 때 만나보지 못한 게 아쉽군. 그는 네게 극한의 감각을 가르쳤어. 하지만 자기가 가진 모든 걸 다 전수하지는 못했을 거야. 그리고 그걸 가르쳐 주는 게 내 몫이겠지."

바르프의 광기 어린 가르침에 의해 아젤은 웬만한 스피릿 오더 수련자와는 비교도 할 수 없는 초감각을 손에 넣었다. 하지만 고위 스피릿 오더 수련자들의 기술은 젊은이가 재능만으로 넘보기에는 너무나도 심오하고 방대하다.

"너는 정신을 강화하는 법은 아주 잘 배웠다. 거기에 대해서는 내가 더 가르칠 게 없고 그저 이런저런 요령을 덧붙여 줄 수 있을 뿐이지. 하지만 육체를 강화하는 법에 대해서는 가르쳐 줄 게 많다. 문제는 그게 한순간에 이루어지진 않을 거라는 점이야. 육체를 강건하게 만들기 위해서는 충분한 시간을 투자해야 해."

"요는 그동안 살아남아야 한다는 거군요."

"그래."

뿌우우우우—!

먼 곳에서 뿔나팔 소리가 울렸다.

적이 다가오고 있음을 알리는 신호였다. 요새의 병력들이 바쁘게 움직이면서 용마왕군과 맞설 준비를 한다.

리글렌이 계단을 따라 성벽에 오르며 말했다.

"옛 무인처럼 한가하게 어디 처박혀서 힘을 기르고 있을 여유가 없다. 네가 힘을 기르게 하기 위해 수백, 수천 명을 죽게 만들 수는 없으니."

"그런 건 바란 적도 없어요."

"부디 내게 모든 것을 배울 때까지 살아남아라. 그게 내가 스승으로서 네게 받고 싶은 유일한 약속이다. 약속해 주겠느냐?"

"뭐, 까짓것 그러지요."

아젤은 웃었다.

하지만 그 약속은 지켜지지 못했다. 약속을 어긴 것은 아젤이 아니라 리글렌이었다.

魔展
龍劍

1

눈을 뜬 아젤은 자기가 울고 있다는 사실을 깨달았다. 눈가가 촉촉하게 젖어 있었고 흘러내린 눈물이 뺨을 타고 베개까지 흘렀다.

"깨어났나?"

카이렌의 목소리가 들려왔다. 손을 들어서 눈물을 닦으려던 아젤은 움찔했다.

"윽."

"함부로 움직이지 마라. 갈비뼈랑 팔뼈가 아주 시원스럽게 부러졌다고 하니."

"아, 고작 그거 한 대 맞았다고 이런 꼴이라니… 새삼 허약한 몸을 원망하게 되는군요."

"치유술사의 의견은 다르던데. 그래도 내장이 파열은 안 된 걸 보니 정말 튼튼한 거 같다고 놀라더군."

카이렌이 시큰둥하게 말했다. 고개를 돌려 그의 얼굴을 본 아젤은 자기도 모르게 풋 하고 웃었다.

"공작님, 눈이……."

"끄응."

카이렌의 눈두덩이 시퍼렇게 부어 있었다. 카이렌이 손을 들어 그걸 가리면서 말했다.

"그 시체 놈, 만만치 않더군. 용마족 불사체를 본 건 처음이야."

"용마족이었습니까?"

"투구를 박살 내고 확인해 봤지. 머리통을 둘로 쪼개놓고 잠깐 방심했더니……."

아무리 불사체라도 두개골을 부숴놓고 몸통까지 검이 파고들었으니 좀 틈이 생기리라 여겼건만, 델타는 그 상태에서 주먹을 날려서 카이렌의 눈을 퍼렇게 부어오르게 만든 것이다. 카이렌 평생 처음 당해보는 수치였다.

웃음을 터뜨린 뒤 따라오는 고통에 몸을 뒤틀었다.

"으그극, 맘대로 웃지도 못하겠네."

"감히 날 비웃으려고 하더니 꼴좋다."

"제가 얼마나 뻗어 있었습니까?"

"정상적인 수면 시간보다 좀 긴 정도밖에 안 돼. 치유술사가 몸이 만신창이가 된 것치고는 신기할 정도로 상태가 멀쩡해 보인다더군."

"다친 상태에서 몸을 유지하는 건 워낙 뼈에 새긴 터라."

아젤이 쓴웃음을 지었다.

용마전쟁 당시에는 정말 죽을 고비를 밥 먹듯이 넘겼다. 부상을 당했을 때 그 영향을 최소화하는 기술은 혹독한 경험을 통해 극한의 경지에 올라 있었다. 의식을 잃었을 때 몸 상태를 유지하는 것쯤은 아무것도 아니었다.

카이렌이 말했다.

"생각했던 것보다 멀쩡하군."

"이렇게 엉망진창인 사람을 두고 무슨 말씀을……."

"정신 상태가 말이지. 자면서 울고 있길래 얼마나 분통 터졌으면 저렇게 질질 짜나 싶었는데……."

"…남자의 눈물은 못 본 척해주는 게 예의입니다."

"그런 예의가 있었던가? 난 왠지 다음에 아리에타를 보면 말해주고 싶어서 입이 근질근질할 것 같은데……."

"……."

"뭐, 좋아. 어쨌든 말이지."

"별로 멀쩡하진 않습니다. 속에서 막 부글부글 끓어요."

"난 자네가 좌절도 모르고 세상 무서운 줄 모르는 천둥벌거숭이일 줄 알았거든. 그런데 그렇지 않은 것 같아서 좀 놀랐어."

아젤은 갑작스러운 패배로 죽을 고비를 넘겼어도 그 충격에 삼켜지지 않았다. 재능이 뛰어난 자일수록, 스스로의 기량에 확신이 강할수록 패배의 충격이 큰 법인데 말이다.

아젤이 말했다.

"그렇게 사치스러웠던 시절이 없어서요. 사람이 싸우다 보면 질 수도 있고 다칠 수도 있고 죽을 수도 있죠. 중요한 건 제가 살아남아서 복수의 칼날을 갈 수 있다는 사실이 아닐까요?"

"정말이지 자네는 종종 너무 내 맘에 쏙 드는 소리를 해대서 문제야."

카이렌이 몸을 일으켰다. 아젤이 물었다.

"그들은 어떻게 되었습니까?"

"자네가 쓰러진 시점에서 싸움을 끝내고 물러났어. 그 짜증 나는 꼬맹이도 같이."

"그렇군요."

"다시 오겠다고 하더군. 언제가 될지는 모르겠지만……."

그렇게 말한 카이렌이 방을 나서며 말했다.

"식사는 여기로 가져다주라고 해두지. 한 사나흘 정도 여기서 쉬고 움직일 생각이야."

"저 때문에 일정이 지체되게 생겼군요. 죄송합니다."

"그만둬. 내 의사는 아니었지만, 어쨌든 내가 속한 조직이 자네한테 깽판 놓은 걸 두고 자네가 사과하면 내가 참 곤혹스러운 기분이니까. 어차피 왕궁이 귀찮아서 나온 거지, 딱히 서두를 이유가 있는 건 아니었으니 신경 쓰지 말고 쉬게."

카이렌이 나가고 홀로 남은 아젤은 잠시 멍하니 허공을 바라보다가 생각했다.

'저놈들을 신뢰해도 되나?'

수호그림자는 무턱대고 믿기에는 너무 수상쩍은 구석이 많았다. 유령인지 뭔지 알 수 없는 수호그림자들도 그렇지만, 이번에는 사악한 흑마법으로만 탄생할 수 있는 불사체들까지 속해 있다니……

'일단은 그놈들의 시험인지 뭔지부터 박살을 내야 뭘 알 수 있겠어.'

유감스럽게도 지금의 자신은 약자다. 저들을 붙잡고 진실을 캐낼 수 있는 게 아니라 저들의 의도대로 끌려다닐 수밖에 없는……

오랜만에 느끼는 무력감이다. 아젤은 카이렌 앞에서는 보이지 않은 일그러진 표정으로 이를 갈았다.

2

아젤은 사흘 후에도 비실거렸다. 아무리 돈을 아끼지 않고 치유술사를 쓴다고 해도 인간의 몸이 발휘할 수 있는 회복 능력에는 한계가 있는 법이다.

그래도 움직이지 못할 정도는 아니었기 때문에, 두 사람은 다시 길을 떠나기로 했다.

카이렌이 물었다.

"정말 괜찮겠나?"

"뭐, 그럭저럭 뼈가 다 붙어 있긴 하니 괜찮습니다. 너무 무리만 안 하면요."

"하루 30킬로미터만 가지."

"어떻게든 절 죽이시려는 거군요?"

"그럼 20킬로미터만 갈까?"

"일단 가보고요."

아젤은 투덜거리면서도 산을 넘고 강을 건너 들판을 가로지르는 하루 30킬로미터 직진하기를 해냈다.

일주일 후에는 몸이 계속해서 혹사당했음에도 거의 완쾌되어 있었고 마침내 타란토스 공작령에 들어설 수 있었다. 하지만 타란토스 공작령도 워낙 넓었기 때문에 타란토스 성에 도착한 건 다시 이틀이 지난 후였다.

이토록 커다란 영지를 다스리는 영주임에도, 카이렌은 영지에 들어섰을 때 사람들에게 정체를 알리지 않았다. 모두가 그를 용마족으로 알고 있기 때문에 인간으로 변장한 상태에서는 알아보지 못했다.

하지만 암행도 타란토스 성에 도착하기 전까지였다. 타란토스 성을 목전에 두자 카이렌이 물었다.

"어떤가?"

"근사하군요."

아젤은 솔직한 감상을 말했다.

타란토스 공작령의 심장, 타란토스 성은 근사한 도시였다. 지금껏 지나쳐 오면서 본 영주의 성들과는 비교가 안 되는 웅장함을 자랑하는 고성을 중심으로 잘 조경된 도시가 존재했으며 그 주변을 커다란 성벽이 두르고 있었다.

카이렌이 말했다.

"내 부모님들께서는 미적 감각이 뛰어나셨지. 나는 물려받지 못했지만."

"솔직하시네요."

"난 오래 살았어도 예술에는 별로 조예가 없거든. 내가 이 도시를 만드는 짐을 지지 않은 건 내게나 영지민들에게나 다행스러운 일이야."

"공작님의 예술 감각은 모르겠지만, 선대 분들이 정말 뛰어나셨다는 건 인정하겠습니다."

"꼭 건방진 소리를 한마디 덧붙이는군."

카이렌은 타란토스 성에 입성하기 전에 변장을 풀고 본모습을 드러냈다.

"공작님이 돌아오셨다!"

그를 본 경비병이 놀라서 소식을 알리자 여기저기서 소란이 일어났다. 카이렌은 경비대에 있던 말 두 필을 내오라 해서 거기에 올랐다. 아젤이 물었다.

"달려가는 게 더 빠르다고는 안 하시는군요."

"영지민들 앞에서는 적당히 품위를 지켜주지 않으면 잔소리들이 심하거든. 아랫것들이 이래라 저래라 해대는 걸 듣다 보면 누가 윗사람인지 모르겠어."

아젤은 그와 말을 달리면서 거리를 구경했다. 길가에 나와 있던 사람들은 카이렌을 보고는 열렬하게 환호했다.

"공작님이시다!"

"저기 봐! 공작님 나오셨어!"

카이렌이 그들을 보며 손을 흔들어주니 여자들은 그것만으로도 좋아서 쓰러질 것 같았다. 아젤이 말했다.

"여기서의 인기는 공주님하고 비교해도 떨어지지 않겠는데요?"

"워낙 영주로서 잘하고 산 덕분이지. 이제 좀 존경스러워 보이나?"

"그보다는 이렇게나 영지민들한테 격의 없으신 게 놀랍습니다."

영주의 권위가 강하면 강할수록 그게 영지민들의 태도로 드러나게 마련이었다. 영주가 행차하면 다들 숨죽이고 고개를 조아리는 게 당연한 일 아닌가?

하지만 다들 그런 기색은 눈곱만큼도 없었다. 그저 카이렌을 보고 좋아할 뿐이다.

"딱딱한 건 질색이거든. 난 용마족이라 그랬다가는 정말 인기 없을 거야."

"아."

인간 사회로 편입되었다고 하나 용마전쟁이 세상에 남긴 흉터가 사라진 건 아니다. 지금까지도 용마족들은 인간을 대함에 있어서 신중한 태도를 견지했다. 용마공주와 용마왕자의 존재가 계속 대를 이어가는 것만 봐도 알 수 있다.

살아 있는 전설이라 불리는 영웅이라 하나, 카이렌 역시 용마족이었고 인간들을 다스리는 영주의 입장에 서 있었다. 그가 공식 석상에 잘 나오지 않는 것은 성품상 그런 걸 귀찮아해서이기도 하지만 스스로가 용마족 영주라는 입장을 잘 알고 있기 때문이기도 하다.

문득 아젤이 물었다.

"공작님은 인간을 좋아하십니까?"

"대답이 정해져 있는 질문이군."

"뭐, 이 자리에서만 살짝 진심을 말씀해 보시죠."

"자네가 내 질문에 진심을 말해준다면, 그러지."

"이런 때도 거래를 들고 나오시다니 치사하시네요."

"싫은가?"

"아뇨. 그러겠습니다."

"좋아. 난 인간을 좋아한다, 아젤 경. 인간들의 국가에 속한 영주 가문에서 태어나 영주 노릇을 하는 걸 싫어해 본 적이 한 번도 없어. 이 정도면 만족스러운 대답인가?"

"충분히요."

아젤은 카이렌의 대답에 옛 전우들을 떠올렸다. 용마전쟁 당시, 인간을 지배하고자 하는 용마왕의 뜻에 반대했던 이들. 인간들에게 불신과 미움의 시선을 받으면서도 그들을 사랑하고, 지켜 주고자 목숨을 걸었던 가련한 존재들을.

문득 아젤이 물었다.

"공작님, 한 가지 궁금한 게 있습니다."

"뭔가? 내가 질문할 차례 같은데 자꾸 이러기인가?"

"혹시 이 나라의 용마족 중에······."

거기까지 말하던 아젤이 말을 멈췄다. 의아해하며 자신을 바라보는 카이렌의 시선도 느끼지 못할 정도로 놀라고 있었다.

'뤼겐?'

타란토스 성 입구에 고용인들이 나와 있었다. 그 중심에 선 남자는 용마인으로 차림새로 보아 집사쯤으로 보였다. 용마인이 집사 노릇을 하고 있는 것에 먼저 놀라야겠지만 아젤의 뇌리에는 그런 생각 따윈 떠오르지도 않았다.

'지금까지 살아 있었나?'

그 얼굴이 아젤이 기억하고 있는 누군가의 것이었기 때문이다.

카이렌이 물었다.

"왜 그러나?"

"저 사람······."

"음? 누구?"

"저기 뤼··· 아, 아닙니다."

아젤은 퍼뜩 정신을 차렸다.

가까이 가서 보니 그가 기억하고 있는 과거와 현재가 겹쳐지면서 어긋남이 발생했다. 집사로 보이는 용마인은 그가 알고 있는 뤼겐과 놀랍도록 닮아 있었지만, 그가 아니었다.

'용마인이군.'

무엇보다 뤼겐은 용마족이지 용마인이 아니었다.

하지만 정말 놀랄 정도로 닮아 있는 건 사실이다. 심지어 아젤이 기억하고 있는 뤼겐과 연령대조차 비슷해서 인간 기준으로는 30대 후반이나 40대 초반 정도로 보였다.

그의 피부색은 약간 어두웠다. 눈동자는 가을하늘처럼 밝은 파란색이었고 머리칼은 빛바랜 금발이었다. 약간 뾰족한 귀 위에 산양의 그것처럼 뒤로 비스듬하게 휘어진 것 같은 회색 뿔이 작게 돋아나 있었으며, 손등의 용마석은 약간 탁한 푸른색을 띠고 있었다.

이상해하며 아젤을 보던 카이렌이 말했다.

"흠. 하스반을 보고 놀란 건가? 하긴 용마인이 집사 노릇을 하고 있는 걸 보면 놀랄 만도 하지."

"그런 경우가 다 있군요."

아젤은 하스반에게서 눈을 떼지 못한 채 대답했다. 동일인물이 아니라는 건 알겠다. 하지만 봐도 봐도 너무 쏙 빼닮았다.

뤼겐.

그는 용마전쟁 때 아젤과 함께 싸운 용마족 중 하나였다. 인간 여성을 사랑했으며 두 사람 사이에는 어린 아들이 있었다. 그가 쑥스러워하면서 아내와 자식의 초상화를 보여주었던 일로 아젤은 용마족을 보다 인간적인 존재로 받아들이게 되었다.

아젤이 아련한 눈으로 말했다.

"이제야 기억이 나는군요."

"뭐가 말인가?"

"저 사람이 누군가와 닮았다고 생각했거든요. 처음에는 제가 아는 사람인 줄 알았는데 아니었어요. 혹시 뤼겐이라는 용마족을 아십니까? 용마전쟁 때 활약했던……."

"뤼겐 공은 하스반의 조부 되시는 분일세."

"그렇군요. 제가 본 초상화랑 쏙 빼닮았어요."

"아하. 그래서 그렇게 놀랐던 건가?"

"갑자기 기억에서 불쑥 튀어나와서요."

아젤은 애써 아무렇지 않은 척 표정을 관리했다.

과거를 떠올리게 하는 하스반의 존재가 그에게 던져 준 충격은 강렬했다. 자신이 홀로 이 시대에 내던져졌음을 받아들이고 살고 있었지만, 고독함을 지울 수는 없었던 것이다.

아젤이 물었다.

"제가 책으로 봤던 내용이 잘 기억이 안 나서 그러는데… 혹시 그 뤼겐이라는 분은 어떻게 되었습니까?"

"돌아가셨네. 내가 태어나기 전에."

"……"

220년은 용마족에게도 긴 시간이었다. 그들은 인간보다 훨씬 긴 시간을, 짧으면 300년에서 길면 500년 이상을 살아가지만 그것도 무한하지는 않았다.

"그렇군요……."

아젤은 그 대답에 쓴웃음을 지었다. 부질없는 기대에 두근거렸던 자신이 우스웠다.

그때 하스반이 말했다.

"예정보다 늦으셨군요, 공작님. 걱정했습니다."

"중간에 사고가 좀 생겨서 그렇게 됐네."

"기별이라도 주셨으면 좋았을 텐데요."

"그럴 정신이 아니었거든. 그리고 늦은 건 이 친구가 내 기대보다 허약해서였다."

"손님을 핑계로 삼다니 궁색한 정도가 아닙니다. 공작님이 손님을 데려오시다니 드문 일이군요. 전 타란토스 공작가의 살림을 책임지고 있는 집사장 하스반입니다. 타란토스 성에 오신 것을 환영합니다."

"기사 아젤 제스트링어입니다. 만나서 반갑군요."

아젤의 목소리가 살짝 떨려 나왔다. 하스반은 목소리마저도 뤼겐을 연상케 했기 때문이다.

하스반이 말했다.

"전설적인 영웅과 같은 이름을 가지신 분이로군요. 부모님께서 역사를 아주 깊게 아시는 분이었나 봅니다. 제스트링어라는 이름을 지어주신 걸 보면."

"그 이름에 대해서 알고 계십니까?"

"알다마다요. 제 조부님께서 영웅 아젤 카르자크와 함께 싸우셨던 분인 걸요."

하스반이 미소 지었다. 아젤이 복잡한 심정으로 그를 바라볼 때 카이렌이 말했다.

"그럼 일단 들어가지. 하스반, 이 친구를 위해 방을 마련해

주게. 타란토스 성의 손님 대접이 왕궁 못지않다는 걸 보여주
도록."

"그렇게 말씀하시는 걸 보니 이분은 왕궁의 손님이셨나 보
군요. 알겠습니다. 그리고 공작님이 오실 때를 대비해 집무실
에 만반의 준비를 갖춰 두었답니다."

"음. 일이 많았나?"

"아마 기대하셔도 될 겁니다."

"하여튼 내 집사장은 왜 이렇게 건방진 건지."

"공작님이 가풍을 자유롭게 풀어주신 덕분이지요. 자자, 공
작님을 기다리는 사람이 많습니다."

"달갑지 않은 이야기군."

카이렌의 표정을 본 아젤은 실소하고 말았다. 그야말로 숙
제하기 싫어서 죽어가는 꼬맹이의 표정이었다.

하지만 그 표정도 하스반의 다음 말에 변했다.

"미르켈 백작님도 오셨습니다."

"그 영감탱이 벌써 왔어?"

"동년배시면서 그런 말씀하시면 매우 섭섭해하실 텐데요?"

"난 아직 젊으니까 괜찮아."

카이렌이 코웃음을 쳤다.

3

아젤이 카이렌과 다시 만난 것은 저녁때가 다 되어서였다.

저녁식사를 같이하자는 말을 시종에게서 전해 들은 아젤은 시종을 따라서 식당으로 향했다.

식당에서 기다리고 있는 것은 카이렌 혼자가 아니었다. 아젤이 이 시대에 깨어난 후에 본 용마인 중에 가장 나이 들어 보이는 마법사가 동석하고 있었다.

카이렌이 말했다.

"앉게. 오늘 식사는 요리장이 보름간 선보이고 싶어서 안달이 났다고 하니 기대해도 좋을 거야."

"기대되는군요."

"이쪽은 버레인 미르켈 백작일세. 성격 나쁜 늙은이라는 것만 알아 둬도 충분하지만 루레인 왕국 동부의 수호신이니 뭐니 하는 헛된 명성으로 떠받들려지는 걸 워낙 좋아하니 그것도 같이 기억해 두지 않으면 상대하기 피곤할 거야."

"내 성격이 좋지 않다는 거야 인정하겠지만 아무리 그래도 자네만큼은 아닌 것 같은데, 카이렌."

버레인이 코웃음을 치고 아젤을 보며 말했다.

"젊은 친구, 오늘 처음 봤지만 난 아주 자네를 좋아하게 될 것 같네."

"기사 아젤 제스트링어라고 합니다. 고위 마법사께서 그렇게 말씀해 주시니 영광이군요. 실례가 되지 않는다면 이유를 경청할 수 있을까요?"

"이 세상에서 자기만 잘난 줄 아는 속늙은이한테 한 방 먹여 줬다며? 그것만으로도 내가 자네를 좋아할 이유는 충분하지."

"속늙은이……."

그 표현에 아젤은 애써 웃음을 참았다. 카이렌이 받아쳤다.

"겉까지 늙은 것보다는 낫지 않나? 곱게 늙었어야 한다는 소리는 안 들어도 되니까."

"자네가 말하는 게 그 모양이니까 자네한테 한 방 먹여준 저 친구를 좋아할 수밖에 없지. 뭐, 니베리스라는 용마족한테 쓴 맛을 보여준 건 덤이고."

"그녀를 아십니까?"

"나도 수호그림자일세. 더 자세한 설명은 필요 없겠지?"

버레인 미르켈은 어둠의 설원에서도 요주의 인물 명단에 올려놓은 강력한 마법사였다. 그는 마법사로서는 루레인 왕국의 정점이라 평가되며 대마법사의 칭호를 가졌다.

버레인이 말했다.

"그 녀석들이 이 나라를 빠져나가기 전에 내가 쫓아갔지. 안타깝게도 놓쳤지만. 수하 둘은 잡았는데 죽었고… 그치들 도망치는 솜씨가 아주 절묘하더군."

"자네 솜씨가 부족한 게 아니고?"

카이렌이 비아냥거렸다. 버레인이 눈살을 찌푸렸다.

"말을 해도 꼭. 그러는 자네도 눈 뜨고 놓치지 않았나?"

"난 아리에타를 구하는 게 목표였지 그놈들을 잡는 게 목표가 아니었거든."

"어련하실까."

버레인이 혀를 끌끌 찼다.

카이렌이 말했다.

"입맛 떨어지는 이야기는 식사 후에 하지. 그러고 보니 손님 대접은 어땠나?"

"왕궁에도 뒤떨어지지 않더군요."

아젤의 칭찬은 빈말이 아니었다. 타란토스 성의 손님 대접은 굉장했다. 손님용으로 내준 방도 정말 근사했고, 고용인들의 배려도 섬세하기 그지없었다.

카이렌이 흡족해했다.

"우리 요리장 솜씨도 그렇다는 걸 알게 될 걸세."

그리고 그 말도 사실이었다. 타란토스 성 요리장 비장의 신 메뉴를 포함한 코스 요리를 맛보는 동안 아젤은 아주 행복했다.

4

식사를 마친 세 사람은 카이렌의 집무실로 자리를 옮겼다.

버레인이 물었다.

"그런데 자네 진짜로 이 젊은 친구에게 용무기를 만들어줄 셈인가?"

"진심이다."

"뭐, 재료가 준비되었다니 할 수야 있겠지만… 자네가 누군가를 그렇게나 총애하는 건 처음 보는군."

"딱히 총애해서 하는 일은 아닌데. 내 사람도 아니고. 내기에 져서 어쩔 수 없었을 뿐이야."

"대련해서 진 것 때문에 용무기를 만들어준다니, 알려지면 아마 온 나라의 검객들이 불을 켜고 자네를 찾아올걸."

버레인이 말하는 용무기는 바로 카이렌이 쓰는 용검(龍劍)을 의미한다.

그는 카이렌과 함께 용검을 탄생시킨 인물 중의 하나였다. 그리고 그 자신도 용무기를 쓰고 있었다.

아젤이 카이렌에게 대련에서 이긴 만큼의 대가로 요구한 조건이 바로 이것이었다.

용검을 만들어 달라.

아리에타에게 한 부탁도 이것과 연관되어 있다. 아젤은 아리에타에게 발란 숲에서 쓰러뜨린 용의 사체 중에 용검을 만드는 데 필요한 재료를 조달해 줄 것을 부탁했다. 아리에타는 기꺼이 그 부탁을 들어주었고 카이렌이 작성한 목록에 해당하는 재료들이 타란토스 성에 도착해 있었다.

카이렌이 말했다.

"하지만 그 정도 투자는 해볼 만해. 그게 진짜인지 확인해 볼 수 있다면."

"용살의 의식이라는 것 말인가?"

"그래."

"흠……."

"뭐, 싫다면 그냥 자네가 시험해 봐도 좋은데. 용마인도 그 의식의 수혜자가 될 수 있다고 하니까. 자네라면 용과 일대일로 싸워서 이기는 거, 불가능하진 않잖나? 성공하면 용의 힘을 얻을 수 있다고 하니 해볼 만한 도박이지."

"사양하겠어. 그런 미친 짓을 추천하다니, 나를 아주 무덤으로 밀어넣고 싶어서 안달이 났군."

왕국 최강의 마법사라 불리는 버레인이지만 불확실한 정보 때문에 용과 일대일로 싸우는 만용을 부릴 생각은 없었다. 그가 투덜거렸다.

"마음에 드는 친구인데 그런 미친 짓을 하려고 한단 말이지? 뭐, 마법사보다야 스피릿 오더 수련자가 승산이 높긴 하겠지. 어디까지나 동등한 수준이라면 말이지만."

마법사에게 용은 굉장히 상성이 나쁜 상대였다. 용의 용마력은 용마족의 그것과는 비교도 할 수 없는 직접적인 지배력을 자연에 행사하며, 그로 인해 마법에 저항하는 힘이 무지막지하게 강해진다. 버레인조차도 용과 싸울 때는 직접적으로 화염이나 냉기, 뇌전 같은 현상을 일으키는 방식으로는 거의 재미를 못 볼 정도다. 게다가……

아젤이 말했다.

"마법사는 마법을 도둑맞아서 당하는 수도 있으니까요."

"흠. 용에 대해서 정말 잘 아는군?"

버레인이 놀랐다.

용은 인간과 맞설 때는 기이할 정도로 지능적이 된다. 인간의 말을 알아들으며, 그들의 전술을 이해하고 대응하는 듯한 면모마저 보인다.

그런 문제는 마법사와 싸울 때 크게 두드러진다. 용이 지배하는 속성에 속하는 마법을 사용할 경우, 용은 그 방식을 그대로 베껴서 마법사에게 되돌려 주는 경우가 있었다. 그래서 마법사들 사이에서는 용이 대치하는 인간의 심상을 읽어내는 능력이 있을 거라는 가설이 높은 지지를 받았다.

아젤이 말했다.

"스피릿 오더 수련자도 별로 다르진 않습니다. 용이 베껴낼 만한 기술을 썼다가는 똑같은 꼴을 당할 수도 있지요. 그러니 처음부터 대비해야 합니다."

"대비라. 어떤 식으로 말인가?"

"백작님이 말씀하신 가설이 사실이라고 여기고 자신의 심상을 읽을 수 없도록 방어해야지요."

아젤은 지룡과 싸울 때 그 지침을 철저하게 지켰다. 용마전쟁 당시에도 용의 생태에 대해서는 많은 부분이 수수께끼로 남아 있었다. 용이 인간의 심상을 읽는다는 가설은 당시에도 가설로 존재하던 것이다.

하지만 칼로스는 그 점을 확신했다. 그렇기에 자신이 용살의 의식을 치를 때도 의식을 방어하기 위한 갖가지 수단을 강구하고 싸웠다.

버레인이 물었다.

"그렇게 하면 용과 일대일로 싸워서 이길 수 있나?"

"장담할 수 없죠. 용을 이기기 위한 최소 조건 중의 하나일 뿐이니까."

"음. 질문이 잘못됐군. 내 이야기는 자네가… 용무기를 가지면 이길 수 있냐는 이야기였네."

"못 이깁니다."

아젤은 단언했다. 버레인이 당혹스러워하며 카이렌을 바라보았다.

"이야기가 다르지 않나?"

"아직 저 친구 이야기가 끝나지 않은 것 같은데. 끝까지 들어보지 그래? 하여튼 늙은이는 성미가 급해서 큰일이야."

카이렌이 놀리자 버레인의 표정이 구겨졌다.

아젤이 쓴웃음을 지으며 물었다.

"제가 공작님과 함께 여기까지 오면서 겪은 일에 대해서는 들으셨습니까?"

"예언지킴이라 칭하는 불사체들이 시험이라는 명목으로 싸움을 걸었다… 그렇게 들었네."

"그들에 대해서 알고 계십니까?"

"많이 알지는 못하고, 카이렌과 싸웠던 델타라는 자는 본 적이 있지."

"용마족 불사체 말입니까?"

"그래, 음……."

버레인이 기억을 더듬었다.

"20년쯤 된 일이야. 어둠의 설원에서 나온 용마족 하나를 붙잡으러 가고 있었는데, 그 작자가 좀 많이 강했어. 솔직히 감당이 안 될 지경이었지."

"자네가 그렇게 말할 정도인가?"

카이렌이 놀라 물었다. 버레인이 고개를 끄덕였다.

"먼저 니베리스라는 여자에 대해서 말해볼까? 전력적인 우위를 갖추고 쫓는 상황이었지만 일대일로 붙었으면 내가 승패를 장담하기 어려워 보이더군. 용마력만 놓고 보면 자네와 필적하는 수준이었으니까. 구사하는 마법도 고등한 것들뿐이고. 운용 면에서 아직 풋내가 나긴 했지만……."

"흠. 그 이야기는 이미 들었어. 그 여자랑 20년 전의 일은 상관없지 않나?"

"비교 대상이 있는 편이 이해하기 쉬우니까 하는 말이야. 당시 내가 쫓던 용마족은 니베리스라는 여자와는 비교도 할 수 없을 정도로 강했거든. 용마력만 기준으로 놓고 봐도, 적어도 위력 면에서는 용과 필적하는 수준이었다고 하면 믿을 수 있겠나?"

"뭐? 과장이 심하군."

"과장이 아닐세. 정말 그랬어. 나와 제자들, 그리고 수호그림자 30여 개체를 단독으로 상대하면서 오히려 우세를 점했지. 그때 나타난 게 델타라는 자였어. 정확히는 예언지킴이라 칭하는 인간 하나가 멀리서 연락을 전해왔고 그 후에 베타, 감마, 델타라 불리는 세 불사체가 합류했지."

세 불사체는 하나하나가 버레인 이상으로 강력했다. 하지만 그들도 불길한 용마력을 휘감은 용마족을 상대로는 고전을 면치 못했다.

"그때의 전투로 베타와 감마가 소멸. 델타만 소멸하지 않고 귀환했어. 그게 내가 예언지킴이라 칭하는 자들에 대해서 아는 전부야."

"즉 자네의 은인의 골통을 내가 부숴놨다는 거군."

"대신 공작님은 한쪽 눈이……."

"거기까지. 그 입 다물게."

"호오, 뭔가 자네가 내게 이야기해 주지 않은, 무척이나 흥미로운 일이 있는 것 같은데……."

"알려고 하지 말게. 아젤, 말했다가는 자네가 잘 때 그거… 알지?"

"쳇."

협박당한 아젤이 정말로 유감이라는 듯 혀를 찼다.

버레인이 실실 웃었다.

"뭐 구체적인 내용은 모르겠지만, 이 친구가 아주 재밌는 꼴을 당한 것만은 분명하군. 뭐 좋아. 어쨌든 예언지킴이라는 것들이 수호그림자 내부에서도 좀 이상한 놈들이라는 건 알겠어. 그리고 자네는 수호그림자에게 있어서 중요한 인물이 될 수 있는 후보 중 하나라는 것도."

"왜인지는 모르겠습니다만. 예언의 인물 운운하는데 예언이 뭔지도 모르겠고."

"그건 나도 모르네. 그게 문제지."

"마음 같아서는 그놈들이 나타나면 목을 붙잡고 흔들면서 말하라고 다그치고 싶은데."

"그 점은 나도 동감이야. 이놈들의 비밀주의는 너무 이상해. 벌써 몇십 년째인지, 원."

버레인이 툴툴거렸다. 그도 수호그림자에 불만이 있는 건 카이렌과 마찬가지인 것 같았다.

아젤이 말했다.

"이야기가 좀 샜군요. 음. 그 이야기를 한 이유는… 결국 제가 그런 꼴을 당한 이유가, 용과 싸워서 이길 수 없는 이유와 같기 때문입니다. 용과 싸우기 위해서는 기술만으로는 안 됩니다. 힘이 있어야 하죠."

스피릿 오더 수련자가 진정한 의미에서의 한계를 초월하기 위해서는 반드시 용살의 의식을 거쳐야 한다.

그러나 그러기 위해서는 용살의 의식 없이 용과 일대일로 싸워서 이길 수 있는 힘을 갖춰야 한다. 그리고 그 정도면 용마족과 싸워도 이길 수 있는 수준이었다.

그것이 아젤의 시대에 고위 스피릿 오더 수련자들이 겪는 딜레마였다. 절대적인 힘을 얻기 위해서, 이미 사람들이 절대적이라고 여기는 수준의 힘을 갖추어야 한다는 것.

"지금의 제 힘으로는 도저히 용살의 의식을 치를 수 없습니다. 반드시 죽겠죠."

"흠. 그리고 용무기만으로는 해결이 안 된다?"

"그렇습니다."

"그럼 어쩔 건가?"

"잠시 수련에 열중해야죠. 해볼 만한 수준이 될 때까지."

"…그걸로 되나? 부족한 힘이라는 게 그렇게 쉽게 채워지는 게 아닐 텐데?"

버레인은 회의를 표했다. 그는 마법사지만 스피릿 오더에 대해서도 많은 지식을 가졌다. 스피릿 오더 수련자의 마력이 그렇게 극적으로 상승하는 게 아니라는 것쯤은 알고 있었다.

하지만 아젤은 자신만만했다.

"그 점은 실제 성과로 보여드리겠습니다. 지금은 그렇게밖에 말씀드릴 수 없군요."

참고로 아젤이 깨어나고 나서 많은 일이 있기는 했지만 지금까지 2개월밖에 지나지 않았다.

고작 그 시간 동안 아젤은 생명의 고리를 세 개나 만들었다. 그것도 자신만의 비술, 듀얼 밴딩을 포함해서.

물론 그건 중간에 용살의 의식을 치르고, 칼로스가 남겨놓은 용마기의 힘 일부를 흡수했기 때문에 가능한 성취였다. 하지만 그간 느긋하게 몸을 만들고 수련에 매진할 시간은 별로 없고 잇따른 전투로 몸이 혹사당했음을 감안하면 경이로운 속도였다.

그럴 수밖에 없다. 아젤과 싸워본 모든 이가 마력이 너무 적다는 사실을 의아해했다. 스피릿 오더 수련자의 마력은 어느 정도까지는 검술과 정비례하는 상승곡선을 그리기 때문이다.

스피릿 오더의 경지가 올라간다는 것은 마력을 제어하는 능력이 올라간다는 뜻이다. 더 많은 마력을 더 기기묘묘하게 다룰 수 있어야만 영맥을 강화하고, 마력의 그릇을 강화하고, 생명의 고리를 늘릴 수 있었다.

아젤은 과거 생명의 고리 여덟 개를 가진 옥터플 마스터였다. 충분한 시간과 여유가 주어진다면 용살의 의식 없이도 지금보다 훨씬 마력을 늘릴 자신이 있었다.

버레인이 말했다.

"흠, 좋아. 그럼 일단은 나도 자네를 믿어보지."

그렇게 아젤을 위한 용검 제작이 결정되었다.

5

용검 제작은 쉬운 일이 아니었다. 카이렌과 미르켈만으로 가능한 일도 아니었기 때문에, 카이렌은 영지 내에 있는 인력들을 모아서 준비에 착수했다.

카이렌이 물었다.

"내 기사들과는 언제부터 놀아보겠나?"

"흥미야 많지만 당분간은 혼자 집중하고 싶습니다."

"좋아. 나도 밀린 일 때문에 바쁘니 당분간은 자네를 방치하도록 하지."

"방치라니 어감이 좀……."

"내가 일을 처리한 후에는 적어도 나하고는 자주 놀아줘야 할 거야."

"공작님, 누가 들으면 오해할 소리입니다, 그거."

아젤이 빈정거렸다.

카이렌이 무시하고 말했다.

"어차피 용무기 제작을 시작하면 다른 일에 신경 쓸 여유가 없어진다. 초기에는 특히 그렇지."

"완성까지는 얼마나 걸립니까?"

"반년 정도를 잡고 있다. 그거보다 빨라질 수도 있지만, 그렇게 많이 당겨지진 않을 거야."

"그럼 제 수련 기간도 그 정도로 생각해도 되겠습니까?"

"그러도록. 중간에 내가 찾아가면 놀아주는 거 잊지 말고."

"그 정도는 해드리죠."

아젤이 피식 웃었다. 카이렌이 말했다.

"필요한 게 있으면 얼마든지 말하게. 예산이 허락하는 한에서는 얼마든지 도와주지."

"흠. 예산이 얼마나 됩니까?"

"유감스럽게도 타란토스 공작가는 매우 부유하다. 어찌나 가진 게 많은지 내가 집무를 적당히 방기하고 수련에 매진해도 재산이 더 늘어날 정도지."

"그렇군요. 그럼……."

아젤은 잠시 생각하고는 필요한 것을 말했다.

"결과적으로 공작님을 위한 것이기도 하니 사양하지 않겠습니다. 가능한 한 많은 무기, 갑옷, 마력 회복제, 그리고 절 전담해서 치료해 줄 수 있는 치유술사들, 시끄럽게 굴어도 상관없는 장소가 필요합니다."

"내가 수련할 때 처박히는 별장 중의 하나를 빌려주지. 그런데 무기는 그렇다 치고, 갑옷들?"

"쓸 데가 있습니다."

"그리고 치유술사들이라니… 여럿 필요한가?"

"많을수록 좋습니다."

"어째서지?"

"많이 다칠 예정이라서요. 치유술사 혼자서는 좀 힘들 겁니다."

"무슨 짓을 하려는 건지 모르겠군."

"뭐, 궁금하시면 찾아오셔도 좋고 절 곁에서 볼 사람을 붙이셔도 됩니다. 공작님께 투자받는 거니까 그 정도는 제가 얼마든지 감수하지요."

"그거 참……."

카이렌이 미소 지었다.

"매력적인 제안이군. 그러면서도 중요한 밑천은 안 털릴 자신이 있다 이거렷다?"

마법사와 마찬가지로 스피릿 오더 수련자들도 자신이 터득한 비전을 보이는 것에 굉장히 민감하다. 아니, 그건 목숨에 관련된 비술을 터득하고 있는 이라면 누구나 마찬가지였다. 그걸 생각하면 아젤의 제안은 굉장히 파격적이라 할 만하다.

아젤이 말했다.

"부정하진 않겠습니다."

"좋아. 시종 겸, 자네의 밑천을 털어올 첩자를 붙이겠다. 준비가 필요하니 내일 아침에 별장으로 떠나도록 해. 용무기를 제조할 때, 자네가 필요하게 되는 때가 있으니 그때 알리지."

"알겠습니다."

아젤은 타란토스 성이 등지고 있는 란스 산에 있는 카이렌의 별장으로 가게 되었다. 종종 카이렌은 수련을 위해 사람들의 눈길을 피해 산속에 처박히고는 했기 때문에 그러기 위한 장소를 많이 마련해 두었다. 란스 산은 가장 가깝고, 그렇기 때문에 사람다운 삶을 살 준비가 되어 있는 장소였다.

하지만 카이렌이 붙여준 사람은 좀 의외였다.

"당분간 제가 곁에서 모시겠습니다."

그날 저녁, 아젤을 찾아와서 그렇게 말한 사람은 하스반이었다.

아젤은 한 방 먹은 표정으로 그를 보며 물었다.

"하스반 씨는 이 가문 집사장 아니십니까?"

"그렇지요."

"그런 분이 저를 시중들러 오신다고요?"

"제가 없어도 성의 일들은 그럭저럭 잘 굴러가니까요. 공작님이 없으실 때도 그랬고, 지금도 마찬가지입니다. 타란토스 성에는 유능한 인재가 많죠."

"흠……."

"그리고 신분 문제라면 신경 쓰지 않으시길 권합니다. 제가 용마인이고 귀족이기는 하지만, 인간 손님 시중드는 걸 오랫동안 해왔고 거기에 거부감을 느끼지도 않으니까요. 그리고 저 혼자 따라갈 것도 아닙니다."

"몇 명이나 갑니까?"

"한 서른 명 정도 데려갈까 했는데……."

"……."

"그런 눈으로 보지 마세요. 그 별장 관리하려면 그 정도 인원은 필요합니다."

"꽤 큰가 보군요."

"공작님의 수련 장소 중에는 야만인처럼 살기 딱 좋은 움막도 있지만, 여긴 성에서 가까운 곳이라서 신경 썼거든요. 하지만 번잡한 걸 싫어하실 것 같아서 열다섯 명만 갑니다."

"그것도 많군요."

"시중들 분이 아젤 경밖에 없는 게 아니라서요. 치유술사를 세 분 섭외했습니다."

"알겠습니다."

아젤은 순순히 받아들였다. 자기 혼자라면 모를까, 치유술사들에게까지 불편을 강요할 수는 없는 노릇이다.

아젤이 말했다.

"그렇다는 건 하스반 씨, 당신은 공작님이 보내시는 첩자라는 거군요."

"첩자라니 이거 참 재미있는 장난에 휘말려 든 기분입니다. 공작님께서 저 말고 다른 적임자가 없는 것 같다면서 저를 보내셨습니다. 오랜만에 제 잔소리를 듣다 보니 좀 치워둘 핑계가 필요하셨나 봅니다."

하스반이 빙긋 웃었다. 그 미소를 보는 아젤은 자꾸만 뤼겐이 떠올라서 심란해졌다.

아젤은 애써 그런 기색을 감추면서 말했다.

"뭐 실력 있는 분일 거라고는 생각했습니다. 용마력만 봐도 단련한 흔적이 느껴졌으니까요."

용마족이나 용마인 역시 인간처럼 마법이나 용령기를 연마한 자와 그렇지 않은 자의 격차는 크다. 아젤은 하스반에게서 용령기를 수련한 자의 면모를 보았다.

"왜 그런 분이 집사장을 하고 계시는 건지 물어봐도 될까요? 용마인으로서는 아직도 한창이신 것 같은데… 기사라면 은퇴하기에는 아직 이르지 않습니까?"

"추측하신 대로 전 과거에 기사였습니다. 10년 전쯤까지는요."

용마인은 용마족과 달리 2차 성징 때까지는 인간과 성장 속도가 비슷하다. 하지만 젊은 시절이 인간보다 길기 때문에 아젤은 하스반의 나이가 50대 중후반에서 60대 초반 정도는 되었으리라 추측하고 있었다.

"하지만 이게 별로 적성에 안 맞더군요. 재능이 있냐 없냐의 문제는 아니었습니다. 다만 기사단 생활을 하다 보니 어느새 나가서 싸우기보다는 조직이 어떻게 굴러가는지에 관심을 두고, 이상한 것들을 뜯어고치고 있는 자신을 발견했어요. 그래서 은퇴하고 집사나 하겠다고 말씀드렸더니 대뜸 전임 집사장한테 후계자 삼으라고 맡겨 버리시더군요."

"……."

"진짭니다. 공작님께서는 원래 한번 이거다 싶으면 바로 밀어붙이신답니다."

"확실히 그렇기는 하죠."

아젤은 쓴웃음을 지었다. 동시에 뤼겐을 떠올렸다.

'생긴 것만 닮은 게 아니었군.'

뤼겐은 강력한 용마족 전사였으며 아젤의 세 번째 스승 리글렌의 신임을 받는 동료였다. 하지만 그는 전장에 나서서 싸우기보다는 조직을 정비하고 계획을 세워서 굴리는 데 더 열중했다. 실제로 거기에 더 소질이 있기도 했다. 종종 그가 투덜거리던 말이 기억난다.

"아젤, 이 빌어먹을 전쟁이 끝나고 나면 뭘 할 건가?"

"생각해 본 적 없는데?"

"젊은 사람이 그래서야 쓰나? 꿈이 있어야지."

"용마왕을 쓰러뜨리는 것보다 더 큰 꿈이 없어서 미안해. 당신은?"

"난 아내의 고향에 내려가서 장사를 할 거야. 다들 우러러보는 대상인이 될 거다."

"그거 참… 당신다운 꿈이네. 다른 사람이 들으면 용마족다운 꿈은 아니라고들 하겠지만."

용마전쟁이 끝났을 때, 뤼겐은 스스로의 말대로 아내의 고향으로 돌아갔다. 그가 꿈꾸던 대로 대상인이 되었는지는 모르겠다. 하지만 200년 후까지 아젤과 함께 싸웠던 일을 전해줄 후손이 이어진 것만은 분명하다.

감상에 젖어 있는 아젤에게 하스반이 말했다.

"첩자 노릇을 해보는 건 처음이지만, 열심히 할 겁니다. 그러니 빤히 바라본다고 불편해하지 마시길."

"남자의 뜨거운 시선을 받는 게 별로 달갑지는 않지만 제가 자처한 거니 어쩔 수 없죠. 잘 부탁합니다."

6

다음 날 오후, 아젤은 하스반과 함께 란스 산에 올랐다. 맨 처음 올라가는 인원이 70명이라는 걸 알았을 때는 깜짝 놀랐다. 하지만 하스반은 태연했다.

"다들 짐꾼 노릇한 다음에는 다시 내려올 겁니다. 아젤 경이 요구하신 짐이 워낙 많아서."

…아젤은 가능한 한 많은 무기, 갑옷, 마력 회복제를 요구했으며 카이렌은 성심성의껏 성에 남는 물품들을 모아주었다. 이건 가기로 한 열다섯 명만으로는 도저히 운반할 수 없는 양이었다.

란스 산은 뒷산이라고 하기에는 상당히 큰 산이었다. 봉우리를 우회해서 계곡에 있는 별장에 도착했을 때는 거의 해가 저물어가고 있었다.

인원들이 짐을 옮기고 정리하느라 바쁘게 움직이는 가운데, 아젤은 별장의 시설을 보고 깜짝 놀랐다.

"이건 어느 시대 유적입니까?"

란스 산의 별장은 웬만한 귀족의 저택만큼이나 컸다. 하지만 더 놀라운 것은 그것이 산 안쪽에 건설된 유적과 연결되어 있다는 사실이었다.

하스반이 말했다.

"한 4, 500년쯤 되었다고 들었습니다. 발굴한 뒤에 위험 요소는 다 치웠고, 시설 중에 쓸 만한 부분을 살려서 유사시에 피난처로 쓰고자 개조해 두었는데… 한 30년 전쯤에 공작님께서 혼자 수련하실 때 쓸 수 있는 시설을 덧붙이셨죠."

"과연."

아젤은 그냥 별장이 있고 나머지는 그냥 산 그대로일 거라고 생각했다. 그런데 이게 웬걸? 유적하고 이어진 훈련장이 있는 게 아닌가? 별다른 훈련용 시설이 붙어 있는 건 아니지만 꽤 쓸 만한 마법적 처리가 되어 있었다.

'이만하면 웬만하면 부서지지도 않겠고, 마력 순환 장치가 되어 있는 건 굉장한데. 이거 구축하려면 엄청 비쌌을 텐데… 내 기대를 상당히 뛰어넘는군.'

훈련장 내부에서 마력을 방출하면 훈련장이 그걸 흡수해서 순환시킨다. 이건 스피릿 오더 수련자에게도 굉장히 좋은 조건을 제공해 준다. 혹시나 해서 하스반에게 물어봤더니 시설 제어 장치에서 마력을 흡수하는 정도를 높이거나 하는 것까지도 가능하다고 했다.

"이런 건 생각도 못했습니다. 공작님께 나중에 또 감사를 드려야겠는데요."

솔직한 감탄이었다. 이 시설은 지금의 아젤에게 굉장히 유용했다. 단기간에 최대한 마력을 회복하기 위해 마력 회복제를 잔뜩 요구한 것인데, 이 시설을 이용하면 아젤 자신이 예상한 것보다 훨씬 빠르게 진도를 나갈 수 있을 것 같다.

하스반이 말했다.

"다른 건 몰라도 이런 건 철저하신 분이니까요. 정말 이런 데는 돈을 너무 안 아끼셔서 문제죠."

사람들이 별장을 정리하느라 부산을 떨었고, 이미 해가 졌기 때문에 돌아가기로 한 인원들도 하룻밤을 묵어가게 되었다. 하지만 그래도 아젤은 곧바로 수련에 들어갔다. 별장의 시설을 쓸 만한 상황은 아니었지만 야산 자체만으로도 좋은 훈련장이었다.

'몸을 만들어야 해.'

아젤은 마력량을 늘리는 것보다도 그 점을 우선시했다.

깨어난 지 두 달, 완전 시체 꼴에서 일반인보다는 강건한 상태까지 회복했다. 하지만 그것만으로는 부족했다. 전신 구석구석 마력을 스며들게 해서 인간의 한계를 초월하지 않으면 안 된다.

스피릿 오더 수련자는 마력을 이용해 육체 능력을 증폭한다. 하지만 증폭한다는 것은 기본 능력이 높을수록 좋다는 것이다. 게다가 몸이 강건할수록 더 큰 증폭량을 감당할 수 있다.

잘 먹고, 미친 듯이 단련하고, 푹 쉬어야 한다.

종종 간과하기 쉽지만 미친 듯이 단련하는 것보다 잘 먹는 것과 푹 쉬는 게 더 중요하다. 먹지 못하면 몸을 만들 수 없다. 아무리 몸을 혹사해 봤자 강해지는 게 아니라 점점 망가질 뿐이다.

푹 쉬지 못하면 단련으로 가해진 부하가 강건함으로 연결되지 않는다.

실전을 통해 강해진다는 이들도 있지만 그건 어디까지나 경험적인 측면이다. 실전을 겪고 부상이라도 당하면 무인으로서는 오히려 퇴보할 가능성이 높다.

지난 두 달간 아젤은 느긋하게 회복하고 수련에 매진할 여유가 없었다. 부족한 상태로 강력한 적들을 만나서 한계까지 자신을 쥐어짜내기를 반복했으니 발전은커녕 퇴보를 했어도 이상하지 않은 상태다. 그럼에도 눈부신 발전을 이룬 것은 놀랍지만 잠들기 전을 생각하면 보잘것없다.

아젤은 이제야 이런 환경을 얻게 된 것에 감사하면서 과거에 자신이 배웠던 것들을 철저하게 되새겼다.

魔展
龍劍

1

예언지킴이.

인간이 지배하는 땅이라면 어디에서나 용마왕 숭배자들을 말살시키기 위해 활동하는 정체불명의 조직 수호그림자, 그 속에서도 비밀에 싸인 존재들이다.

"살아 있지 않은 우리가 삶이라는 표현을 쓰는 건 이상하지 않나, 꼬맹이 입실론?"

그렇게 말한 것은 오만한 인상의 청년이었다. 옅은 붉은 머리칼에 귀티가 흐르는 용모, 어딘가 섬뜩하게 일그러진 미소를 지은 그는 먼 곳에서 타란토스 성을 바라보고 있었다.

"볼 때마다 말해주는 거지만, 난 너보다 나이가 많아요, 애송이 자레스."

존댓말을 하는 건지 아닌 건지 애매한 말투로 대꾸한 것은 레논이었다. 열서너 살 정도의 소년으로 보이는 그였지만 실제로는 그보다 긴 세월을 살아왔다. 그의 시간은 수호그림자와 맹약을 맺고 예언지킴이가 된 순간부터 정지해 있었다.

입실론.

그것이 레논의 예언지킴이로서의 이름이며, 예언지킴이 다섯 번째 자리를 의미하는 코드네임이었다.

그것은 자레스도 마찬가지였다. 예언지킴이 열다섯 번째 자리를 의미하는 그의 코드네임은 오미크론이었다.

"하지만 꼬맹이지. 그리고 우리 이름이 무슨 의미가 있다고 끈덕지게 내 이름을 부르는 거야? 그냥 오미크론이라고 불러."

"싫은데요. 덩치 큰 애송이 자레스."

"나를 인간으로 대하고 싶다면 인간으로서의 계급도 존중하지그래? 난 예언지킴이가 되기 전에는 너 따위는 말도 못 붙일 귀하신 몸이었는데."

"다행이군요. 옛 영광을 떠벌일 만큼의 인간성이 남아 있어서."

"흥."

레논이 화를 내는 기색도 없이 받아치기만 하자 자레스가 흥미를 잃은 듯 고개를 돌렸다. 잠시 침묵하던 그가 말했다.

"다른 녀석들은?"

"아직이에요. 너보다 먼저 보고 싶은 사람이 많았는데 유감이에요."

"난 도대체 예언지킴이를 뽑는 기준이 뭔지 알 수가 없어."

"나도 몰라요. 우리 중에 그걸 아는 사람은 아무도 없고요."

"이미 비밀주의 운운하는 수준을 넘어가 버렸단 말이지. 왜 모두가 아무것도 모르는 채 이런 일을 해야 하는 거지?"

"이유가 너무 명확하니까요. 어쨌거나, 기껏 여기까지 불러냈으면 용건이나 말해요."

"어차피 한가하잖아?"

"차라리 길가의 개미들을 관찰하고 말지, 네 빈정거림을 듣느라 시간을 허비하긴 싫어요."

"좋아. 아젤 제스트링어라는 놈이 예언의 사람인지 시험해 봐야겠어."

"내가 이미 시험해 봤고, 일단 좀 시간을 주자는 결론이 나왔는데요?"

"난 그 결론에 동의한 기억이 없는데. 그리고 네가 시험해 본 방식도 물러 터졌어. 그 정도로 저 빌어먹을 용마왕 일당을 끝장내 줄 예언의 사람인지 아닌지 가려낼 수 있겠어?"

"뭘 어쩌려고요? 설마 네가 붙어보겠다는 건 아닐 거고. 장담하는데 3초 안에 목이 떨어질 거예요."

"그런 걸 보는 안목은 있고?"

"네 실력이 얼마나 별 볼 일 없는지는 알거든요. 제타랑 싸우면 몇 초나 버틸 수 있을 것 같아요?"

"5초는 가능할 거고, 10초는 넘기기 힘들 거야."

"의외로 주제 파악은 잘하는 게 네 유일한 장점이에요, 자레스."

"장점이라기보다 그걸 못하면 이 짓을 못 해먹으니까. 하지만 난 너보다는 좀 더 나은 방법으로 저놈이 우리가 기다린 영웅인지 아닌지 시험해 볼 수 있을 거야."

자레스가 의미심장한 미소를 지었다. 레논은 참 맘에 안 든다는 표정으로 말했다.

"부디 용검공작에게는 민폐 안 끼치도록 해요. 우리 조직의 기둥 중의 하나고, 성격이 불같아서 아마 네가 스스로의 중요성에 대해서 설명하기도 전에 묵사발을 만들어놓을 거예요. 그리고 설명한 후에는 시체로 만들겠죠."

"그거 참 마음에 드는군. 하지만 나도 이 영지에서 분탕질을 칠 생각은 없어. 용검공작이 방해하고 나서도 곤란하고, 네가 제타와 함께 내린 결론도 약간은 존중할 생각이야. 오면서 듣자 하니 용검공작이 아젤 제스트링어라는 애송이를 위해서 재미있는 이벤트를 준비하고 있다지?"

"어둠의 설원 놈들이 하는 그짓을 시키려고 하고 있죠."

"용살의 의식이라는 그거 말이지."

자레스의 미소에 광기가 깃들었다.

용살의 의식.

대암흑 이후에는 완전히 실전된 지식을 예언지킴이들은 아직 간직하고 있었다. 그들 중에는 대암흑 이전에 태어난 자들도 있었기 때문이다.

하지만 그들도 모든 지식을 갖춘 것은 아니다. 용살의 의식만 해도 그렇다.

"용의 힘을 취하기 위한 의식이라……."

레논이나 자레스가 용살에 의식에 대해서 아는 건 거기까지였다. 대암흑 이전에도 이미 용살의 의식에 대한 전승은 흐릿해져 있었기 때문이다.

때때로 어둠의 설원에서 나온 고위층 용마왕 숭배자들은 인간의 눈길을 피해 용살의 의식을 치른다. 그러나 그들이 용살의 의식을 치르는 건 그저 힘을 취하기 위해서만이 아니다. 용마기를 만들기 위해서다. 하지만 예언지킴이들도 용마기에 대해서는 모르고 있었다.

또한 용마왕 숭배자들은 용을 자기들 뜻대로 움직이기 위해서 용살의 의식을 이용한다. 인간이 지닌 지혜를 갈구하는 용은 용살의 의식을 거부하지 않는다. 그렇기에 용마왕 숭배자들은 용살의 의식에 도전할 것을 약속하는 대신 용들에게 한 가지 일을 부탁하고는 했다.

자레스가 말했다.

"용마공주를 덮친 지룡도 아마 그 방식으로 움직였겠지."

아리에타가 겪은 일은 카이렌을 통해서 수호그림자에게 전달되었고, 예언지킴이들은 그 정보를 공유했다. 그들은 용 그림자가 지룡을 움직인 방법이 바로 용살의 의식을 미끼로 던진 것이라고 추측했다.

레논이 말했다.

"용검공작의 생각대로 아젤 제스트링어가 용살의 의식을 치렀다면, 용마왕 숭배자들이 가져갈 몫을 훌륭하게 가로챈 셈이죠."

"칭찬해 마땅하지. 하지만 정말 그 일을 해냈는지 우리 눈으로 확인해야 할 필요가 있어."

"그거라면 가만히 있어도 용검공작이 적절한 구경거리를 만들어줄 텐데요?"

"그것만으로는 부족해. 좀 더 멋진 시련을 준비해 주지. 인간을 좀 이용하면 얼마든지 무대를 마련할 수 있어."

"흠. 그런 일이라면 마음대로 해봐요. 어차피 말려도 안 듣겠지. 뒷일은 스스로 책임지고요."

"잘 아는군. 기대하라고."

자레스는 그렇게 말하고는 몸을 돌렸다.

2

아젤의 수련을 관찰하는 공인 첩자가 된 하스반은 일주일에 한 번씩 정기적으로 보고를 올리게 되어 있었다. 하지만 사실 그보다 자주 타란토스 성에 연락했다. 아젤을 시중들고 란스 산의 별장을 관리하느라 이것저것 요구할 게 많았기 때문이다.

별장과 타란토스 성 사이에는 직통으로 연결되는 마법 통신 망이 구축되어 있었기 때문에 연락은 쉬웠다. 그런데도 카이렌이 하스반에게 직접 보고를 들은 것은 보름이 지난 후였다. 초기에는 용무기 제작 문제로 보고를 들을 상황이 아니었기 때문이다.

통신도구는 수경(水鏡)이었다. 마법 처리가 된 그릇에 물을 채우고 마법을 발현시키면 상대의 모습이 나타난다. 수면에 하스반의 모습이 떠오르자 카이렌이 물었다.

"그놈은 어떤가?"

"보자마자 그것부터 물으시는군요."

"자네를 거기 보낸 이유가 그거니 당연하지."

"물론 그러실 줄 알았습니다. 음. 제가 보기에 아젤 경은 좀 미친 사람 같습니다."

"그동안 무슨 짓을 했는데 대뜸 그런 평가가 나오나?"

"기기묘묘한 방법으로 자해하더군요. 어떤 방식으로 자살해야 잘 자살했는지 소문이 날까 고민하는 것 같았습니다."

"음? 구체적으로는?"

"자기 자신과 싸웁니다."

"…비유적인 의미는 아니겠지?"

"그럼 자해라고 하지도 않았지요. 이해하기 쉬운 것부터 말씀드리자면, 셀프 대련입니다."

"셀프 대련? 그게 뭔가?"

"달리 부를 말이 안 떠올라서 제가 붙인 이름입니다. 아젤 경은 도대체 무슨 수로 그러는지는 모르겠지만 분신을 만든 다음 거기에 갑옷을 입히고 칼을 쥐어줍니다. 그리고 열심히 싸웁니다."

"응? 내가 잘못 들은 건 아니겠지? 분신이 칼 들고 갑옷까지 입고 본체랑 싸운다고?"

"저도 제가 잘못 본 줄 알았습니다. 그런데 진짜 그러더군요."

말 그대로 '셀프 대련'이다. 하스반이 말을 이었다.

"제가 계속 지켜보고 있는데, 그렇게 해서 만든 분신이 꽤 강합니다. 솔직히 제가 저 분신의 상대가 아닌 게 다행이라고 생각할 정도로요. 아젤 경도 아주 필사적으로 싸웠습니다. 끝냈을 때는 상처를 많이 입어서 치유술사들이 필요했죠."

"으음……."

"그리고 또 다른 건 검들의 군무(群舞)가 있었습니다."

"그건 또 뭔가?"

"이건 더 미친 짓입니다. 그러니까 염동력으로 원거리에서 검을 들어 움직이는 것 정도는 저도 할 수 있는데, 아젤 경은 이걸 한꺼번에 스무 자루 이상을 움직이더군요."

"마력만 허용하면 별로 놀라운 일은 아닐 텐데? 하긴 그놈 마력을 생각하면……."

"공작님께서 제 말을 잘못 이해하고 계시다는데 금화 백 개를 걸 수도 있습니다."

"살짝 불쾌해지기 시작하는군. 보통 보고를 듣고 오해가 생긴다면 그건 보고가 명쾌하지 않기 때문이지."

"그러니까 명쾌하게 설명할 때까지 잠시만 인내심을 발휘해 주시지요. 제가 본 바로는 그 스무 자루가 넘는 검이 마치 각자 의지를 가진 것처럼 움직입니다. 아주 날카롭게, 사람이 쥐고 휘두르는 것과는 명백히 다른… 혼자 날아다닌다는 점을 십분 활용해서 움직여요."

"즉 하나하나가 마치 다른 사람이 쥐고 휘두르는 것처럼 독자적인 의지를 가진 것 같다?"

"예, 스무 명의 검객이 달려드는 것보다 더 무시무시한 연계 공격이 날아들고 아젤 경은 맨손으로 그걸 피하고 받아넘깁니다. 절대 대충하는 것 같진 않습니다. 이 훈련을 끝내고 나서는 아젤 경도 피투성이가 되었고 꽤 깊은 상처도 하나 입었거든요. 그동안 아젤 경이 수도 없이 상처를 입는 바람에 치료술사들의 신경이 꽤 곤두서 있습니다."

"…나보고 지금 그 이야기를 믿으라고 하는 건 아니겠지?"

"제가 공작님께 이토록 신뢰받지 못한다는 사실이 슬프군요. 직접 와서 보시든가요."

"으음……."

이야기를 들으니 이건 진짜 직접 보지 못하는 게 억울하다 싶을 정도였다. 궁금하다 못해 하스반에게 막 질투가 난다.

'아젤 녀석, 끝이 안 보이는군. 혹시 나하고 대련할 때는 반도 안 보여준 거 아닌가?'

그렇게 생각하니 울컥했다. 건방진 애송이가 감히 자기랑 싸울 때는 밑천을 다 보이지도 않았단 말인가? 그러고도 자기를 몇 번이나 이겼단 말이지?

'수련 끝나고 두고 보자.'

카이렌은 쩨쩨하기 그지없는 다짐을 단단히 했다.

하스반이 말을 이었다.

"그리고 공작님, 하나 여쭙고 싶은 게 있습니다."

"뭔가?"

"아젤 경의 마력이 부족하다는 거, 사실입니까?"

"그건 사실이다. 의심의 여지가 없지."

"음......."

"또 뭔가?"

"일단 그 말씀이 맞는 것 같기는 합니다. 아젤 경은 꽤 자주 마력을 다 쓰고 탈진 상태에 빠지니까요. 그럴 때마다 마력 회복제들을 무슨 물처럼 마셔대더군요. 지금까지 아젤 경이 마신 마력 회복제의 가격 총액을 꼭 말씀드리고 싶은데......."

"그런 건 됐고. 내가 듣고 싶은 이야기부터 해보게."

"수련장이 부서졌습니다. 한쪽 벽 정도라서 마법 자체는 깨지지 않았지만."

"...뭐?"

카이렌이 깜짝 놀랐다.

지을 때 버레인 미르켈까지 부려먹었던 그 수련장은 웬만해서는 흠집도 안 가도록 강력한 마법이 걸려 있었다. 물론 카이렌이 작심하고 힘을 쓰면 부서지겠지만, 그간 보아온 아젤의 마력 수준을 보면 불가능한 일이다.

하스반이 말했다.

"구체적으로는 벼락이 치더군요."

"벼락이? 뇌전을 일으켰다는 건가?"

"그런 의미가 아닙니다. 어젯밤에는 비가 왔죠."

"벼락도 쳤지."

"그 벼락이 아젤 경한테 떨어졌습니다."

"……"

하스반은 자기도 이 말의 내용을 어처구니없어하고 있다는 걸 알아달라는 표정을 지었다.

"아젤 경은 한 번 훈련을 끝내고 별장에서 치료도 받은 후였습니다. 그런데 비바람이 몰아치기 시작하니 미안하다면서 다시 나가더군요. 멀리서 벼락이 치고 천둥소리가 울렸습니다. 그리고 얼마 후에는 훈련장 가운데 서서 검을 들고 있는 아젤 경에게 벼락이 떨어졌죠."

"…그래서?"

"전 아젤 경이 죽었다고 생각했습니다. 놀라서 달려가 봤는데… 음. 제가 미쳤다고 비웃지는 말아주십시오. 아젤 경은 벼락을 전신에 두르고 있었습니다."

"……"

"그리고 그 힘을 한 번에 방출해서 수련장 한쪽 벽을 갈라 버렸죠. 직접 와서 보시라고 하고 싶습니다. 벽을 갈라놓고 그 너머에 있는 나무들을 모조리 쓰러뜨리면서… 수백 미터 저편까지 커다란 흉터 같은 자국이 남아 있습니다."

"말도 안 돼."

카이렌은 신음했다. 벼락을 받아서 그 힘을 정제해 방출하는 기술이라고? 그런 짓을 할 수 있는 인간이 존재한단 말인가?

더 놀라운 것은, 카이렌은 그런 짓을 한 인간에 대한 기록을 읽은 적이 있다는 사실이다.

카이렌의 표정을 살피던 하스반이 말했다.

"아마 공작님이 지금 떠올리시는 게 제가 떠올리는 것과 같으리라 믿습니다. 그리고 아젤 경은 그걸 확인시켜 주었죠."

"뭐라고 했나?"

"아젤 경은 그 기술의 이름이 '천둥용의 뿔'이라고 했습니다."

"……."

카이렌은 낮게 신음 소리를 냈다.

천둥용의 뿔.

용마왕 아테인을 쓰러뜨린 영웅 아젤 카르자크가 전장에서 선보였다는 비장의 기술이다. 그 일격은 자연이 내리는 벼락의 철퇴보다도 더 강력해서 수천의 용마군을 일거에 두 쪽으로 갈라놓았다는 기록까지 남아 있었다.

물론 카이렌은 그 기록의 진실성을 믿지 않았다. 당연히 과장된 전설이리라 생각했다. 아젤 카르자크가 천둥용의 뿔을 쓸 때 벼락을 불러서 그 힘을 이용했다는 말도 마찬가지다.

"그런데 그 일이 실제로 일어났습니다. 솔직히 전 어릴 적에 부모님께 들었던 조부님의 무용담에는 당연히 어느 정도 허풍이 섞였을 거라고 생각했습니다. 그런데… 아젤 경이 보여준 '천둥용의 뿔'은 거의 제가 들은 그대로입니다."

"그놈… 진짜 정체가 뭔지 궁금하군."

"저도 정말 궁금합니다. 전 아젤 경이 사실은 그렇게 실종되었던 아젤 카르자크의 환생이라고 해도 믿어버릴 것 같은 기분이라는 걸 알아주시지요."

"안 되겠어. 내가 지금 당장……."

"당장 올라온다는 말씀은 하지 마시죠. 지금 오밤중입니다. 민폐예요."

"……."

"아젤 경은 조금 전까지 또 다른 참신한 방법들로 자기 학대를 계속하다가 쓰러졌습니다. 내일 아침에 찾아오신다고 알려두지요."

"좋아. 그럼 내 인내심을 붙들어두기 위해서, 그 또 다른 참신한 방법들이라는 걸 낱낱이 고해 보게."

"열심히 이야기하다 보니 목이 마르군요. 좋은 술을 마시고 싶어집니다."

"…내일 가져가지. 그러니까 더 이상 기어오르지 말고 빨리 말해."

"알겠습니다. 오늘은……."

하스반은 목이 쉬지 않을까 걱정될 때까지 첩자로서의 보고를 충실하게 했다.

란스 산의 별장에 온 후로 아젤의 생활은 규칙적이었다.

아침 6시에 일어나서 명상을 비롯한 비교적 가벼운 수련 후, 7시에 아침식사를 한다. 그리고 잠시 쉬다가 점심때까지 수련하고 정오에 점심식사를 한다. 다시 잠시 쉬다가 저녁때까지 수련을 하고 6시가 되기 전에 저녁식사를 한 후, 휴식을 취하고 나서 야간수련에 들어간다. 대충 밤 10시 전까지는 모든 수련을 마치고 돌아와서 야참을 먹고, 그날의 마지막 치료를 받고, 명상을 비롯한 가벼운 수련을 취하다가 자정에 잠든다.

하루 수면 시간은 여섯 시간.

초인적인 아젤의 능력을 생각하면 이 수면 시간은 길었다. 일반적인 생활 중이라면 아젤은 두세 시간 정도만 자도 일반인이 여덟 시간 자는 것과 비슷한 효과를 얻을 수 있다.

하지만 스스로를 극한까지 몰아붙이는 지금, 아젤은 최소한 그 정도의 수면 시간이 필요하다고 여겼다. 그리고 대략 보름이 지난 지금까지는 스스로의 계획이 괜찮았음을 확인하고 흡족해했다.

하스반이 말했다.

"즉, 순수하게 수련하는 시간만 봐도 하루 열네 시간을 넘는다는 거죠. 그것도 초주검이 될 정도로 가혹하게 스스로를 몰아붙이면서, 일주일 내내."

"일반인에게는 불가능하지만 스피릿 오더 수련자라면 불가능한 일은 아니지."

카이렌이 대꾸했다. 초인이기에 일반인보다 훨씬 과중한 훈련 스케줄을 소화할 수 있다.

"하지만 그 정도 강도로 하루 열네 시간 이상씩, 일주일 내내라니 정말 무시무시하군."

하스반에게 들은 아젤의 훈련은 하나같이 어떻게 그런 일이 가능한지 의심스러운 수준이었다. 기술적으로도 그렇고 강도 면에서도 마찬가지다.

"그런데 그 젊은 친구는 어디에 있나?"

그렇게 물은 것은 버레인이었다. 그도 호기심을 참지 못하고 카이렌을 따라왔던 것이다.

하스반이 말했다.

"지금은 아마 야산을 미친 듯이 뛰어다니면서 셀프 다대일 산악전 중일 겁니다."

"…셀프 다대일 산악전? 그건 또 뭐야?"

"무기와 방어구를 쥐어 준 자기 분신을 여기저기 흩뿌려 놓고는 산속을 뛰어다니면서 다대일의 격전을 벌이더군요. 두 분이 오시기 전까지는 그러고 있는 걸 확인했습니다."

"……."

셀프 대련에 이어 셀프 다대일 산악전이라니 이건 무슨 정신 나간 망상을 듣는 기분이다. 카이렌과 버레인은 서로를 쳐다보고는 맹렬한 공감을 느꼈다.

하스반은 두 사람을 데리고 수련장으로 향했다. 먼저 아젤이 '천둥용의 뿔'로 남긴 파괴 흔적을 보여주기 위해서였다.

"맙소사."

버레인이 신음처럼 중얼거렸다.

산 한쪽을 깎아서 만든 이 수련장은 지름 50미터의 원을 이루고 있었으며 계단식으로 지형이 나뉘어 있었다. 그리고 주변을 높이 10미터가 넘는, 성벽과 같은 공법으로 만든 튼튼한 벽으로 감싸고 거기에 강력한 수호의 마법을 걸어 두었다.

그 벽이 쪼개져 있었다.

거칠게 부서져서 벌어진 틈을 유심히 보며 카이렌이 중얼거렸다.

"이걸 그놈이 했단 말이지······."

이틀 전에 만들어진 흔적인데 지금까지도 강력한 마력의 자취가 느껴진다.

버레인이 말했다.

"난 그 친구가 스피릿 오더 수련자인 척하는 마법사라고 해도 믿겠는데."

"마법사만 대규모 파괴를 일으킬 수 있는 건 아냐."

"아니, 그런 이유가 아닐세. 이 부근의 마력의 흐름에 집중해 보게. 믿을 수 없는 일이 벌어지고 있어."

"음?"

카이렌은 의아해하며 그 말대로 했다. 그리고 눈을 크게 떴다.

"뭐지? 수련장의 마력이 외부로 흘러 나가고 있는데?"

"아무래도 그 친구가 한 일 같군. 생각해 보면 셀프 다대일 산악전이라는 거, 그 친구의 마력만으로 할 수 있는 일이 아니지. 시설 통제 마법의 권한을 이용해서 외부로 마력을 빼내고 있는 것 같아."

"그게 되나?"

"난 지금까지 스피릿 오더 수련자는 그런 일을 못한다고 알고 있었지. 당장 그 친구의 멱살을 잡고 어떻게 하는 거냐고 물어보고 싶은 심정이군."

카이렌과 버레인은 몸을 띄워서 성벽에 올라 그 너머의 흔적을 살폈다. 그리고 둘 다 할 말을 잃었다.

"……"

"…카이렌, 하나 묻고 싶은 게 있네."

"뭔가?"

"자네는 이렇게 할 수 있나?"

그 말에 카이렌은 곧바로 대답하지 못했다.

쪼개진 벽 너머, 산 능선을 타고 장대한 파괴의 흔적이 이어져 있었다. 그 궤적에 있는 나무들은 통째로 불타고 부서져서 날아가 버렸고 지면에는 깊이가 2미터에 이르는 고랑이 파였다. 더 놀라운 것은 그 흔적이 끝난 곳은 500미터쯤 떨어진 곳이었지만, 사실 그 너머까지 에너지의 방출이 이어졌을 거라고 추정된다는 사실이었다.

버레인이 추측했다.

"지형을 따라서 계속 달려가다가 하늘로 방출되어 버린 거야."

"그것도 산봉우리를 두 쪽으로 갈라놓고 말이지."

산봉우리가 정말로 두 쪽 나서 한쪽은 무너져 있었다. 그 흔적을 살피던 카이렌이 말했다.

"으음. 단순히 파괴력만을 따지면 가능할지도 모르겠군."

"정말인가?"

"흔적이 집중되어 있으니까. 장담은 못해. 하지만 뇌격을 어떤 식으로 다루면 이런 흔적이 나지?"

인간의 일생에 해당하는 시간 동안 무예와 용령기를 연마해온 카이렌이다. 마법사만큼은 아니더라도 상당히 다양한 속성으로 마력을 변환해서 국지적 재해를 일으킬 수 있었다.

하지만 뇌격이 이런 흔적을 남길 수 있는 속성의 힘이었던가? 모르겠다.

버레인이 말했다.

"그 친구가 사람이 없는 수련장을 원한 이유를 알 것 같은데. 어쨌든 그 셀프 다대일 산악전이라는 걸 구경하러 가볼까?"

두 사람은 하스반과 함께 아젤이 있는 곳으로 향했다.

"헉, 헉……."

아젤은 피투성이가 된 채 나무에 기대어 있었다. 심장이 거칠게 고동치면서 몸이 한계에 몰렸음을 전해온다. 하지만 아젤은 그 경고를 듣기는커녕 그 진동을 이용, 막대한 마력을 일으켜서 전신의 영맥을 채우고 육체에 활력을 부여했다.

별로 현명한 짓은 아니다. 이런 식으로 과부하를 주면 단기적으로는 강력한 힘을 발휘할 수 있어도 장기적으로는 육체를 망가뜨리게 되니까.

하지만 아젤도 계산이 있어서 하는 짓이었다. 아주 다채로운 방법으로 스스로를 한계로 몰아넣기 위해서.

그때 위쪽에서 부스럭거리는 소리가 났다. 아젤은 위를 보지도 않고 몸을 날렸다.

파앙!

검과 검이 격돌했는데 쇳소리가 울리는 대신 폭음이 울렸다. 푸른 전광이 터지면서 주변 나무들이 요란스럽게 흔들렸다.

한 박자 늦게 아젤이 자기를 습격한 존재를 시야에 포착했다. 통일성 없는 갑옷을 입은 적은 바로 아젤 자신이었다. 아젤의 모습을 완벽하게 모방한, 하지만 잡티나 부상이 없는 터라 지나치게 깨끗해서 비인간적인 느낌을 주는 분신이다.

분신이 곧바로 자세를 바로잡고 공격해 온다. 그냥 달려드는 게 아니다. 정신파로 아젤의 감각을 교란시키면서 강맹한 뇌전의 검을 휘둘렀다.

파지지직!

아젤이 그것을 받아치는 순간, 뒤쪽의 풀숲을 헤치고 또 다른 분신이 뛰쳐나왔다.

완벽하게 기척을 죽이고 있었기 때문에 아젤도 일정 거리에 다가오기 전까지는 그 실체를 파악하지 못했다. 하지만 시선 감지와 소리 구분을 통해서 그 존재만은 파악하고 있었다.

아젤의 몸이 전광석화처럼 빠르게 움직였다.

철크럭! 철컥!

그리고 주인을 잃어버린 검과 갑옷들이 땅에 떨어졌다.

잠시 그대로 서 있던 아젤이 불쑥 말했다.

"그러다 공격받으시는 수가 있습니다, 공작님."

"흠. 한 방 먹여 보려고 했는데 자네 정말 개코로군."

나무 위에 카이렌이 숨죽이고 있었던 것이다. 상황을 살피다가 살금살금 다가와 봤는데 아젤은 귀신같이 알아차렸다.

"아직 수련 안 끝났는데… 뭐, 여기까지 해야겠군요."

아젤이 검을 집어넣었다. 그러자 숲 곳곳에서 마력 파동이 흘러나오기 시작했다.

놀란 것은 좀 떨어진 곳에 있던 버레인이었다.

"이렇게나 많이?"

열둘이나 되는 아젤의 분신들이 걸어오고 있었다. 전부 아젤과 똑같이 생겼지만 완벽하게 무표정하고, 지금은 흐릿해져서 반투명하게 뒤쪽 풍경이 비쳐 보였다.

그들을 다가오게 한 아젤이 말했다.

"장비를 그냥 옮기려면 피곤해서요. 일단 돌아가지요."

아젤은 무기질적인 표정을 지은 분신들에게, 이미 쓰러뜨린 분신들이 차고 있던 장비를 짊어지게 한 다음 별장으로 돌아갔다. 버레인은 당장 화장실에 뛰어가고 싶은 표정을 지었지만 아젤은 별장에 가서 이야기하자는 대답으로 그의 인내심을 시련으로 몰아넣었다.

4

"혹시 자네 아젤 카르자크의 환생인가?"

별장에 와서 카이렌이 던진 물음에 아젤은 실소하고 말았다.

"어쩌다 그런 생각을 하셨습니까?"

"여기 와서 찾아봤는데… 자네 얼굴이 아젤 카르자크의 초상화와 무척 닮았더군."

왕궁에 머무를 때, 카이렌은 아젤의 초상화가 별로 안 남아 있다고 말했다. 아젤도 잠들기 전에 누가 자기를 앞에 두고 그림으로 그리는 걸 안 좋아해서 한 번도 허락해 준 적이 없기 때문에 그럴 만하다고 여겼다. 아마 남아 있는 것도 그를 직접 본 사람이 기억에 의존해서 그린 그림일 것이다.

"그 초상화 저도 볼 수 있습니까? 얼마나 닮았는지 궁금하군요."

"나중에 보여주지. 물론 다른 이유도 있다. 자네가 '천둥용의 뿔'이라는 기술을 사용해서 내게 꽤 큰 재산 피해를 입혔다는 보고가 들려와서 말이야."

"그건 죄송하게 생각하고 있습니다. 뭐, 물어내라고 하시진 않을 거라고 믿고 있지만."

실소한 아젤이 말했다.

"예를 들어서… 음. 제가 스스로의 정체를 이렇게 말씀드리면 믿으시겠습니까?"

"말해보게."

"아젤 카르자크는 용마전쟁이 끝난 지 2년이 지난 시점에서 실종되었지요. 그가 죽었는지 살았는지 기록이 안 남아 있습니다. 그렇지 않습니까?"

"그래."

"만약 그가 대마법사 칼로스가 심혈을 기울여 완성한 굉장한 마법에 의해서, 노화하지 않는 긴 잠을 잤다면 어떨까요? 사람들의 이목을 피해서, 사람들의 발길이 닿지 않는 곳에서 마치 수면기에 빠진 용처럼 긴 시간 동안 잠들었다면?"

"그리고 이 시대에 깨어난 게 자네라면 어떨까? 그런 이야기인가?"

"네."

"아주 흥미로운 이야기야. 물론 믿어달라고 한 이야기는 아니겠지?"

"물론 기대하지 않았습니다."

아젤이 쓴웃음을 지었다. 이전에는 사람들에게 정체를 밝혀도 될지 고민했다. 하지만 이제는 어떻게 해야 진실을 믿게 만들 수 있을지를 고민해야 했다. 터무니없는 진실을 믿도록 설득하는 것만큼 막막한 일이 없었다.

아젤이 말했다.

"좀 더 믿기 쉬운 대답도 있습니다. 제가 아젤 카르자크의 알려지지 않은 후손이라는 사실이죠."

"자네가?"

"네."

"흠……"

카이렌이 눈살을 찌푸렸다. 다른 사람이 말했다면 헛소리하지 말라고 했을 것이다. 하지만 아젤이 말하니 그럴싸하게 들렸다.

'확실히 닮았어.'

타는 듯한 붉은 머리카락이나 푸른 눈동자라는 외모상의 특징만이 아니다. 전체적인 생김새가 카이렌이 수집한 아젤 카르자크의 초상화와 정말 많이 닮아 있었다.

지금까지 늘 아젤의 정체가 의심스러웠다. 용마왕 숭배자들의 적이라는 것만은 확실했지만 그 외에는 의문투성이였다.

부분적인 기억상실이라는 점은 그렇다 치자. 자일에게 아젤을 발견했을 당시의 일을 철저하게 들은 결과 그런 문제가 일어나도 이상하지 않은 상태였음을 인정하게 되었다.

스피릿 오더 수련자로서의 실력에 비해 마력이 부족한 것도 그런 사정을 감안하면 그럭저럭 납득할 수 있었다. 카이렌 자신의 추측이 아니라 대마법사인 버레인이 이런 견해를 내놓았기 때문이다.

"흥미로운 이야기군. 내 추측을 말하라면 가능할 것 같아. 생존이 위험한 상태, 정확히는 일반인이라면 절대로 살아 있을 수 없을 것 같은 상태에서도 생명을 지켜냈다면 그 과정에서 영맥이 말라버리고 마력이 유실되는 사태도 있을 수 있지. 불사체가 아닌 이상 마력도 살아 있는 몸을 그릇으로 삼고 생명력과 결합하니까."

이 두 가지 의문을 납득하고 나면 남는 의문은 아젤이 도대체 어디 출신인가, 도대체 어떻게 하면 젊은 나이에 이토록 뛰어난 기량을 가질 수 있는가, 그리고 왜 아무도 모르는… 정확히는 용마왕 숭배자들이나 알고 있는 잊힌 지식을 알고 있는지다.

아젤이 말했다.

"용살의 의식 같은 지식도, 스피릿 오더의 비기도 선조 대대로 계승되어 온 겁니다. 이 사실을 믿으실 수 있겠습니까?"

"그 또한 믿기 어려운 이야기군. 하지만……."

카이렌이 심각한 표정으로 아젤을 바라보았다. 눈빛과 표정에서 진실을 읽어내기라도 하려는 듯이.

하지만 아젤은 무심한 눈으로 카이렌을 바라볼 뿐이다. 마치 믿어주든 말든 상관없다는 태도라 왠지 짜증이 난다.

"좀 더 열심히 나를 설득해 봐."

"별로 그럴 마음은 없습니다."

"뭐라고?"

카이렌의 미간이 꿈틀거렸다. 아젤이 말했다.

"제가 무슨 이야기를 하건 믿기 어렵겠지요. 저도 압니다. 근데 사실 저한테는 공작님께 진실을 열과 성을 다해 설득해야 할 이유가 없습니다. 믿어주시면 좋고, 아니면 뭐, 어쩔 수 없지요. 중요한 건 이미 해결됐으니까요."

"뭐가 말인가?"

"우리가 적이 아니라는 것."

"……"

"아, 말하고 나서 보니 좀 섭섭하군요. 그래요. 적이 아닐 뿐만 아니라 함께 싸우는 동료라는 것. 용마왕 숭배자가 공작님을 위협한다면 저는 기꺼이 검을 들고 공작님의 편에 서겠습니다. 그걸로 충분하지 않습니까?"

"…후."

카이렌은 자기도 모르게 웃음을 흘렸다.

기쁘다. 방금 전까지 그를 사로잡았던 짜증은 온데간데없이 사라지고, 아젤의 말에 기뻐하는 자신이 있었다.

카이렌이 의자 등받이에 몸을 묻으며 말했다.

"자네가 여자였으면 큰일이었을 거야."

"왜요?"

"반했을 테니까. 건방지고 괘씸한 주제에 종종 너무 내 마음에 쏙 드는 소리를 해대니."

"전 공작님이 남성을 사랑하는 취미가 없는 걸 다행으로 생각해야겠군요. 아, 말이 나왔으니 말인데 하스반 씨가 공작님이 제발 혼담 들어온 아가씨들을 만나보기라도 하셨으면 좋겠다고⋯⋯."

"내가 독신으로 늙어죽을지 걱정해 주는 건 우리 가문 사람들로 충분하니까 그 입 닥치게. 난 아직 결혼적령기가 끝나려면 한참 남았어."

용마족은 300년 이상을 살아가니 틀린 말은 아니었다. 미르켈이 한마디 했다.

"아무리 그래도 일가의 종주가 100살 넘게 싱글 생활을 만끽하고 있으면 말이 나올 수밖에 없지. 형제도 없는 주제에 후사 걱정은 좀 하는 게 좋지 않겠나?"

"그렇다고 자네처럼 왕성하게 자식을 낳은 뒤에 그 나이 되도록 가주 자리를 안 내놓는 것도 문제가 심각하지."

"나도 하고 싶어서 이러는 건 아니지. 그리고 겨우 상황이 정리되어서 올해 말에 계승식을 치를 참이야. 할 말 없지?"

"큭⋯⋯."

카이렌은 분한 표정으로 화제를 돌렸다.

"어쨌든, 자네가 만약 정말로 아젤 카르자크의 후손이라면⋯ 감동적인 일이야. 완전히 끊겼다고 생각한 영웅의 피가 이 시대까지 이어져 내려온 거니까."

"공식적으로 아젤 카르자크는 성혼하지 않았으니 말입니까?"

"거기에 대해서는 사실 아젤 카르자크가 들인 양자 중 몇몇은 사생아였다는 견해도 있긴 했지."

"⋯⋯."

아젤은 그 문제에 대해서는 자신이 정말로 결백하다고 주장하고 싶었지만 참았다.

'내 양자들은 그렇다 치고 자식이 없었을 거라고 확신할 수는 없지. 음.'

사실 용마전쟁 당시 아젤과 잤던 여자도 상당수였기 때문에 그중 누군가가 아젤 모르게 아이를 가졌다고 해도 이상할 게 없었다. 그때는 그런 시대였다. 올지 안 올지 모르는 내일보다는 그 순간의 열정에 충실하던… 언제나 목숨을 칼날 위에 올려두고 어둠 속을 달려가던 시대.

하지만 다음 순간 카이렌의 입에서 나온 말은 아젤을 얼어붙게 만들었다.

"하지만 그 견해가 사실이든 아니든 카르자크 후작가는 멸문당했으니 이제 와서는 의미 없는 일이고."

"…뭐라고요?"

아젤은 자기도 모르게 목소리를 높였다. 마치 뒤통수를 한 대 얻어맞은 듯한 충격에 평정을 잃고 말았다. 아젤이 떨리는 목소리로 물었다.

"카르자크 후작가가 멸문했다? 정말입니까?"

"모르고 있었나?"

"…몰랐습니다. 역사서에는 그런 말은 하나도……."

"음."

카이렌은 당혹감이 떠오른 눈으로 아젤을 바라보았다. 지금까지 아젤이 이처럼 충격을 드러내는 경우는 처음 보았다. 그것도 교육을 받은 귀족이라면 상식으로 알고 있는 일을 듣고 이런 반응을 보이다니?

도대체 그가 어떤 삶을 살아왔는지 알 수가 없다. 카이렌은 의아해하며 말했다.

"카르자크 후작가가 멸문해서 카르자크 후작령이 마경(魔境)으로 지정된 건 대암흑 말기의 일이야. 그러니 자네가 읽어 본 책들에 그 사실이 없을 만하지. 우리나라의 역사도 아니니……."

"……."

아젤은 할 말을 잃었다. 충격이 너무 커서 머리가 빙빙 도는 기분이다.

비록 자신의 혈손은 아니었을지언정 진심으로 가족으로 여기고 사랑했던 아이들이었다. 자신이 잠든 후의 일은 칼로스와 지인들에게 부탁해 두었으니 성세를 누리지는 못할지언정 아직까지 명맥은 잇고 있으리라 생각했다. 언젠가 그곳을 찾아서 후손들에게서 양자들의 흔적을 찾아내고 추억을 떠올리는 날이 올 거라고… 작은 기대를 품고 있었다.

'기다려. 지금은 충격 받고 흐느적거릴 때가 아니야.'

아젤은 천천히 심호흡을 한 번 했다. 스피릿 오더로 정신적 충격을 다스리면서 서서히 마음을 가라앉힌다. 잠시 후, 아젤이 물었다.

"…혹시 그렇게 된 원인을 아십니까?"

"카르자크 후작령이 마경으로 지정된 건 용들의 폭주 때문이었다고 들었다."

"용들의 폭주?"

"열 마리가 넘는 용이 폭주하고, 마물들이 그 뒤를 따라 대거 준동했다더군. 자세한 건 내가 그에 대해 서술한 책들을 이곳으로 보내주지."

"부탁드립니다."

그렇게 대답한 아젤의 눈동자 깊은 곳에서 걷잡을 수 없는 불길이 타오르기 시작했다.

5

카이렌과 버레인은 밤이 새도록 질문 세례로 그를 괴롭힌 후에야 돌아갔다. 버레인은 아직도 묻고 싶은 게 산더미 같은 듯 아쉬워하는 기색이었지만 아젤은 다음에 다시 해달라고 부탁하고 그들을 돌려보냈다.

두 사람을 돌려보낸 아젤은 다시 수련에 매진했다. 인간의 한계를 넘는 강행군이 멈춘 것은 란스 산에 들어온 지 한 달이 지난 시점이었다.

그때부터 아젤은 그전까지의 혹독한 훈련이 거짓말이었던 것처럼 빈둥거리기 시작했다. 밤부터 아침까지 여덟 시간, 그리고 낮에 네 시간, 합쳐서 하루 열두 시간을 잤고 그 외에도 몸을 움직이는 훈련은 가벼운 정도로만 하고 명상에만 집중했다.

그렇게 지낸 지 사흘째 되는 날, 하스반이 궁금증을 참지 못하고 물었다.

"이게 시중드는 입장에서 좋은 태도라고 생각하진 않습니다만… 첩자 입장에서 묻지 않고 넘어가기가 힘들군요."

"첩자는 염탐하는 사람이지 정체를 드러낸 채 노골적으로 물어봐서 정체를 캐내려고 하는 사람이 아닌 것 같은데요?"

"그런 상식을 따르기에는 제 입장이 좀 특수하지 않습니까?"

"하기야 그렇군요. 뭐, 별로 아낄 만한 비밀은 아니니 말씀드리죠. 저는 지금도 열심히 수련 중입니다."

"휴식도 수련이다… 라는 뜻입니까?"

"좀 달라요. 30일간 스스로를 극한까지 몰아붙이고, 10일간은 쉬면서 그동안 얻은 것들을 소화합니다. 그게 제 수련 주기입니다."

"벌써 그렇게 지나기는 했군요."

"몸을 구석구석까지 모조리 자극하고, 통제하에 넣는 작업입니다. 그렇게만 말씀드리죠."

"흠. 아젤 경은 정말 비밀이 많은 분이군요."

"그걸 캐내는 게 하스반 경의 일이고요. 힌트는 충분히 드린 것 같습니다."

아젤이 씩 웃었다.

30일간의 극한 훈련과 10일간의 휴식은 아젤이 생각하는 최적의 훈련 사이클이지만 꼭 지킬 필요는 없었다. 중요한 것은 비율이라, 전체 기간이 짧을 때는 사흘 극한 훈련을 하고 하루를 쉬는 식으로 하기도 했다.

그동안의 훈련을 통해 아젤은 몸 구석구석을 자극했다. 뼈와 근육은 물론이고 전신의 신경, 모세혈관… 세포 하나하나까지 모든 것을 자극해서 움직임을 이끌어냈다. 그로써 스스로의 몸을 더욱 정확하게 파악하고 자신의 통제하에 두는 작업이 이루어졌다.

동시에 그렇게 자극하여 일어난 틈새로 마력을 흘려 넣고 영맥을 확장하는 작업이 이루어졌다. 이로써 전신 구석구석 마력이 통하지 않는 곳이 없게 되며 육체가 강화된다.

심지어 부상을 입었다가 회복하는 것까지도 그것을 위한 과정이었다. 상처 입은 육체는 평소와는 다른 활동을 하게 되고 아젤은 그런 현상조차 이용했다.

이것이 리글렌이 아젤에게 전수한 육체강화법의 진수였다. 정신을 연마하기 위해 그 근본적인 구조를 파헤치듯이, 평소에는 아무런 의심 없이 사용하던 육체의 모든 것을 파악하고 통제할 수 있게 되어가는 과정.

'반년이라면 시간은 충분해.'

카이렌에게는 아무리 감사해도 모자라지 않다.

문득 아젤이 물었다.

"저도 하스반 씨에게 궁금한 게 있습니다."

"뭔가요?"

"하스반 씨의 조부님에 대해서요. 아젤 카르자크와 함께 싸웠던 용마족 뤼겐 아르딘 공."

카이렌에게 뤼겐의 초상화를 봤다고 한 것은 거짓말이었다. 아젤이 본 책들은 뤼겐에 대해서 당시의 영웅 중 하나로 간략하게 언급했을 뿐이다.

그래서 뤼겐의 후손인 그에게 듣고 싶었다. 용마전쟁이 끝난 후 뤼겐이 어떤 삶을 살았는지…….

"하스반 씨는 그분을 직접 보시진 못했지요?"

"네, 오래전에 돌아가셨으니까요. 아젤 경이 태어나기 훨씬 전에……."

"하하하."

물론 그럴 리가 없다. 아젤은 속으로 쓴웃음을 지었다.

하스반이 물었다.

"제가 몇 살쯤으로 보입니까?"

"음. 글쎄요. 한 60대 초반 정도가 아닐까 추측했습니다."

그 말에 하스반이 놀란 표정을 지었다.

"대단하시군요. 처음 보고 정확하게 맞추는 사람은 처음입니다. 용마족이나 용마인도 헷갈려 하는데."

"용마인 나이는 확실히 겉으로 보고 한눈에 가늠하기가 힘들죠. 저도 하스반 씨의 지위를 보고 찍어본 겁니다. 아무리 유능해도 10년 전쯤에 집사장 수업을 받을 정도라면 그 정도 나이는 되어야 하지 않을까 해서. 그래도 60대 초반보다 많을 것 같지는 않았거든요."

"아젤 경은 가끔 보다 보면 젊은 분 같지가 않아요. 혜안이 대단하십니다."

하스반이 실소하고는 말을 이었다.

"아버님께서 말씀하시길, 조부님께서는 300살도 넘게 사셔서 정말 살아 있는 역사책 같은 분이었다고 합니다. 아버님뿐만이 아니라 집안 어르신들 모두 어린 제게 그분의 이야기를 들려주시길 좋아해서 참 많은 이야기를 들었지요."

"예를 들면요?"

"용마전쟁이 끝난 후에 사업을 했다가 쫄딱 말아먹고 파산하셨던 때의 일 같은 것."

"…엥?"

아젤의 눈이 휘둥그레졌다. 뤼겐은 셈이 빠르고 손익 계산에 능했으며 군의 물품관리도 무척 효율적으로 해내는 능력자였다. 그런 그가 사업을 말아먹었다고?

하스반이 말했다.

"조부님은 용마전쟁이 끝나고 나서 처음 사업 시작하셨을 때는 세상이 다 자기 것 같았는데 해보니까 그게 아니더라… 라고 하셨답니다. 용마전쟁의 여파로 사람들 사이에 용마족에 대한 반감이 만연했는데, 인간을 위해 싸웠으면서도 그분은 그런 시선에서 자유롭지 못하셨다고 합니다."

"아…….."

"그리고 용마전쟁 때 조직을 관리하던 것과 달리 장사를 하면 때로 거래상대에게 모질게, 악마처럼 굴어야 하는 때도 있는데 그게 쉽지 않아서… 그리고 가끔 조부님께서 용마족이고 세간에서 용마족을 고깝게 본다는 사실을 이용하는 놈들도 있는지라 결국 모아둔 돈을 다 날리고 빚더미에 앉으셨다고 하더군요. 그때는 진짜 눈앞이 캄캄했고 인간을 다 죽이고 싶을 정도로 미워하셨답니다. 용마전쟁 때 목숨을 던져가며 인간을 지켰는데, 이제 또다시 용마전쟁이 터진다면 얼마든지 그 반대편으로도 갈 수 있을 것 같은 그런……."

"……."

아젤은 안타까운 심정에 할 말을 잃었다. 용마전쟁의 영웅이라고 하면 전후에도 떵떵거리며 잘살았어야 할 것 같지만 현실은 그리 녹록치가 않았다. 전시의 영웅이 태평성대에는 쓸모없는 인간으로 전락하는 경우는 흔해 빠진 일이며, 뤼겐은 너무 많은 위험 요소를 안고 있었다.

하스반이 말을 이었다.

"하지만 그런 그분을 구원해 준 것도 인간이었습니다. 그렇게 힘든 시절에도 조모님께서는 그분을 떠나지 않고 옆에서 받쳐 주셨고… 그리고 용마전쟁 때 사귄 인간 친구들이, 그분께 은혜를 입은 사람들이 도와줘서 다시 일어날 수 있었어요. 그러고 나서 깨달으셨다고 합니다."

"무엇을요?"

"악마가 될 각오가 없다면 대상인의 꿈 따윈 꾸지 말자고."

"그건 즉… 그분은 악마가 될 수 없었다는 거군요."

"네, 저도 공감합니다. 조직을 운영하는 입장만 되어도 그 구성원 하나하나를 감정 이입할 수 있는 사람이 아니라 조직의 부품, 혹은 수치로 보게 되지 않습니까? 그게 안 되는 사람은 장사를 멀리 하고 다른 길을 찾아봐야지요. 조부님은 그런 길을 찾으셨고요. 자식들에게 가문의 사업을 적당히 굴리도록 맡겨 두시고는, 조모님께서 돌아가신 후로는 바쁘게 사셨어요."

"바쁘게요?"

"네, 우리 공작님의 교사 노릇도 하셨고, 각지를 돌아다니면서 협객놀이를 하셨지요."

"협객놀이?"

"이건 조부님께서 직접 그렇게 표현하셨다고 합니다. 인간을 곤란에 빠뜨리면서 증오하기보다, 곤란에 빠진 인간을 구해주고 감사인사를 듣는 편이 좋으니 그쪽을 취미로 삼겠다고. 워낙 여기저기서 활약하셨기 때문에 각지에서 조부님과 관련된 이야기를 들을 수 있답니다."

"하하하."

아젤은 웃음을 터뜨리고 말았다.

정말이지 뤼겐다운 이야기다. 아젤이 아는 뤼겐은 조직을 운영하는 데 재주가 많은 사람이었지만 인정이 많고 물러 터졌다. 군을 운용하기 위한 물자가 부족한 상황에서 난민 무리를 만나자 자기가 당분간 굶으면 된다면서 자기 몫의 식량을 아이들에게 주던 사람이 냉철하고 악마 같은 대상인이 될 수 있을 리가 있나?

'즐겁게 살다 갔군, 뤼겐.'

다시 만나지 못한 것이 아쉽지만, 좋은 인생을 살다 떠났다는 것만으로도 위안이 된다. 그는 아젤과 등을 맡기고 싸운 동료였으며, 술자리에서 쓸데없는 이야기들을 나누던 친구였고… 그리고 스승이 죽는 자리에서 아젤의 미래를 위해 목숨을 걸었던 은인이었다.

"어린애처럼 굴지 마, 인간 애송이야. 저분씩이나 되는 인물이 네게 미래를 맡긴 거야. 아무리 더러운 기분이라도 살아서 영웅이 되라고. 안 그러면 경멸할 거다."

아젤은 자신을 감싸고 쏟아지는 화살과 마법의 비를 돌파하던 그를 기억한다.

그날 이후로 아젤은 종종 하스반에게 뤼겐에 대한 이야기를 들었다. 자신의 기억 속에 있는 그를 추억으로 묻어두고, 그 미소를 되돌아볼 수 있을 때까지.

6

버레인은 피로한 기색으로 말했다.

"그럭저럭 그릇의 모양새가 갖춰졌군."

그는 3개월째 용검 제작에 전념하고 있었다.

용무기를 제작하는 과정은 철저하게 마법으로 이루어진다. 용의 뼈를 세공해서 원하는 무기의 형상으로 빚어내는 과정조차도 일반 장인의 손길이 아니라 마법으로 할 정도로.

카이렌이 말했다.

"그래도 처음 만들 때보다는 확실히 편해졌지."

"그거 만든 지가 언제 적인데 작업 과정을 안 다듬어 놨겠나. 무엇보다 제작자가 용무기를 갖고 있으면 훨씬 편해질 수밖에 없는 작업이야."

"용마력을 물처럼 들이부어야 하니, 원."

용무기는 용마력이 깃들어 있어서 설령 인간이 쓰더라도 용마력을 발할 수 있게 만들어주는 무기다. 그러니 제작할 때부터 용마족이나 용마인이 어마어마한 양의 용마력을 부어넣어야 했다.

현재 아젤을 위한 용검 제작은 순조로워서 이제 중반에 들어섰다. 하지만 마법진을 새긴 제작 시설 위에 떠 있는 미완성 용무기는 전혀 검 같지 않았다. 적당히 돌을 깨서 검과 비스무리하게 만들어 놓은 것처럼 투박하다.

카이렌이 물었다.

"그런데 자네 이렇게 오래 자리를 비우고 있어도 되나? 난 중간에 몇 번쯤 돌아갈 줄 알았는데."

"이 친구야, 이제 와서 그런 걸 묻나?"

"뭐, 내가 좀 늦게 물어봤다는 건 인정하지."

"하여튼. 문제없네."

버레인은 미르켈 백작령을 이끌어갈 후계자도 정해두었고, 자기가 자리를 비워도 훌륭하게 잘 굴러가는 체제를 완성해

두었다. 그가 덧붙였다.

"영주로서도, 수호그림자로서도."

"흠. 제자들을 수호그림자로 들였나?"

"그래. 이제 국내의 수호그림자 멤버가 대폭 늘어난 셈이지."

대마법사인 버레인은 자기 혈손을 제외하고 일곱 명의 제자를 두고 있었다. 그들 중에 믿을 만하고 실력도 있는 네 명을 수호그림자로 들였으니 앞으로는 인력 부족도 좀 해결이 될 거라고 보았다.

버레인이 말했다.

"오래 걸렸지. 정말로……."

그가 아직까지 자손들에게 백작위를 물려주지 않고 현역으로 뛰고 있는 것은 기이한 일이다. 용마인은 인간보다는 긴 수명을 가졌지만 용마족처럼 오래 살지는 않으며, 버레인 정도면 영주직 같은 사회 활동에서 은퇴하고도 남을 고령이다. 심지어 용마족 귀족조차도 카이렌 같은 특수한 경우가 아니고서야 인간보다 조금 늦은 나이에 결혼하고, 적당한 세월이 흐르면 자식에게 영주직을 계승한다.

비상식적인 사례에는 이유가 있게 마련이다. 버레인은 30여 년 전, 백작위를 계승했어야 할 자식들을, 손자와 손녀까지 모조리 용마왕 숭배자들에게 잃었다. 모두가 비극을 애도한 것도 잠시, 친족들이 너도나도 차기 백작을 노리는 바람에 집안 사정도 영지 사정도 말도 못하게 나빠졌다.

당시 버레인은 원한의 대상조차 모르고 있었다. 용마왕 숭배자들이 실의에 빠진 자신까지 제거하고자 한다는 것도.

그런 버레인에게 수호그림자가 찾아왔다. 자신을 노리는 적의 독수를 격퇴한 버레인은 기꺼이 그들의 일원이 되었다. 그리고 긴 시간에 걸쳐 영지를 안정시키고, 후계자를 키워냈다.

잠시 옛 생각에 빠져 있던 버레인이 말했다.

"결혼 문제는 그렇다 치고, 수호그림자의 일원을 더 늘리는 건 자네도 좀 열심히 해보게."

"그렇잖아도 부하들 중에 쓸 만한 놈이 없을까 눈여겨보고는 있어. 아리에타나 세이가를 들일까도 생각 중이고."

"용마왕비께서 반대하실 거야. 짊어진 게 너무 많으니까. 무엇보다 좀 자유롭게 움직일 수 있는 인원들이 필요하니 왕궁에 묶인 아리에타 공주님과 세이가 왕자님은 적절한 인선이 아니지."

"그렇기는 하지만."

왕에게도, 자식들에게도 알리지 않았지만 용마왕비는 수호그림자의 일원이었다. 하지만 용마왕비가 되어 왕궁에 들어가면서 실질적으로는 은퇴한 상태다.

버레인이 물었다.

"그런데 자네는 정말 아젤이라는 친구의 말을 믿나?"

"이 친구야, 이제 와서 그런 걸 묻나?"

"내 말을 고스란히 되돌려 받는군."

"난 그 녀석을 믿어. 미심쩍은 부분이 많다는 건 나도 인정하지. 그래도 믿는다."

"정말 홀딱 반했군. 쯔쯔. 이러니까 여태 홀몸이지."

"무슨 상관인가?"

"자네가 누군가에게 홀딱 빠진 경우를 본 적이 없어서 말이지. 자네 취향이 그 모양이니 '이 여자야말로 인생을 함께할 여자다!' 라는 확신을 얻기가 얼마나 힘들겠나? 아젤 경한테 누나나 여동생이라도 있었다면 좋았을 것을."

"……"

버레인이 피식 웃고는 말을 돌렸다.

"뭐, 좋아. 인간적인 평가는, 콩깍지가 좀 많이 씐 것 같기는 하지만 자네의 안목을 신뢰하겠네. 어쨌든 마법사의 눈으로 보면 더없이 흥미로운 인물이야."

버레인도 아젤이 보여준 기기묘묘한 기술들에 감탄했다. 그날 밤을 새워가며 대화를 나눈 것만으로도 얻은 것들이 너무나도 많았다.

"그 친구가 정말로 아젤 카르자크의 후손이라면… 난 정말로 궁금하군."

"뭐가 말인가?"

"아젤 카르자크가 말년에 모습을 감추고, 이 시대에는 잊힌 자신의 진정한 기술을 전승한 후손이라니 뭔가 목적이 있어 보이지 않나? 왜 그렇게 했는지 궁금해질 수밖에 없지."

"어쩌면 훗날에 도래할 위험을 예지했는지도 모르는 일이지."

"미래에 찾아올 환란에서 자신의 역할을 할 후손을 예비했다?"

"그렇지 않을까?"

"부디 그러지 않길 바라고 싶군. 하지만 그렇게 된다면, 저 친구가 과연 그럴 그릇일까?"

"난 그럴 거라고 믿네. 왠지 그를 보고 있으면 어떤 미래가 찾아오건 길을 개척할 수 있을 거라는… 그런 믿음이 생기거든."

아젤은 지금까지 한 번도 말로 카이렌을 현혹하고자 하지 않았다. 말을 믿어주든 말든 상관없다. 자신의 행동으로 가치를 입증하겠다. 그 태도가 카이렌의 마음을 움직였다.

버레인이 피식 웃었다.

"용마족으로서는 아직 젊다고는 하지만, 역시 자네도 나이가 들었어. 젊은이에게 미래를 맡긴다는 소리를 하는걸 보면."

"정말 늙은이 같은 소리였군. 젠장."

카이렌이 표정을 구겼다.

7

꿈을 꾸었다.

아직 절망의 어둠이 세상을 뒤덮고 있던 시절의 꿈을.

용마전쟁이 한창일 때, 인간 연합군은 리글렌을 신중하게 취급했다. 그는 용마왕군의 웬만한 용마족이나 용마인을 압도

하는 것은 물론이고 네 명의 용마장군과도 필적하는 비장의 카드 중 하나였기 때문이다. 그를 잃었을 때 어떤 문제가 생길지 모두가 잘 알고 있었기에 중대한 국면이 아니면 위험을 감수하게 하지 않았다.

하지만 리글렌을 중요하게 취급한 것은 용마왕군도 마찬가지였다.

"…이렇게나 거창한 함정이라니."

리글렌은 어이가 없다는 듯 중얼거렸다.

그는 의로운 성품의 소유자였지만 대국을 볼 줄 아는 안목을 가졌다. 스스로의 가치를 잘 알고 있었기에 죄책감에 피눈물을 흘릴지언정 자신의 목숨을 함부로 하지 않는 냉정한 결단력을 발휘해 왔다.

하지만 설마 용마왕군이 1만의 전력을 희생해 가면서까지 그를 처단하고자 할 거라고는 생각 못했다.

"우리도 저분을 미끼로 인간을 낚는 날이 올 거라고는 생각 못했다."

그렇게 말한 것은 네 명의 용마장군 중 하나 '별이 흘리는 피' 발타자크였다. 화사한 금발에, 얼음을 깎아내어 만든 뒤 색을 불어넣은 장식물 같은 두 개의 뿔을 가진 용마족 청년이었다. 귀공자 같은 외모와 달리 그는 용마족의 수명 한계를 넘은 세월 동안 살아온, 걸어 다니는 역사서였으며 일반 용마족과는 차원이 다른 힘의 소유자였다.

게다가 이 자리에 있는 특별한 용마족은 그 혼자만이 아니었다.

"심지어 인간 따위를 상대로 협공을 지시받고 따라야 하다 니 너무나도 굴욕적이라 잠자리에 들면 울화통으로 죽어버릴 것 같아. 영광으로 생각해라."

네 명의 용마장군 중 하나 '폭풍을 가르는 검' 알마릭이 으르렁거렸다. 백발을 지저분하게 늘어뜨린 그는 흉흉한 붉은 눈에 용암석 같은 재질의 굴강한 뿔을 가진 용마족이었다. 마치 사자처럼 흉포한 인상의 중년인으로 보이지만, 그 역시 용마족의 수명 한계를 넘는 세월을 살아온 존재였다.

발타자크가 말했다.

"명예는 소중한 것이지. 그러나… 왕께서 자식이 죽는 경우까지 담보하시면서 이 인간을 확실하게 끝장내길 원하셨다. 따르는 수밖에."

"알고 있으니 설교는 안 해도 된다, 발타자크 공."

알마릭이 쏘아붙였다.

용마왕 아테인의 둘째 아들 사이베인이 리글렌을 끌어들이기 위한 미끼가 되었다.

의욕에 차서 대군을 이끌고 나섰다가 완벽하게 패배한 사이베인은 중상으로 사경을 헤매면서 잔존병력과 함께 패주했다. 리글렌은 병력을 이끌고 거센 추격전을 벌였다.

그런데 1만의 병력, 사이베인의 존재가 모두 리글렌을 끌어들이기 위한 함정이었을 줄이야?

발타자크가 말했다.

"지원군은 기대하지 않는 게 좋아. 이미 자네의 요새로 파상 공세가 이루어졌고, 칼로스라는 건방진 애송이가 있는 요새도 아운소르가 견제하고 있다."

"그러니까 나 하나를 해치우기 위해 용마장군 중 셋이 움직였다는 건가?"

"그래, 영광으로 생각해도 좋다. 오로지 너를 죽이기 위해 우리는 점령한 두 개의 지역과, 우세를 점하고 있던 세 개의 전선을 완전히 포기했으니까. 그것이 폐하의 수제자를 쓰러뜨린 너에게 바치는 경의다."

지지난번 전투에서 리글렌은 아테인의 수제자 중 하나를 쓰러뜨렸다. 감히 인간 중에서 대적할 자가 없었던 그를 일대일로 상대해서 압도, 숨통을 끊어놓고 전군에 궤멸적인 타격을 입힌 눈부신 전적이 용마왕군의 간담을 서늘하게 만든 것이다.

발타자크가 말했다.

"리글렌 경, 자네는 여기서 확실하게 죽어줘야 한다. 자네의 부하들이 다 죽기 전에 시작하지."

"……"

리글렌이 이를 갈았다.

사방에서 부하들이 죽어 가고 있었다. 이 분지에 들어서자마자 매복하고 있던 용마왕군이 나타나서 무지막지한 폭격을 가했다. 중상을 입은 사이베인까지 죽어버려도 상관없는 것 같은 그 공격에 리글렌이 이끄는 추격대가 궤멸에 가까운 타격을 입었다.

리글렌이 외쳤다.

"네놈들 뜻대로 되어줄 것 같으냐!"

동시에 리글렌이 두 자루의 용마검으로 땅을 찍었다. 지진이 일어난 듯 땅이 흔들리더니, 놀랍게도 아군이 있는 영역을 싹 피해서 분지 바깥에서 지진파가 폭발했다.

콰콰콰콰콰콰!

그것을 본 발타자크가 경악했다.

"허어! 대단하군!"

유리한 고지를 장악하고 공격을 퍼부어대던 용마왕군의 기세가 흐트러졌다.

다음 순간, 리글렌이 움직이기 전에 그 앞에 붉은 머리칼의 기사가 나타났다.

파지지지직!

내리꽂히는 뇌격의 검에 발타자크의 마법 결계가 격하게 흔들렸다. 발타자크가 경악했다.

"뭐야, 이 애송이는?"

놀랍게도 겹겹이 둘러쳐 놓은 발타자크의 탐지마법조차 속이고 아젤이 급습을 가해온 것이다. 얼마 전, 처음으로 용살의 의식을 치러서 용마력을 손에 넣은 아젤이 무시무시한 기운을 뿜어내며 폭풍처럼 연타를 날렸다.

콰콰콰콰콰콰!

발타자크가 방어막을 둘러친 채로 밀려나기 시작했다. 동시에 아젤의 분신이 나타나서 알마릭을 덮쳤다.

"분신이 실체를 가지다니… 인간이 인카네이션을?"

알마릭이 경악했다. 실체를 가졌을 뿐만 아니라 짧은 시간 동안이지만 본체와 맞먹는 전투력을 발휘하는 분신, 그것은 용령기에서도 최고급 절예로 불리는 '인카네이션'이었다.

아젤이 외쳤다.

"스승님! 어서 빠져나가세요!"

"아젤!"

"얼마 못 버팁니다, 젠장! 당신은 이런 데서 죽으면 안 돼! 빨리 가요!"

아젤은 무자비한 폭격 속에서 주변의 동료들을 구하느라 이미 상당한 부상을 입었다.

그 몸으로 용마왕군을 뚫고 리글렌을 구하러 온 것이다. 심장이 미친 듯이 고동치면서, 아젤의 그릇에 수용할 수 있는 양을 아득히 초월한 마력이 폭풍처럼 휘몰아친다. 다른 이였으면 감당하지 못하고 자멸했을 과용량 마력 폭주였지만 아젤은 그것을 날뛰는 말을 다루듯이 제어해서 두 명의 용마장군에게 맹공을 퍼부었다.

"이… 애송이가! 감히!"

허를 찔려서 수십 미터나 밀려난 발타자크가 격노했다. 거의 넝마가 된 방어막을 수복하면서 동시에 마법의 폭풍이 쏟아진다.

아젤은 개의치 않았다.

파학!

발타자크의 어깨에서 피가 솟구쳤다. 그의 팔이 반쯤 잘려서 너덜너덜해지고 표정이 고통으로 일그러졌다.

"크아악!"

아젤은 육체의 방어력을 최대한으로 강화, 지근거리에서 폭발하는 마법들을 몸으로 받아버리면서 발타자크에게 일격을 먹인 것이다. 아젤이 피를 토하듯 외쳤다.

"함정을 파지 않고는 스승님과 승부조차 못하는 겁쟁이들이! 이런 간지러운 마법 따위로 나를 막을 수 있을 것 같으냐!"

피투성이가 된 채로 아젤이 맹공을 퍼부었다. 그야말로 생명을 사르는 투혼에 발타자크가 위험에 몰렸다.

하지만 상대는 하나가 아니었다.

파아아아앙!

폭음이 울리며 아젤이 날아가 버렸다. 아젤의 분신을 해치운 알마릭이 옆에서 덮쳐 온 것이다.

"이런 놈이 있었을 줄이야. 우리 정보부 놈들은 죄다 눈 뜬 장님이었군."

"알 것 없어. 죽어버려, 더러운 것들."

아젤이 이를 악물고 남은 힘을 불살랐다.

몸은 이미 한계다. 일어나서 검을 드는 것만으로도 버겁다. 출혈로 인해 정신이 아득해지고 근육이 비명을 지른다. 상처입은 내장기관이 이젠 그만하고 싶다고 호소해 온다.

하지만 도망칠 길 따윈 없다. 용마왕군 최강이라는 용마장군 중에서 두 명을 상대로 이 미숙한 힘을 남김없이 불태워야 한다.

'하하하. 마지막 무대로서는 최고잖아?'

리글렌을 살리기 위해서라면 기꺼이 그럴 수 있다. 리글렌은 영웅이다. 이 환란 속에서 사람들에게 등불을 비춰줄 수 있는 그가 죽어서는 안 된다.

그렇게 생각했을 때였다.

"아젤."

리글렌의 목소리가 들렸다. 그가 아젤의 어깨를 짚고 있었다.

멍청하니 그를 바라보던 아젤이 화를 냈다.

"뭘 하는 거예요! 도망가지 않고!"

"유감스럽게도 도망갈 사람은 내가 아니란다."

리글렌은 그렇게 말하며 쌍검을 들었다. 그가 손을 떼는 것과 동시에 아젤은 아찔함을 느꼈다.

'설마······.'

리글렌이 그를 제압한 것이다. 쓰러지는 아젤을 보며 리글렌이 웃었다.

"살아야 할 사람은 너다."

'무슨 말도 안 되는 소리를······.'

아젤은 욕설을 퍼붓고 싶었다. 하지만 그럴 수가 없다. 누군가 쓰러지는 자신을 안아 들었다.

"뒤를 부탁하오, 뤼겐."

"이래야만 합니까, 리글렌 경?"

용마족 뤼겐이 물었다. 리글렌이 말했다.

"방금 확신했소. 내가 누군가에게 미래를 맡긴다면 그놈밖에 없다고. 그런 놈을, 이런 다 타 버린 나를 살리겠다고 죽게 만들 수는 없지 않겠소?"

'당신은 미쳤어, 리글렌……. 뤼겐, 이런 개소리를 들으면 안 돼…….'

아젤은 꺼져 가는 의식을 억지로 붙잡고 있었다.

말도 안 되는 소리다. 자신은 남들보다 좀 검을 잘 쓸 뿐인, 천둥벌거숭이처럼 날뛰는 것밖에 못하는 놈이다. 무엇을 어떻게 해야 할지도 몰라서 눈앞의 적을 찾아서 싸우는 일만을 반복해 왔다.

하지만 리글렌은 다르다. 그는 이 어둠의 시대를 끝내기 위해 무엇을 해야 하는지 알고 사람들을 이끌었다. 그가 길을 제시해 주었기에 아젤은 보다 의미 있는 자리를 찾을 수 있었다.

그런 그가 자신을 위해 죽으려고 한다.

그 뜻이 너무나도 적나라했다. 리글렌은 아젤을 말렸을 뿐만 아니라, 아슬아슬한 선 위에서 폭주하던 아젤의 마력을 진정시키고 그 생명을 지킬 수 있는 힘을 불어넣었다.

바로 용마검을.

용마장군들 앞에 섰을 때, 리글렌이 든 쌍검 중 한 자루는 용마검이 아니었다. 한 자루는 아젤에게 계승, 생명 유지 장치로 기능하게 만든 것이다. 짧은 순간, 그가 아젤을 살리고자 선

택할 수 있는 수단은 그것밖에 없었다.

두 명의 용마장군을 상대로 싸워야 할 사람이 그런 식으로 힘을 낭비하다니!

'아……'

의식이 깜빡깜빡한다. 아젤은 주변을 울렸다 끊겼다 하는 소음들 때문에 토할 것 같았다.

"뤼겐……."

끔찍하게 갈라진 목소리가 흘러나온다.

뤼겐은 그를 품에 안은 채 전장을 뛰고 있었다. 쏟아지는 화살과 마법을 피하고, 등으로 받아버리면서까지 아젤을 지킨다.

"이러지 마……. 돌아가서… 스승님을 구해……."

그 말에 뤼겐이 울컥한 목소리로 외쳤다.

"닥쳐!"

전장의 소음 속에서도 그의 목소리는 천둥소리처럼 아젤의 고막을 때렸다.

아젤 대신 공격을 받고 피투성이가 된 그가 호통 쳤다.

"어린애처럼 굴지 마, 인간 애송이야. 저분씩이나 되는 인물이 네게 미래를 맡긴 거야. 아무리 더러운 기분이라도 살아서 영웅이 되라고. 안 그러면 경멸할 거다."

"……."

"난 네가 그런 그릇인지 모르겠다. 하지만… 저분의 안목이 옳았다는 걸 증명해라. 알겠지?"

결국 뤼겐은 아젤을 데리고 전장을 벗어났다.

그리고 함정 속에 남은 리글렌은 두 명의 용마장군에게 깊은 상처를 입히고 전사했다. 아젤이 리글렌에게 받은 용마검을 쓸 수 있게 된 것은 그로부터 2년 후, 자신의 용마검을 만들어낸 후의 일이었다.

CHAPTER **16**

왕의 피를 노리는 자들

魔展
龍劍

1

용마왕 숭배자들은 언제나 조심스럽게 움직였다.

한때 그들은 세상을 이면에서 지배하는 체제를 거의 완성하기 직전까지 갔었다. 나딕 제국이 멸망하고 인간들이 뿔뿔이 갈라져 서로 싸우는 동안 그 틈새로 교묘하게 파고들어 파멸을 조장했다. 역사를 조작하고, 인간들에게 있어 중요한 진실들을 은닉해 가면서 자신들이 원하는 상황을 만들어갔다.

하지만 어느 날 갑자기 수호그림자가 나타나면서 그들의 활동에 제동이 걸렸다. 모든 인간을 감시망으로 이용하는 수호그림자의 활동은 강대한 용마왕 숭배자들조차도 궁지에 몰았다.

'그렇다고는 하나… 그 눈을 피할 방법이 얼마든지 있는데.'

니베리스는 입술을 깨물었다.

그녀는 오랜만에 어둠의 설원에서 나와 있었다. 지난 4개월 간 근신하면서 마법사로서의 능력을 향상하는 데 집중한 그녀는 새로운 임무를 받고 대륙 동부로 향했다. 그 곁에는 레지나와 듀랑이 함께하고 있었다.

문득 니베리스가 물었다.

"듀랑 경, 당신은 들었겠지?"

"무엇을 말씀하시는 겁니까, 아가씨?"

"라우라가 루레인 왕국에 투입되었다는 것."

"네."

"……."

니베리스가 입술을 깨물었다.

라우라 아운소르.

용마왕 아테인을 보필했던 '하늘의 눈물이 담긴 잔' 아운소르의 직계 후손이다. 혈통 면에서는 용마왕 아테인의 직계인 니베리스보다 격이 낮지만 서로 차세대 간부로서 공을 다투는 라이벌 관계였다.

라이벌이 자기가 실패했던 지역에 중요한 임무를 수행하러 들어간다는 소식을 들으니 분통이 터진다. 라우라가 멋지게 성공하기라도 하면 체면이 말이 아니지 않겠는가?

듀랑이 말했다.

"아가씨가 맡으신 임무는 아주 중요합니다. 그분의 흔적을 찾는 일이니까요."

"안다."

니베리스가 대륙 동부의 오지까지 온 이유는 어둠의 설원에 있어서 아주 중요한 인물을 찾기 위해서다. 10년 전쯤에 실종되어서 생사조차 확인되지 않은 이 인물의 공백은 어둠의 설원 내부의 세력 구도를 혼란스럽게 만들었다.

조심스러우면서도 끈질긴 탐색으로 이 인물의 흔적을 찾아내기는 했지만, 대륙 동부는 인간은 물론이고 용마왕 숭배자들도 함부로 들어갈 수 없는 위험 지역이었다. 그렇기에 니베리스와 듀랑이라는 고급 인력이 투입된 것이다.

니베리스가 말했다.

"라우라도 그자와 부딪칠까?"

"아젤 제스트링어라는 자 말씀입니까?"

"그래."

"모르겠습니다. 레지나, 자네는 알고 있나?"

"그자에 대한 첩보는, 용검공작과 함께한 후로는 거의 이루어지고 있지 않습니다."

말없이 따르던 레지나가 대답했다. 그녀는 니베리스 직속으로 편입, 어둠의 설원에서 놀라운 비술들을 접하고 월등히 전력이 향상되었다. 또한 관리 능력의 뛰어남을 인정받아서 사람을 부리거나 정보를 입수하는 것도 그녀가 담당했다.

"현재로서는 계속 타란토스 공작령에 틀어박혀서 수련 중이라는 것 외에는 입수된 정보가 없습니다."

"수련 중이라."

"용검공작이 전폭적인 지원을 하고 있다고 합니다."

아무래도 용마왕 숭배자들 입장에서는 수호그림자의 일원인 카이렌 타란토스의 비호를 받고 있으니 가까이 접근할 수가 없다. 타란토스 공작령에도 정체를 숨긴 용마왕 숭배자들이 있긴 하지만 고급 정보에 다가갈 수 있는 신분이 아니었다.

니베리스가 투덜거렸다.

"꼭 그가 라우라 앞에도 나타났으면 좋겠군. 그래야 공정할 테니까."

"아가씨."

"나도 이런 생각이 저열하다는 건 알고 있다. 하지만 라우라가 투입된다고 하니 공들여서 준비해 둔, 수호그림자의 눈길을 피하기 위한 수단들이 제공된다는 소리를 들으니 화가 나."

수호그림자에 의해 이면에서 세계를 지배하겠다는 야심이 박살 난 후, 용마왕 숭배자들은 그들의 눈길을 피하기 위한 갖가지 수단을 개발해 냈다. 용살의 의식을 미끼로 용을 움직이는 것도 그중의 하나였다.

니베리스가 용마공주 아리에타 납치 임무에 투입되었을 때는 딱히 그런 신통한 수단이 동원되지 않았다. 그런데 라우라 아운소르를 위해서 전부터 공들여서 준비해 둔 수단이 지원된다는 이야기가 들려서 심기가 불편했다.

'어디 두고 보자꾸나, 라우라. 네 운이 얼마나 좋을지.'

니베리스는 라우라의 무표정한 얼굴을 떠올리면서 눈살을 찌푸렸다.

2

30일 동안 극한으로 치닫고 10일간 회복하는 아젤의 수련 주기는 순조롭게 돌아가고 있었다. 세 번째 주기를 끝내고 네 번째 주기로 들어간 아젤은 오늘도 다양한 방법으로 스스로를 몰아붙이는 데 여념이 없었다.

챙!

아젤과 그의 분신이 격돌했다. 폭음이 울리며 흙먼지가 피어오른다.

동시에 아젤이 급하게 그와 떨어져서 뒤로 날았다. 아무것도 없었는데 아젤의 콧등에 뭔가가 베고 지나간 것 같은 상처가 생긴다.

"헉, 헉……."

아젤이 숨을 고르며 주변을 둘러보았다.

탁 트인 수련장이다. 하지만 아젤은 눈앞의 분신 말고도 자신을 포위한 채 공격하는 뭔가가 있는 것처럼 행동했다.

"큭!"

아젤이 현란하게 분신을 남기면서 순동법을 시전한다. 근거리를 순동법으로 이동, 회전을 걸면서 현란하게 궤도를 바꾸는 움직임은 마치 공간을 연속적으로 뛰어넘는 것 같았다.

그런데도 아젤의 얼굴과 몸에 상처가 생긴다. 뭔가가 날아와서 스쳐 간 것처럼, 그리고……

퍼엉!

마법이 날아와 작렬한 것처럼 폭음이 울리면서 아젤이 나가 떨어졌다.

놀랍게도 이것은 이미지 트레이닝이었다. 눈앞에 있는, 독립적인 자아를 부여받은 분신을 제외하면 모든 것이 아젤의 심상 속에서 이루어지고 있었다.

정신을 다루는 비술을 극한까지 연마한 아젤은 스스로 구축한 심상에 자신을 몰아넣음으로써 다양한 상황을 상정할 수 있었다. 용마전쟁 때 실제로 겪었던 위기 상황을 심상 속에서 재현하고 분신과 전력으로 싸운다. 그리고 남에게는 그 실체가 보이지 않지만 아젤에게는 현실처럼 생생한 심상 속에서 당한 일은 그 육체에도 강한 영향을 끼쳤다.

'젠장!'

자세가 흐트러진 아젤에게 분신이 달려들었다. 아젤이 불리한 자세로 결사의 반격을 준비하는 순간이었다.

"아젤 경!"

천둥소리 같은 외침이 울려 퍼졌다.

동시에 급박한 분위기가 거짓말이었던 것처럼 아젤의 분신이 사라져 버렸다. 아젤이 자세를 바로잡는 것과 동시에 분신이 입고 있던 갑옷과 검이 주인을 잃고 땅에 떨어진다.

별장 쪽에서 하스반이 그를 부르고 있었다. 어찌나 다급했는지 용령기로 목소리를 산이 쩌렁쩌렁 울릴 정도로 증폭한다.

"큰일 났습니다!"

"음?"

아젤은 의아해하면서 눈을 감고 심호흡을 했다. 의도적으로 현실 감각을 흐려놓으면서 구축한 심상을 거두어들인 다음 별장으로 달려가니 하스반이 굳은 표정으로 충격적인 소식을 전해 주었다.

"용마왕자님께서 실종되셨다고 합니다."

"실종?"

"네, 이 문제로 공작님께서 아젤 경께 급히 도움을 부탁드린다고……."

"마력 회복제와 치유술사분들을 대기시켜 주시지요, 빨리."

아젤은 더 들을 것도 없다는 듯 그렇게 말하고 안으로 들어갔다.

3

세이가 바일 루레인은 성인식을 치르고 용마왕자로 데뷔 후지금까지 거의 한 달에 한 번 꼴로 실전을 치렀다. 왕궁에 머무르는 날보다 밖에 있는 날이 더 많을 정도였으며 그만큼 그의 명성은 빠르게 높아졌다.

왕실에서는 그에게 좀 쉬엄쉬엄하기를 권고했지만 세이가는 듣지 않았다.

"지금은 바쁘게 달려서 제 이름을 알려야 할 때입니다."

그는 그렇게 주장하면서 아리에타에게 나눠서 갈 일까지 자신이 떠맡고 나섰다.

동시에 그를 따르는 직속 병력이 빠르게 늘어갔다.

각지를 돌면서 쓸 만한 인재가 보이면 바로 바로 스카우트 제의를 하고, 실력에 자신 있는 자는 언제든지 등용할 테니 자기 밑으로 오라고 광고를 하고 다녔기 때문이다. 용마왕자를 흠모하는 자들, 배경이 없지만 야심이 있는 자들이 계속해서 세이가의 밑으로 몰려들었다.

이미 세이가는 출정 때마다 200명 이상의 인원을 이끌고 움직였으며 A팀과 B팀 두 개의 체제로 로테이션을 돌리고 있었다. 이만한 인력과 그것을 돌리기 위한 예산을 확보하고 효율적으로 굴린다는 점은 세이가가 어린 나이에도 얼마나 유능한지를 보여주는 부분이다.

"하지만 왕자님, 이제 좀 쉬시는 게 좋지 않겠습니까? 저희야 괜찮지만 왕자님은 너무 무리하고 계십니다."

데뷔 때부터 그를 보필해 온 노기사 펄먼이 말했다. 경험 많은 전 왕실 부기사단장으로, 슬슬 은퇴를 생각하고 있을 때 용마왕비의 요청으로 세이가가 휘하에 들었다. 용마왕비는 아들의 야심을 알았기에 노련한 베테랑의 지원이 필요하다고 여겼던 것이다.

세이가가 말했다.

"음. 펄먼 경, 자네의 말은 옳다. 하지만 아직은 괜찮아. 요즘은 자잘한 건밖에 없어서 그렇게 많이 피로하지 않다."

"왕자님의 일이 출정밖에 없는 게 아니지 않습니까."

두 개의 팀으로 로테이션을 돌리고 있기에 직속 병력들의 피로도는 잘 관리되고 있었다. 하지만 정작 세이가는 쉬지도 않고 계속 출격하지 않았는가?

세이가는 열다섯 살이라고는 생각할 수 없을 정도로 많은 일을 하고 있다. 전장에 나서는 동시에 왕실의 각 부서는 물론, 고위 귀족들과도 좋은 관계를 유지하면서 정치적인 기반을 만들어두었으며 사업까지 신경을 써서 직속 지원팀을 최고의 상태로 유지하기 위해 물심양면으로 신경을 썼다.

즉 출정을 나가지 않을 때도 거의 쉬지를 않고 있는 것이다. 귀족들의 초대에 응하고, 파티에 나가서 자신을 어필하고 인맥 관리를 하는 것도 굉장한 심력과 체력을 필요로 한다. 세이가의 육체가 인간보다 훨씬 강건하다고 해도 피로로 말라 죽기 딱 좋은 스케줄이었다.

세이가가 쓴웃음을 지었다. 아직 앳된 구석이 남은 얼굴에는 피로한 기색이 드러나 있었다.

"걱정하게 해서 미안하군. 하지만 조금만 더… 적어도 내년 초까지는 이 페이스를 유지할 것이다."

"어째서입니까? 이제 왕자님의 입지는 충분히……."

"누님께 시간을 드리고 싶다."

"……."

펄먼의 말문이 막혔다. 세이가가 말했다.

"내가 누님의 역할을 전부 대신하겠다는 소리는 하지 않겠다. 그건 건방진 소리지. 이제는 안다."

원래 세이가는 그럴 생각이었다. 아리에타가 나설 것도 없이 자기가 용마왕족에게 요구되는 모든 일을 해내고, 그녀에게 여성으로서의 행복을 주고 싶었다.

하지만 실제로 해보니 그게 오만이라는 것을 깨달았다. 왕실의 권력이 강한 만큼 용마왕족에게 요구되는 것도 많았다.

"누님께서도 지난번 일 이후로 생각을 바꾸셨지. 조금씩이지만 사람을 모으고 조직을 꾸리고 계신데… 제대로 된 체제를 완성하실 때까지는 시간을 벌어드리고 싶은 거다."

아리에타는 자일을 자기 직속 기사로 임명한 후, 조금씩 사람을 모으고 있었다. 하지만 그녀는 세이가만큼 정치적인 소양이 있는 게 아니라서 그 속도가 영 더디다.

세이가는 그녀에게 시간을 주고 싶었다. 그래서 그녀에게 갈 임무까지 자기가 떠맡고 무리하고 있는 것이다.

펄먼이 고개를 저었다.

"왕자님께서는 정말… 저를 부끄럽게 하시는군요."

"자네들이 있기에 내가 이럴 수 있는 것이다."

"잘 알겠습니다. 기사로서, 사내로서 왕자님께서 그런 뜻으로 움직이는데 어찌 말리겠습니까? 최선을 다해 보필하겠습니다. 이번 일도 가뿐하게 해치워 버리지요."

이번에 그들이 맡은 일은 동북부의 바단 백작령에 출몰한 도적 떼 토벌이었다.

그들 중에는 기사들을 갈대를 짓밟아 꺾듯이 쓰러뜨리는, 기이할 정도로 강한 오크가 섞여 있으며 흉포한 마수들을 애완동물처럼 다룬다고 했다. 게다가 험난한 지형을 무기로, 마치 훈련 받은 군대처럼 유격전을 펼치는지라 바단 백작령이 막대한 피해를 입었다는 것이다.

이미 외부에서 이름난 기사를 초빙해 보기도 했지만 헛수고였다. 두 개의 마을이 철저하게 유린당하고, 상단까지 털려서 막대한 손해를 보고 나자 바단 백작은 두 손 들고 왕실에 지원을 요청했다.

보고서를 보던 세이가가 말했다.

"산악에서 집단전을 벌이는 건 우리도 경험이 별로 없는데… 애먹겠군."

"그렇지요. 그리고 이번에는 왕자님 의존도가 평소보다 훨씬 높을 겁니다."

"흠. 이 오크와 마수들은 내가 잡아야겠지. 하지만 오크가 어떻게 이렇게 강하지? 바단 백작이 초빙했다는 질버렛이라는 기사는 서부에서는 꽤 이름난 검호였을 텐데, 이 보고서대로라면 거의 맥을 못 추고 당해 버렸군."

"도저히 오크라고 생각할 수 없는 수준이지만… 그런 오크가 없지는 않았지요."

"다칸을 말하는 건가?"

30여 년 전, 서부 국경수비대가 있는 발란 숲에서 어둠의 대동맹이라 불리는 마물들의 대군세를 일으킨 오크 영웅 다칸.

그는 오크들보다 월등히 강할 뿐만 아니라 인간처럼 지혜로워서 마물들을 조직화하는 카리스마를 발휘한 오크다. 종종 강력한 변종 오크들이 나타나기는 하지만 다칸은 격이 달랐다. 게다가 그 힘이 무시무시해서 당대의 수많은 기사가 그에게 죽었다.

펄먼이 말했다.

"예."

"흠. 혹시 자네는 다칸을 직접 보았나?"

"서부 국경수비대가 한 번 궤멸하고, 왕실에서 토벌군을 파병했을 때 거기 속해 있었습니다."

"어떤 오크였지?"

"덩치가 굉장히 컸습니다. 다른 오크보다 머리 두 개 정도는 컸고 얼기설기 만든 두꺼운 갑옷을 입고 있었죠. 왕자님이 쓰시는 것만큼이나 커다란 검을 한 손으로 휘둘러 대는데 대부분은 가까이 가보지도 못하고 죽었습니다. 걸어 다니는 태풍 같은 놈이었지요."

"재미있군. 그런 오크가 있었다니……."

"오크는 기본적인 신체 조건이 인간보다 훨씬 강건한 데다가 간혹 꽤 강력한 놈이 태어나니까요. 물론 다칸은 그런 범주를 초월한 놈이었지만, 어쨌거나 이번에도 주의할 필요는 있습니다."

"알겠다."

세이가는 고개를 끄덕였다.

바단 백작령에 도착한 세이가와 직속 병력은 열화와 같은 성원을 받았다.

"와아아아아!"

"세이가! 세이가! 세이가!"

"고결한 용마왕자의 검에 빛이 있으라!"

바단 백작은 물론이고, 영지민들도 계속된 도적단의 횡포로 인해 시름에 잠겨 있었다. 이런 상황에 한창 명성을 날리는 용마왕자가 자신들을 구원하기 위해 와주니, 남녀노소 모두가 거리로 나와 세이가의 이름을 외쳤다.

"상태가 정말 심각했던 모양이군."

"겨우 수확해서 겨울을 대비하던 양식을 수탈당했으니까요. 게다가 마을 하나는 완전히 불타 버렸고, 여자와 아이들이 대거 납치당한 상황이니……."

세이가의 말에 펄먼이 혀를 끌끌 찼다. 고작해야 도적 떼라고 생각할 수도 있지만 바단 백작령이 입은 피해가 워낙 커서 생존을 위협받고 있는 상황이었다.

세이가는 하룻밤 동안 휴식을 취한 뒤, 바단 백작이 긁어모은 영지의 병력과 함께 산을 올랐다. 그리고 산의 험악함을 보며 의아해했다.

"놈들은 이런 곳에 자리 잡은 채로 영지까지 내려와서 약탈

을 자행한단 말인가?'

백 단위의 병력이 올라가서 전투를 수행하기에는 난감한 지형이다. 왜 바단 백작령에서 자체적으로 토벌을 성공시키지 못했는지 충분히 납득이 간다. 오히려 이런 상황에서도 도적 떼가 종종 마을까지 내려와서 약탈을 계속한다는 사실이 믿어지지 않을 지경이다.

"그놈들만 아는 루트가 있는 건가?"

"아무리 그래도 여기 주민들이 모르는 루트가 있을 것 같지 않습니다만……."

"부딪쳐 보기 전에는 알 수 없다 이건가? 무슨 일이 벌어질지 알 수 없는 상황이니 경계를 엄중히 하도록. 내가 정찰을 나서겠다."

"네? 아무리 그래도 그건……."

"일반 병사로는 도저히 제대로 된 정찰이 안 된다. 희생양만 던져 주는 꼴이야. 그렇지 않나?"

"그럼 기사들을 보내야 하지 않겠습니까?"

"내 기사들의 유능함을 믿기는 하지만, 그래도 여기는 그놈들의 앞마당이다. 그리고 나는 스승님께 이런 상황에 대한 대처도 배운 몸이지."

용검공작 카이렌 타란토스는 세이가를 지독하게 훈련시켰다. 때로는 얼어붙은 겨울 산을 누비면서 맹수나 마물의 무리를 사냥했던 적도 있었다. 그런 경험이 있기에 세이가는 필요하다면 정찰을 하고 전술적인 판단을 하는 것에 전혀 거부감이 없었다.

아니, 오히려 필요하다면 적극적으로 나선다. 부하들을 아끼는 만큼 그들이 희생될 가능성이 높은 곳으로 내보내고 싶지 않았다.

"그렇다면 저도 함께 가겠습니다."

"무리하지 말도록. 내가 나서는데 자네까지 없으면 지휘가 흐트러진다. 늙은 자네보다는 젊고 힘이 넘치는 기사들을 데려가도록 하지."

"저도 아직 젊은 것들에게 안 집니다."

"하지만 젊은 사람들은 늙은 자네를 대신할 수 없지. 그러니 뒤를 부탁한다."

세이가는 그렇게 농을 던지고는 자기가 직접 서임한 용병 출신의 기사 세 명을 데리고 정찰에 나섰다. 둘은 여러 임무를 수행해 본 베테랑이라 세이가의 요구대로 움직일 수 있었다.

세이가는 주변을 경계하며 기민하게 움직였다. 그들이 혀를 내둘렀다.

"왕자님께서는 정찰 훈련도 받으셨습니까?"

세이가의 무력이 출중한 거야 다들 알고 있었다. 압도적인 무력, 신분에 따라 사람을 차별하지 않고 능력을 높이 사주는 공정한 눈길과 언제나 앞에 서서 싸우는 과감함은 자기보다 어린 소년임에도 불구하고 목숨을 아끼지 않는 충성을 이끌어 내었다.

하지만 아무리 강해도 높은 신분의 사람이 갖췄을 리가 없는 능력까지 갖추니 놀랍다.

"조금이지만. 정찰병으로 훈련 받은 게 아니라 사냥꾼으로 훈련 받은 거니까, 초보자 티가 많이 나면 지적해 주면 고맙겠다."

"저희가 배워야 할 것 같습니다만?"

"아무래도 연봉은 쉽게 올려주지 않을 텐데."

그들은 속삭이듯 목소리를 낮추어 대화를 주고받으면서 정찰하고, 통신마법 도구로 뒤따르는 본대에 소식을 전해가면서 조심스럽게 전진했다. 그런데 그때였다.

"아직 어린 사람이 상당히 신중하군요."

이런 곳에서 들릴 리 없는, 소녀의 목소리가 들려왔다.

세이가 깜짝 놀라서 고개를 들었다. 깎아지른 벼랑 한가운데 한 소녀가, 마치 평지처럼 두 다리를 붙인 채 그를 내려다보고 있었다.

'위험하다.'

세이가의 본능이 맹렬한 경고를 발했다.

비현실적일 정도로 이곳과 안 어울리는 소녀였다.

나이는 아리에타와 비슷한 정도일까? 긴 금발에 자수정 같은 눈동자, 백옥 같은 피부를 가진 아름다운 소녀였다. 감정이 거의 드러나지 않은 나른하고 무표정한 얼굴 때문인지 마치 인형 같은 아름다움이다.

그 용모만으로도 험난한 산과는 지독히도 안 어울리는데, 차림새는 한층 더했다. 검은 바탕에 붉은 장식이 들어간 드레스라니?

세이가가 물었다.

"정체가 뭐지?"

"당신을 데려가려고 온 마법사입니다. 이름은 아직 밝힐 조건이 안 갖춰졌군요."

"나를 데려간다고?"

"명령에 따를 뿐이에요."

와아아아아!

갑자기 뒤쪽에서 함성이 울려 퍼졌다. 세이가가 경악했다.

"뭐야?"

마법통신 도구를 통해 비명 같은 보고가 울렸다.

─왕자님! 갑자기 적이 나타났습니다!

"뭐라고? 말도 안 돼!"

─아무런 조짐도 없이 산 능선을 타고 급습해 왔습니다! 큭! 어떻게 이런 일이!

"펄먼 경! 내가 곧 간……."

─치직! 치지지직!

갑자기 마법통신이 끊겼다. 아연해진 세이가에게 소녀가 말했다.

"상황은 알려드리는 게 예의일 것 같아서, 잠시 통신을 허락해 드렸습니다."

"……."

세이가는 전율했다.

소녀는 마법을 쓰는 기색이 전혀 없었다. 주문을 외우거나 수인을 맺는 행동을 말하는 게 아니다.

'마력 파동이 전혀 느껴지지 않아. 어떻게 이럴 수가 있지?'

세이가는 남들과는 비교도 안 되는 마력 탐지 능력을 가졌다. 그런데 소녀에게서 티끌만큼의 마력도 감지되지 않는다. 그런데 간단하게 마법 통신을 끊어버린 것이다.

소녀가 마치 평지를 걷듯이 벼랑을 걸어 내려왔다. 그리고 그 앞에서 푸른 섬광이 치솟았다.

우우우우우우!

동시에 압도적인 마력 파동이 덮쳐왔다. 세이가가 경악했다.

'말도 안 돼! 스승님을 능가하는 마력이라고?'

소녀, 아니, 정확히는 그 앞에 솟구친 섬광에서 비명을 지르고 싶을 정도로 압도적인 마력 파동이 뿜어져 나오고 있었다. 아니, 심지어 그것은…….

'용마력!'

마력도 아니고 용마력이다! 용마력을 발하는 도구라니, 그 것도 카이렌을 능가할 정도라니 기절초풍할 지경이다. 오로지 카이렌과 그 친구들만이 만들어낸 용무기만이 용마력을 가진 도구인 줄 알았거늘!

소녀가 한숨을 쉬듯이 중얼거렸다.

"용마기(龍魔器) 비탄의 잔."

소녀가 빛 속에서 모습을 드러낸 기다란 지팡이를 손에 쥐었다.

그것은 마치 얼음으로 빚어낸 것 같은 지팡이였다. 아무런 색도 띠지 않아서 빛을 일그러뜨려서 투과하는데 그 끝부분은 커다란 잔의 모양이었다. 지팡이가 투과하는 빛의 일부분이 그 위로 흘러들어 가서 마치 물처럼 일렁이는 광경이 신비롭기 그지없었다.

"큭!"

잠시 넋을 잃고 있던 세이가 정신을 차렸다. 그가 너무 커서 등에 지고 있던 검에 손을 가져갔다. 마법이 걸린 검집이 검을 튕겨내자 그것을 받아 들고 자세를 취한다.

그 모습은 비현실적이었다. 세이가는 열다섯 살의 소년답게 체격도 작고 키가 160센티 정도밖에 되지 않았다. 그런데 들고 있는 무기는 어울리지 않게도 커다란 양손검이다. 전체 길이가 거의 키만 해서 일반인이라면 들어 올리지도 못할 무식한 무기였다.

하지만 인간보다 월등한 완력을 가진 세이가는 그것을 가볍게 휘둘렀다.

"영명한 빛이여! 사특한 어둠을 찢는 용이 되어라!"

언령을 실은 외침과 함께 용마력이 폭발했다. 검끝에서 쏟아져 나온 강맹한 섬광이 뇌격처럼 불규칙한 궤적을 그리며 소녀에게 내리꽂혔다.

콰콰콰콰콰쾅!

벼랑이 폭발하며 산이 뒤흔들렸다. 세이가가 외쳤다.

"너희는 본대로 합류해라! 이자는 내가……."

거기까지 말하던 세이가는 흠칫 놀랐다.

없다.

조금 전까지만 해도 자기 곁에 있던 세 명의 기사가 사라져 있었다.

'내가 지금 꿈을 꾸고 있는 것인가?'

자신의 이목을 속이고 바로 곁에 있던 기사들을 어디론가 치워 버렸다? 이런 일이 현실에서 가능할 리가 없지 않은가? 정신을 현혹하는 마법에 당한 게 아닌지 의심하는 세이가의 귀에 소녀의 목소리가 들려왔다.

"안타까워요."

"뭐?"

폭발을 헤치고 소녀가 멀쩡한 모습으로 걸어오고 있었다.

아니, 애당초 그녀는 멈춘 적도 없었다. 세이가가 공격을 하건 말건 아무런 장애도 없었다는 듯이 벼랑을 걸어 내려와서 평지에 내려섰다.

"위대한 분의 피가 흐르는데, 지식이 부족해 힘을 갖지 못하다니."

"무슨 소리지?"

"그 대답은 좀 더 나중에."

혼란스러워하는 세이가의 물음을 무시하고 소녀가 한쪽 치맛단을 잡고 우아하게 인사했다.

"이제는 제 이름을 말해드려도 되는 조건이 갖춰졌군요. 제 이름은 라우라."

그녀가 기이한 지팡이, 아니 용마기 '비탄의 잔'을 들어 올리며 말했다.

"위대한 아운소르의 이름을 계승한 자로서, 비탄의 미궁에 오신 것을 환영합니다. 이 속에서 당신의 힘이 다하기 전에 저를 쓰러뜨리고 출구를 찾으실 수 있을지 시험해 보시지요."

그녀 주변에 공간이 물결치면서, 세이가의 현실이 악몽처럼 일그러지기 시작했다.

5

'용마왕자 세이가 바일 루레인이 실종되었다!'

전혀 예상치 못한 급보가 루레인 왕실을 충격에 빠뜨렸다.

왕실에서는 용마공주 아리에타를 포함한 수색대를 급파하는 한편, 지리적으로 왕실보다 바단 백작령에서 훨씬 가까운 곳에 있는 카이렌에게 도움을 요청했다. 카이렌은 곧바로 출발하면서 아젤에게 도와달라는 전갈을 날렸다.

아젤은 영지에서 그를 기다리고 있던 버레인을 만나서 바단 백작령을 향해 출발했다.

"카이렌에게 신호를 남기면서 가라고 했으니 이걸로 신호를 따라가면 될 걸세."

대마법사인 버레인의 이동속도는 아주 빠르다. 거의 말이 전력 질주하는 속도로 장거리를 날 수 있고, 지형을 가리지 않으니 상식을 초월하는 이동력이 나온다.

하지만 순수한 이동 속도로만 보면 카이렌에 비할 바가 못
된다. 또한 용마인이라고는 해도 버레인은 고령이라서 고속
비행을 유지하는 시간에 한계가 있었다. 그래서 카이렌은 그
를 놔두고 먼저 떠난 것이다.

아젤이 그에게서 카이렌 추적용 마법 도구를 건네받았다.
작은 판 위에 시계 초침 같은 바늘이 있어서 방향을 가리키게
되어 있었다.

버레인이 물었다.

"그런데 자네 괜찮나? 상태가 별로 좋은 것 같지 않은데."

아젤은 훈련 3주기를 끝내고 4주기로 들어간 지 나흘째였
다. 며칠간 몸을 혹사했고, 오늘도 아침부터 오후까지 정신없
이 스스로를 몰아치다가 온 것이다. 급하게 마력 회복제를 물
처럼 마시고 명상을 통해 마력을 회복, 치유술사들에게 치료
도 받고 오긴 했지만 컨디션이 엉망이었다. 몸 여기저기에도
다 아물지 않은 상처가 가득하다.

아젤이 말했다.

"괜찮습니다."

용마전쟁 때 워낙 극한 상황에서 싸운 경험이 많은 아젤에게
이 정도 상태는 문제라고 할 수 없었다. 실전은 자신이 최상의
컨디션으로 임하기를 기다려 줄 만큼 상냥하지 않으니까.

"그럼 저도 먼저 가겠습니다."

"음? 같이 가는 게 낫지 않겠나? 어차피 카이렌을 따라잡는
건 무리……."

"그래도 빨리 가는 게 낫죠. 아, 잠시 물러나 주시겠습니까?"

"음?"

버레인이 의아해하면서 그 말에 따르자 아젤이 창 한 자루를 바닥에 놓더니 그 위에 올라서서 몸을 낮춘다. 그러더니 분신 세 개를 만들었다.

버레인이 물었다.

"뭘 하는 건가?"

"좀 더 물러나 주세요. 위험하니까."

그렇게 말한 아젤이 심호흡을 한 번 했다. 분신 하나가 아젤을 창째로 들어 올렸다. 그리고 두 분신은 양옆에서 빛의 실을 만들더니 아젤과 창을 그 위에 걸쳐 두더니 서로 반대편 대각선으로 나아갔다. 빛의 실이 팽팽하게 당겨지면서 아젤의 몸에 부하가 걸렸다.

"가겠습니다."

아젤이 그렇게 말하고 이를 악물었다. 동시에 세 분신이 폭발했다.

아젤을 든 분신이 전력으로 투창하듯이 몸을 내던지며 폭발, 그리고 양옆에 위치해 있던 분신 둘이 빛의 실에 실은 탄력을 최고조로 끌어 올려서 쏘아내면서 폭발했다. 그 반동으로 아젤의 몸이 무시무시한 속도로 하늘 저편으로 쏘아져 나갔다.

콰콰콰콰콰콰!

폭음이 울리며 아젤의 모습이 한순간에 푸른 섬광이 되어 높이, 하늘 높이 치솟았다.

이 순간 아젤의 몸에 걸리는 부하는 무시무시했다. 일반인이라면 몸이 찢겨져 나갔을 것이다.

그 부하를 버티면서 단번에 구름 위까지 솟구쳐 오른 아젤은 상승하는 힘이 다하기 전에 마치 산을 타넘듯이 비스듬하게 비행 궤도를 틀었다. 그리고 마력으로 돌풍을 일으켜서 비행 궤도를 제어, 아주 완만한 경사를 그리면서 지상을 향해 추락하기 시작했다. 순식간에 가속이 붙으면서 무시무시한 속도로 카이렌이 있는 방향을 향해 날아간다.

"……."

그 모습을 지상에서 멍청하니 바라보던 버레인이 눈을 껌뻑거리면서 중얼거렸다.

"세상에. 지금 무슨 일이 일어난 거야?"

카이렌은 질풍처럼 달리고 있었다. 바단 백작령까지는 지도상의 직선거리로 230킬로미터. 그가 서두른다면 이 정도 거리는 네 시간 안에 지형을 무시하고 도달하는 게 가능하다.

아젤에게 전갈을 넣기는 했지만 제때 맞춰올 거라는 기대는 안 했다. 사태를 명확히 파악할 수 없는 지금, 자신이 최대한 빨리 바단 백작령으로 가야만 했다.

그런데 바단 백작령을 30킬로미터 앞에 두었을 때였다.

'음?'

문득 카이렌은 하늘에서 쏟아지는 강렬한 마력 파동을 느꼈다. 무언가가 엄청난 속도로 다가오고 있었다.

휘이이이이……!

고개를 들자 먼 곳에서 어둑어둑해지기 시작한 하늘을 가르며 푸른 섬광이 날아오는 게 보였다. 카이렌은 깜짝 놀라서 달리기를 멈추고 쌍검을 뽑아 들었다.

하지만 그 섬광은 어느 순간 뒤쪽에 투명한 빛의 막을 펼치면서 감속, 그 속에서 사람이 뛰쳐나왔다.

파앗!

그리고 카이렌 앞에 착지, 눈앞에서 불꽃처럼 휘날리는 붉은 머리칼을 본 카이렌이 경악했다.

"아젤?"

"오랜만이군요, 공작님."

아젤이 허공에서 떨어지는 창을 잡아채면서 인사했다.

카이렌이 황당함에 입을 떡 벌렸다.

"뭘 한 건가, 자네?"

"기를 쓰고 빨리 날아왔죠."

"아니, 그러니까……."

"궁금증은 나중에 풀지요. 한가롭게 대화를 나누고 있을 때가 아닌 것 같으니 가볼까요?"

"음."

아젤의 지적에 카이렌도 퍼뜩 정신을 차렸다.

카이렌이 말했다.

"지금 날아온 그 방법으로 갈 수 있나?"

"이건 날면서도 지속적으로 제어를 해야 하기 때문에 이 기술을 익히고 있는 사람이 아니면 무리입니다."

"아쉽군. 그런데 자네… 상처가 많은데 괜찮은가?"

"미르켈 백작님께도 같은 질문을 받고 오는 길입니다. 괜찮으니 가시죠."

"좋아. 전력으로 갈 테니 잘 따라오게."

두 사람은 다시 질풍처럼 달리기 시작했다. 카이렌은 놀라고 말았다.

'도대체 그동안 무슨 짓을 한 거지?'

하루 70킬로미터 이동하는 것도 따라오기 벅차서 헉헉거리던 게 불과 4개월 전이다. 그런데 지금은 그가 진심으로 달리는 것도 어렵지 않게 따라오고 있었다.

'그런 단기간에 이 정도로 마력이 높아지는 게 가능한 일인가?'

상처투성이기는 하지만 아젤의 몸이 이전보다 훨씬 훌륭하게 단련되었음을 알아볼 수 있었다. 뿐만 아니라 흘러나오는 마력 파동도 대단히 강렬하다. 마력 파동의 강렬함으로만 치면 카이렌이 아는 섹터플 마스터(생명의 고리 여섯 개) 스피릿 오더 수련자와 필적하는 것 같았다.

달리면서 아젤이 물었다.

"용마왕자님이 실종됐다는 거 말고는 자세한 이야기를 못 듣고 나왔는데 뭐가 어떻게 된 겁니까?"

"나도 그렇게 많은 이야기를 들은 건 아니다. 워낙 급박하게 부탁을 해온 터라."

카이렌이 자기가 아는 사실을 설명해 주었다.

바단 백작령에 출몰하는, 강력한 변종 오크가 이끄는 도적 떼를 토벌하러 갔던 세이가와 그 직속부대는 전혀 예상치 못한 변을 당했다. 솔선하여 정찰에 나섰던 세이가는 갑자기 실종되었고, 아무런 조짐도 없이 나타난 적들의 급습에 직속부대는 궤멸에 가까운 타격을 입었다.

아젤이 눈살을 찌푸렸다.

"가서 좀 더 자세한 이야기를 들어봐야겠지만… 아무리 봐도 용마왕 숭배자들이 개입했을 것 같군요."

"그렇게 생각하는 근거는?"

"정황만 봐도 그렇습니다. 그놈들은 전에 무슨 이유에서인지 공주님을 납치하려고 한 적이 있었죠."

용마왕 숭배자들이 왜 아리에타를 납치하려고 했는지는 지금까지도 전혀 짐작 가는 바가 없었다. 하지만 두 사람이 당대의 용마왕족이며 한 배에서 난 남매라는 점을 감안할 때, 아리에타만이 아니라 세이가도 표적이 된다 한들 전혀 이상한 일이 아니다.

"하지만 수호그림자가 있는데 그렇게 노골적으로 일을 벌일 수 있을까?"

"공작님이 전에 말씀해 주신 조건대로라면… 용마왕 숭배자들이 작심하면 수호그림자의 눈길을 피하는 게 불가능하지 않을 겁니다."

수호그림자의 감시망은 그 자체로 놀라운 이적이다. 하지만 인적이 드문 곳으로 갈수록 정밀도가 떨어진다.

게다가 용마왕 숭배자가 아닌 이들이 대상을 용마왕 숭배자라는 것을 인식하고 목격해야만 한다는 점도 문제다. 세이가의 실종에 용마왕 숭배자들이 관여했다면, 이 조건을 피하기 위해서 많은 공을 기울였을 것이다. 일단 세이가가 어떻게 실종되었는지 아는 이도 없을뿐더러 용마왕 숭배자일 거라는 이야기는 보고에 있지도 않았다.

아젤이 말을 이었다.

"그리고 왕자님 직속부대를 급습한 적이 아무런 조짐도 없이, 마치 공간을 뛰어넘은 것처럼 나타났다는 것만 봐도… 그들 말고 다른 놈들일 것 같지는 않군요."

세이가의 직속부대에는 마법사들도 있었는데 그들조차도 감쪽같이 속았다. 설령 대마법사인 버레인이 나선다 하더라도 그런 일은 불가능하다.

하지만 니베리스라면 어떨까?

아젤이 보기에는 가능하다. 의념까지 감출 수 있는 실력이라면 이 시대 기사들이나 마법사들의 눈을 속이는 게 어렵지 않으리라.

아젤이 물었다.

"수호그림자는 공작님께서 알면 바로 아는 걸로 알고 있는데, 그러면 이번 일에서도 조력을 부탁할 수 있지 않을……."

말을 끝까지 잇지 못한 것은 주변에서 기이한 기적이 느껴지기 시작했기 때문이다.

고속으로 달리고 있는 두 사람에게 새하얀 로브를 뒤집어쓴 망령 같은 존재 셋이 고속으로 접근해 오고 있었다.

카이렌이 혀를 찼다.

"말하기가 무섭게 나타나는군. 호랑이도 제 말 하면 나타난다더니."

"그 속담 여기도 있군요?"

"없는 곳도 있나?"

카이렌이 그렇게 말하면서 달리기를 멈췄다. 의미를 알 수 없는, 아이들이 속삭이는 것 같은 소리가 주변에 울려 퍼진다. 하얀 로브 아래로 드리워진 어둠 속으로 이루어진 존재, 수호그림자가 말했다.

「용마왕자… 납치.」

「어둠의 설원에서 왔어…….」

「고위 용마족…….」

"어둠의 설원에서 온 용마왕 숭배자들의 고위 인사가 세이가를 납치했다는 소린가?"

여전히 의미를 알아먹기 힘든 수호그림자들의 말에 카이렌이 말했다. 수호그림자들이 속삭였다.

「추적 중…….」

"위치를 알고 있나?"

「소실됐어… 흐르는 눈물이 우리 눈을 가려…….」

「하지만 눈물 자국을 따라서 포위 중.」

"……."

카이렌의 표정이 팍 구겨졌다. 이놈들이 도대체 무슨 소리를 하고 있는 건지 도무지 못 알아먹겠다.

그런데 아젤이 심각한 표정으로 물었다.

"그 눈물이라는 거, 혹시 풍경의 일부가 이런 식으로 보이는 걸 말하는 건가?"

아젤이 손가락으로 허공을 슥 그었다. 그러자 허공에서 물결 같은 파문이 일어나면서 그 너머가 일그러져 보였다.

수호그림자가 대답했다.

「맞아. 눈물처럼 흘러내려…….」

「비탄을 삼킨 눈물…….」

"…이놈들이 대체 언제부터 이렇게 시인이 된 거야?"

짜증을 내는 카이렌에게 아젤이 말했다.

"어쩌면 정말 거물인지도 모르겠습니다."

"음?"

"만약 제가 아는 누군가와 특징이 일치한다면… 최악을 각오해야겠군요."

"무슨 소린가?"

"가면서 이야기하지요. 수호그림자들이 자취를 쫓을 힘이 있다니 다행입니다. 일반인한테는 보이지도 않을 흔적이거든요."

아젤은 다시 달리기 시작했다. 수호그림자들이 그 뒤를 따르면서 말했다.

「용이 와…….」

「당신을 시험하러… 올 거야.」

"뭐?"

아젤이 놀라서 돌아보았지만 수호그림자들은 할 말 다 했다는 듯 멀어져 가기 시작했다. 아젤이 혀를 내둘렀다.

"공작님, 용케 저것들이랑 수십 년이나 일하셨군요."

"내 부하였으면 골백번은 재교육 보내서 지옥훈련을 시켰을 거다."

카이렌이 투덜거리면서 속도를 높였다.

6

하지만 그 말뜻은 바단 백작령에 도착한 지 얼마 되지도 않아서 알 수 있었다.

카아아아아아!

수십 킬로미터 떨어진 곳까지 전해지는 압도적인 포효가 울려 퍼졌다. 뒤이어서 벼락이 치면서 어둑어둑한 하늘을 환하게 불태운다. 그리고 몇 초 후 천둥소리가 아젤과 카이렌이 있는 자리까지 쩌렁쩌렁 울렸다.

카이렌이 아연해했다.

"용의 포효?"

이 무시무시한 포효와 그에 뒤따르는 대파괴는 용이 자신이 가진 힘을 폭발시키는 '용의 포효'를 발휘할 때나 일어날 현상이었다. 아젤이 말했다.

"천둥용이군요. 그리고……."

그으으으으으!

또다시 용의 포효가 울려 퍼졌다. 산 너머라서 무슨 일이 일어났는지 보이지 않았지만 어마어마한 힘이 폭발한 것이 감지되었다.

"용 두 마리가 뭘 하고 있는 거지?"

"가봐야 알겠지만 왠지……."

아젤이 다시 달리기 시작하면서 말했다.

"싸우고 있는 것 같은데요?"

"서로 싸운단 말인가? 인간 영역에서 가까운 곳 같은데?"

용들의 영역은 대체로 인간의 발길이 닿지 않는 깊고 험난한 곳에 있었다. 그래서 그들끼리 싸우면 인간들이 그 소리를 듣고 두려워할지언정, 싸움의 여파에 직접적으로 다치는 일은 별로 없었다.

하지만 바단 백작성이 보이는 곳까지 간 두 사람은 우려가 들어맞았음을 깨달았다.

"젠장."

아젤이 표정을 와락 구겼다.

바단 성은 반쯤 무너져서 연기가 피어올랐고 그 주변의 민가들도 폭풍이 휩쓸고 간 것처럼 무참하게 박살 나 있었다. 이미 용들이 산에서 내려와서 이곳에서 한바탕 싸운 후, 다시 산으로 올라가면서 싸우고 있는 것이다.

우르릉! 꽈과과광!

먼 곳에서 폭음이 울려 퍼지면서 벼락이 쳤다.

그리고 가을의 맑은 밤하늘에서 격한 눈보라가 휘몰아치면서 산 일부를 새하얗게 얼려 버리고, 무수한 얼음 덩어리가 날아가서 공성포처럼 산을 두들겨 댔다.

아젤은 그것에 개의치 않고 마을로 향했다. 무참하게 박살 난 마을 속에서 사람들이 바쁘게 움직이고 있었다.

"빌어먹을 것들."

아젤이 이를 갈았다. 애가 우는 소리, 부상자가 신음하는 소리, 가족을 잃은 자가 우는 소리… 그야말로 아비규환의 참상이 벌어져 있었다.

그 속에서 분주하게 움직이는 기사들이 눈에 띄었다. 카이렌이 기사들 중 하나를 붙잡고 물었다.

"혹시 왕실에서 용마왕자님을 따라온 기사들의 생존자들이 있는가?"

곧 두 사람은 몸 여기저기에 피투성이 붕대를 칭칭 감은 노기사, 펄먼을 만날 수 있었다. 마을 사람들을 구하기 위해 분주하게 지휘를 내리던 그가 카이렌을 보고 예를 표했다.

"용검공작님, 와주셨군요! 다시 뵙게 되어 정말 영광……."

"그 몸으로 쓸데없는 예를 취하느라 시간과 기력을 낭비하지 말게. 한시가 급한 상황이니 상황 보고를 듣고 싶다. 필요한 것만 간략하게 전하도록."

"예."

왕실 기사로 잔뼈가 굵은 펄먼은 카이렌과도 몇 번이나 같이 싸운 적이 있었다. 그의 성격을 잘 알기에 미리 준비해 두고 있던 정보를 빠르게 전달했다.

용마왕자 세이가 바일 루레인은 실종되었다. 정찰을 하다가 통신이 두절되었고, 동시에 아무런 조짐도 없이 변종 오크가 이끄는 산적 무리가 그들을 덮쳤다. 마물이 다수 섞였고 마법사까지 있는 그들의 움직임을 전혀 인식하지 못하고 있다가 기습당해서 병력의 7할을 잃고 겨우 빠져나왔다.

"변종 오크는 정말 무시무시한 놈이었습니다."

"어느 정도였지?"

"다칸이 생각나더군요. 그보다는 못했지만 우리 기사 여럿이 덤볐는데도 상대가 못 됐습니다."

"흠."

"마법사들의 실력도 상당했고요. 하지만 아무리 그래도 그렇게 조짐 없이 다가온 건 도저히……."

"그 문제는 어떻게 된 건지 짐작이 가니 됐다."

"네?"

"자네의 궁금증을 풀어주기에 적절한 때는 아닌 것 같군. 그리고?"

펄먼은 일단 생존한 병력을 수습해서 백작 성까지 후퇴했다. 즉시 백작성의 통신용 마법도구를 이용해서 왕실에 이 소식을 알리고, 병력을 재정비해서 세이가의 행방을 수색하려고 했다. 만신창이가 된 병력으로 변종 오크가 이끄는 산적들이 건재한 산속으로 간다는 건 무모하기 짝이 없는 짓이었지만 세이가를 잃은 채로 가만히 있을 수는 없었다.

하지만 그들이 산을 오르기 전에 천둥벼락이 치고 산이 뒤흔들리면서 용들의 싸움이 시작되었다.

"여기서 가까운 곳에서 나타나서 서로 싸우기 시작해서 그대로 마을까지 덮쳤단 말인가."

카이렌이 신음했다. 도대체 사태가 어떻게 돌아가는 건지 파악이 안 된다.

그때였다.

"제가 좀 더 정확한 상황을 알려드릴 수 있는데요?"

이 상황에는 도저히 어울리지 않는 태평한 목소리가 끼어들었다.

마치 주변의 참상 따위는 전혀 들어오지 않는 듯한 표정을 지은 소년이 걸어오고 있었다. 금발 곱슬머리와 파란 눈을 가진 열서너 살 정도의 소년, 수호그림자의 예언지킴이 레논이었다.

아젤의 표정이 구겨졌다.

"너……."

자신에게 쏟아지는 적의에 레논이 어색하게 웃었다.

"무서우니까 그렇게 노려보지 마세요."

"안 노려보게 생겼냐?"

"뭐, 그럴 만하다고 생각은 하지만요. 그래도 지금은 그거보다 중요한 일이 있을 텐데요?"

아젤이 혀를 찼다. 레논, 정확히는 그가 불러냈던 제타라는 불사체에게 갚을 빚이 있는 건 사실이지만 지금은 거기에 집착할 때가 아니다. 아젤이 온몸을 짓누르는 듯한 기운을 거두자 카이렌이 말했다.

"어째서 여기 있지?"

"거기에 대한 답은 두 가지인데, 하나는 제가 그동안 아젤 경 당신에게서 그리 멀리 떨어져 있지는 않았다는 거예요."

"스토킹 중이라는 거군. 다른 하나는?"

"어둠의 설원에서 나온 자들이 용마공주를 납치하려고 시도했던 건(件) 때문에, 우리는 용마왕비의 요청으로 두 사람의 곁에 수호그림자를 붙여두었어요. 그래서 이번 일도 금방 알 수 있었죠."

"그 조치 하나는 마음에 드는군. 그럼 이제 상황을 빨리 설명해라. 간결하게."

"어둠의 설원에서 나온 용마족이 용마왕자를 데리고 사라졌어요."

"역시 용마왕 숭배자들의 짓인가."

카이렌이 이를 갈았다.

아젤이 물었다.

"어둠의 설원에서 나왔다는 근거는?"

"우리가 몇 번 상대한 적이 있는 거물이거든요. 정확히는 거물의 후계자라고 해야 하나?"

"거물이라고?"

"하늘의 눈물이 담긴 잔."

"설마 아운소르를 말하는 건가?"

카이렌이 물었다.

아운소르.

용마전쟁 당시, 용마왕 휘하에 있던 네 명의 용마장군 중의 한 명.

기록에 따르면 그는 하늘에 존재하는 모든 빛을 자신에게로 모아서 가공할 능력을 발휘했다고 한다. 그래서 붙은 별명이 바로 '하늘의 눈물이 담긴 잔.'

카이렌이 눈살을 찌푸렸다.

"설마 그가 여태까지 살아 있다고 말하려는 건 아니겠지? 그는 용마전쟁 때 대마법사 칼로스에게 죽었을 텐데?"

"그리고 그의 힘을 이어받은 후예도 우리 손에 죽었어요."

"뭐라고?"

"불과 7년 전의 일이에요. 그 일로 우리도 엄청난 피해를 감수했고."

"그럼 세이가를 납치해 간 녀석은 정체가 뭔가?"

"그 후예의 후예… 즉, 3대째 아운소르겠지요. 수호그림자들도 몇 번 부딪친 적이 있는 것 같으니까요. '비탄의 잔'이라는 어마어마한 마법기를 쓰는데……."

"마법기가 아냐."

아젤이 레논의 말을 잘랐다. 레논이 고개를 갸웃하며 그를 바라보자 아젤이 굳은 표정으로 말을 이었다.

"용마기다."

"용마기?"

"설명하고 있을 시간이 없어. 나머지 상황은?"

"아운소르의 후예가 그 비탄의 잔이라는 것을 이용해서 용마 왕자와 함께 자취를 감춰 버렸어요. 전에도 비슷한 일이 있었는데 격리된 공간을 만드는 재주가 있는 것 같더라고요. 그리고 그 상태로 아주 미세한 흔적만을 남긴 채로 이동할 수 있어요."

"비탄의 미궁이군."

"그건 뭔가요?"

"스스로 알아봐. 수호그림자들이 '눈물'이라고 표현한 게 그거였다는 건가. 왕자님이 그 속에 격리된 지 얼마나 지났지?"

"일곱 시간 지났어요."

그 말에 아젤이 카이렌을 보며 물었다.

"왕자님의 무력은 공주님과 비교할 때 어떻습니까?"

"기술적인 면에서는 아리에타가 낮고, 힘에서는 세이가가 낮다. 종합적인 능력은 거의 비슷하겠지."

"음……."

"그건 왜 묻지?"

"왕자님의 상태를 짐작해 보려고요. 일단 적에게 제압당해서 사로잡히셨겠군요."

"세이가가 패배했을 거라고 확신하나?"

"저번에 싸웠던 니베리스라는 용마족 여자는 아리에타 공주님을 완전히 갖고 노는 수준이었습니다. 아운소르의 후예라는 자가 그보다 못할 것 같지 않군요. 게다가 비탄의 미궁을 구현했다면……."

"그 비탄의 미궁이 무엇이기에?"

"외부와 격리된, 그리고 비탄의 잔 사용자에게 압도적으로 유리한 공간을 만들어내는 기술입니다. 상대가 용마기를 가졌다는 것만으로도 왕자님의 필패지요. 수호그림자에게 감사해야겠군요. 그들이 비탄의 잔이 남기는 흔적을 알아차리고 빠져나가지 못하게 뒤쫓지 않았다면 이미 추적 불가능한 곳까지 가버렸을 테니."

아젤이 혀를 찼다. 용마전쟁 당시 아운소르와 싸웠던 기억이 아직도 생생했다. 비탄의 잔은 칼로스조차도 질 나쁜 농담처럼 말도 안 되는 능력을 발휘하는 용마기라고 평가한 바 있는, 용마기 중에서도 최고 등급의 위험도를 자랑하는 무기였다.

아젤이 물었다.

"그곳으로 안내해 줄 수 있겠지?"

"물론이에요."

"하지만 그전에 더 말해줘야 할 게 있지 않나?"

"용들 말인가요?"

"그래."

"우리가 불렀어요."

"뭐?"

천연덕스러운 레논의 대답에 대답하자 아젤과 카이렌이 경악했다. 레논이 말했다.

"정확히는 서리용만 우리가, 아, 동지 중 하나가 부른 거지만. 원래는 아젤 경을 상대하게 하려고 계약을 체결해 놨던 건데 이런 식으로 써먹게 될 줄은 몰랐어요."

"그게 무슨 소리지?"

"예언지킴이는 저 혼자가 아니에요."

"그 더러운 불사체들을 가리키는 건 아닌 것 같군."

"네, 그분들은 행동을 결정하는 역할이 아니에요. 어쨌거나 우리의 뜻은 서로 제각각이라서, 그중에는 당신을 시험하겠다고 용을 불러 모으는 사람도 있었다는 거지요."

"……."

"결과적으로 적들이 만약을 대비해서 이 산 깊숙한 곳에 있는 천둥용을 동원했기 때문에 서로 싸우는 형국이 되었지만."

"큭……."

아젤이 더 참지 못하고 레논의 멱살을 잡아서 들어 올렸다. 레논이 버둥거렸다.

"켁, 아파요."

"너희가 무슨 짓을 저질렀는지는 알고 있는 거냐? 이 참상을 봐!"

아젤이 불처럼 화를 냈다. 하지만 레논은 움츠러들지도 않았고 겁을 먹지도 않았다. 그저 답답해하며 버둥거릴 뿐이었다.

다음 순간, 아젤은 날카로운 살기를 느끼며 옆으로 몸을 피했다.

후욱!

레논의 그림자에서 시커먼 기운이 뿜어져 나오고 있었다. 그 속에서 새카만 칼날이 솟구쳐서 아젤을 물러나게 하고는 균형을 잃고 떨어지는 레논을 붙잡았다.

〈이런 말썽은 사양하고 싶군.〉

불길한 검붉은 선이 전신을 내달리는 칙칙한 금속갑옷으로 몸을 감싼 해골기사, 제타였다. 그를 본 아젤의 눈에서 불꽃이 튀었다.

"이 자식!"

"아우, 난폭해라. 큰일 날 뻔했네."

레논이 목을 어루만지며 투덜거렸다. 그리고 제타의 뒤에 숨어서 아젤에게 말한다.

"왜 화를 내는지는 이해하겠지만 제가 한 게 아니에요. 서리용을 부른 것도, 용마왕 숭배자들이 부른 천둥용과 맞붙인 것도."

"같잖은 변명 집어치워!"

"하아."

레논이 한숨을 쉬었다. 그리고는 고개를 절레절레 저으며 말했다.

"뭐, 해야 할 말만 하지요. 산 입구로 가면 수호그림자들이 두 분을 용마왕자가 있는 곳으로 안내할 거예요. 언제 용마왕자의 자취를 놓칠지 모르니 빨리 가보세요."

"……"

아젤은 이를 갈며 제타와, 그 뒤에 숨은 레논을 노려보았다. 마음 같아서는 이 자리에서 제타를 박살 내고 레논까지 죽여 버리고 싶었다.

카이렌이 그의 어깨를 짚었다.

"심정은 십분 이해하지만, 나중으로 미뤄 두지."

"…그러지요."

아젤과 카이렌이 몸을 돌렸다. 그리고 질풍처럼 산 입구를 향해 뛰어갔다.

레논은 사람들의 눈길이 자기에게 향한 것을 느끼고는 마법을 써서 자신과 제타의 모습을 감추었다. 그리고 마을을 빠져나가는데 제타가 말했다.

〈놀랍군.〉

"음? 뭐가요?"

〈그 남자, 역시 지켜볼 가치가 있었다.〉

해골의 눈구멍 안쪽에서 강렬한 빛이 뿜어져 나왔다.

7

아젤과 카이렌은 수호그림자들의 인도를 받아서 산을 올랐다. 험준한 산악 지형, 심지어 해가 저물어서 어두운 상황에서도 두 사람의 이동속도는 전혀 느려지지 않았다.

하지만 산 중턱에 이르자 양옆의 높은 지형에 매복해 있던 도적들이 화살을 쏘았다.

"흠!"

두 사람은 전혀 당황하지 않았다. 사전에 그들의 존재를 눈치채고 있었기 때문이었다.

파파파파파파!

둘이 휘두르는 검의 궤적을 따라 투명한 힘의 파랑이 일어나면서 화살들을 막아내었다. 급습을 가한 도적들이 당황하는 사이 아젤이 말했다.

"시선 감지는 완전히 몸에 붙이셨군요."

"아주 쓸 만한 기술이야."

시선 감지.

란스 산에 들어가서 수련에 매진하기 전, 아젤은 시선 감지를 터득할 방법을 카이렌에게 가르쳐 주었다. 스피릿 오더와 용령기는 서로 호환되는 부분이 많아서 쉽게 기술의 요체를 이해할 수 있었다.

그리고 지난 4개월간 카이렌은 그 기술을 완전히 터득해 냈다. 적들은 모습도, 기척도 완벽하게 감추고 있었지만 '본다'는 사실 자체를 지워 버리지는 못했다.

카이렌이 말했다.

"하지만 이놈들 내 눈에서 모습을 감추다니 대단하군. 세이가를 납치한 녀석이 없을 텐데?"

"고급 인력이 많은가 보죠. 지난번에도 이 정도 은닉술 펼치는 녀석들이 있었습니다."

아젤은 시선 감지만이 아니라 매복한 자들이 흘리는 정신 파동도 읽어냈다. 인간이 상황에 집중할 때 자연스럽게 외부로 발산되는 정신 파동을 감추지 못한 걸로 봐서 아리에타를 납치하기 위해 투입했던 용 그림자의 인원들 이하의 실력이다.

적들이 또다시 활에 화살을 메기는 것을 본 아젤과 카이렌이 서로 반대편으로 뛰었다. 그리고 그대로 벼랑을 타고 달려

올라가서 적들을 덮친다.

파하하하학!

섬전처럼 휘둘러지는 검이 피보라를 일으켰다. 아젤도, 카이렌도 너무 빨라서 적들은 아예 그들의 움직임을 제대로 보지도 못했다. 아니, 그걸 넘어서 자기가 언제 베였는지조차 모르는 채 솟구쳤던 핏방울들에 묻히듯이 무너져 갔다.

"이렇게 쉽게?"

투명술로 모습을 감춘 채 허공에 떠 있던 마법사가 당황했다. 니베리스와 용 그림자의 관계가 그러했듯이, 하부 활동조직에 속한 그는 제대로 된 정보를 받지 못했다. 하지만 그래도 카이렌이 강력한 용마력의 향취가 느껴지는 용마족이라 긴장하고 있었는데 상황이 완전히 예상을 초월해 버렸다.

그리고…….

퍼억!

어느 순간 아래쪽에서 섬뜩한 소리가 울려 퍼졌다.

"어……?"

마법사는 멍청한 표정으로 아래쪽을 바라보았다. 그리고 자기 배에 조금 전까지만 해도 없던 무언가가 솟아나 있는 것을 발견했다.

'아니야, 이건…….'

솟아난 게 아니다. 지상에서 날아온 검이 그의 복부를 관통해 버렸다.

충격과 공포 속에서 뭔가 대처를 하려고 했지만 늦었다. 그에게 꽂힌 검이 살아 있는 것처럼 움직이면서 상반신을 비스듬히 베어버렸다.

"아악!"

비명을 지르며 떨어진 마법사가 그대로 절명했다. 그리고 그를 꿰뚫은 검이 허공에서 방향을 바꾸어 아젤의 손으로 돌아왔다.

하지만 그것은 속임수였다. 아젤의 손에 잡히나 싶었던 검이 순식간에 방향을 바꾸더니 옆에 있던 바위를 관통했다.

"크워!"

바위 뒤쪽에서 인간의 것이 아닌 비명이 울려 퍼졌다. 그리고 곧바로 거구의 오크가 몸을 날렸다. 다른 오크보다 머리 두 개 정도는 더 큰, 불그스름한 피부에 바위 같은 근육을 꿈틀거리는 오크가 가슴에서 피를 흘리고 있었다.

아젤이 염동으로 검을 다시 되돌아오게 해서 쥔 다음 올려다보았다.

"이 산의 산적 두목 오크라는 게 네놈이었나 보군."

"이노옴, 약해 빠진 인간 주제에 감히!"

"미리가 팅팅 빈 오크 주제에 인간의 말을 매끄럽게 하는 걸 보니 정상이 아니구나. 시간 없으니 빨리 덤벼라."

아젤이 그를 노려보았다. 다음 순간, 오크가 달려들었다. 스피릿 오더 수련자 뺨치는 속도였다. 인간이라면 두 손으로 들어야 할 것 같은 커다란 철퇴를 강맹하게 내려친다.

쫘앙!

폭음이 울려 퍼지며 암석이 박살 나서 튀어 올랐다. 맞았다가는 뼈도 못 추릴 위력이다. 남들과는 격이 다르다는 듯 거들먹거리던 인간 기사들도 죄다 가볍게 날려 버린 철퇴였다.

하지만 빗나갔다. 그 순간 오크는 몸을 날리며 옆으로 철퇴를 휘둘렀다.

파아앙!

그 옆으로 돌아간 아젤의 검과 오크의 철퇴가 격돌하며 공기가 쩌렁쩌렁 울렸다.

커다란 철퇴에 비하면 아젤의 검은 가느다랗게 보여서 전력으로 부딪쳤다가는 부러져야 할 것 같다. 그런데 검이 멀쩡한 것은 물론, 아젤도 그 자리에서 한 발짝도 물러나지 않았다.

아젤이 차분한 목소리로 물었다.

"이게 전력인가?"

"크우! 이노옴!"

분노한 오크의 눈이 핏빛으로 물들었다. 동시에 강렬한 마력 파동이 쏟아져 나오면서 철퇴가 빛을 발한다.

아젤은 오크가 철퇴를 들어 올리는 것을 기다려 주었다. 동시에 자신은 검을 아래쪽으로 늘어뜨리면서 마력을 일으킨다.

"죽어라!"

오크가 외치면서 빛나는 철퇴를 내려쳤다.

동시에 벼락이 쳤다.

꽈르릉! 꽈광!

"크우······?"

순간 오크는 눈앞에 시퍼런 섬광이 솟구치는 것을 보았다.

그것으로 끝이었다.

푸른 전광을 휘감은 아젤이 유유히 그를 스쳐 지나가고 있었다. 오크는 이질적일 정도로 여유로운 그의 행동을 이해할수가 없어서 손을 뻗어 잡으려고 했다. 그리고 깨달았다.

자기 팔이 존재하지 않는다는 것을.

아니, 팔만이 아니었다. 그의 상반신 절반이 시커멓게 타서날아가 버렸다. 뇌격을 발하는 아젤의 검이 그의 팔을 철퇴째로 날려 버리고, 그것으로도 모자라서 몸까지 박살 냈다.

'이런 말도 안 되는……!'

오크는 믿을 수 없다는 듯 눈을 부릅뜬 채로 무너져 내렸다.

아젤은 뒤돌아보지 않았다. 그대로 자리를 박차고 뛰어내리는 그를 보며 카이렌이 말했다.

"오래 걸리면 도와주려고 했는데 그럴 것도 없었군."

그러는 그도 매복해 있던 무리들을 죄다 정리한 후였다. 아젤이 말했다.

"냄새가 나는군요."

"뭔 소린가?"

"저 오크, 제가 아는 어떤 오크 변종하고 비슷합니다."

"어떤 오크 변종?"

"나중에 자세히 설명해 드리죠."

"자네가 설명해 줘야 할 게 아주 많아. 알아두게."

"제 예상대로라면 더 많아질 겁니다. 그럼 가지요."

두 사람은 수호그림자들을 따라서 달렸다.

멀리서 그 광경을 지켜보는 눈길들이 있었다. 예언지킴이로써 오미크론이라는 코드네임을 가진 자레스도 그중 하나였다. 자레스가 혀를 찼다.

"멋진데. 용마왕자 휘하의 기사들도 고전한 놈이었는데 저걸 일격에 날려 버리나?"

그들은 아젤이 시선을 눈치채지 못하도록 지켜보고 있었다. 시선 감지의 능력을 가진 아젤을 상대로 그럴 수 있는 이유는 간단했다. 그들이 직접 보고 있는 게 아니었다.

자레스를 포함, 그 자리에 모인 네 명의 예언지킴이는 모두 눈을 감고 있었다. 그들 사이에 멍청하니 떠 있는 수호그림자와 시선을 공유하기 위해서였다. 상식을 벗어나는 정보 전달 능력으로 용마왕 숭배자들을 감시하는 수호그림자에게는 이런 원거리 시각공유 능력도 있었던 것이다.

그들이 말했다.

"레논의 보고와는 완전히 다른데?"

"시간이 좀 지나긴 했지만… 그래 봤자 아직 반년도 안 됐지."

"고작 그 기간 동안 인간이 저렇게 달라질 수 있나?"

"글쎄. 당시에도 기술은 매우 뛰어났다고 했지 않은가. 지금 보여준 건 당시의 정보로도 납득 가는 일 같은데."

"흠. 고위 스피릿 오더 수련자 눈으로 보면 그런가? 내 눈에는 압도적으로 보이는데……."

그들은 아젤의 무위를 품평했다. 자레스가 말했다.

"계획했던 것과는 좀 달라졌지만, 괜찮은 상황을 만들 수 있을 것 같군."

"오미크론."

"왜?"

"일단은 아젤 제스트링어를 시험하는 것보다는 저 용마왕 숭배자를 잡고 용마왕자를 구출하는 걸 우선으로 삼아야 한다고 보네만?"

"그거야 수호그림자들도 있고 입실론이 '잠들지 못하는 수호자들' 을 꺼냈으니 문제없을 거라고 보는데?"

"그래도……."

"뭐 일단 두고 보라고. 나도 그쪽이 중요하다는 건 알고 있어."

키득거리며 웃던 자레스가 그 자리를 벗어났다. 전혀 믿음이 안 가는 웃음에 예언지킴이들이 서로를 보며 눈살을 찌푸렸다.

8

아젤의 짐작대로, 라우라 아운소르는 이미 세이가를 제압했다.

세이가는 강했다. 하지만 그 강함은 진정한 비술이 실전된 바깥세상에서나 통용되는 수준이었다. 세이가가 열다섯 살의 소년이라고는 생각할 수 없는 놀라운 투혼을 발휘했음에도 라우라의 옷깃조차 상하게 하지 못했다.

하지만 라우라도 세이가를 제압하는 데 제법 시간을 들였다. 최소한의 상처만 입힌 채로 데려가야 했기 때문이다. 세이가의 힘이 다해 쓰러진 것은 최초의 격돌 후 두 시간이 지난 후였다.

이때 라우라는 전혀 예상치 못한 문제에 봉착했다.

'어떻게 된 거지?'

수호그림자가 그녀를 추적해 왔다.

이번 일에 수호그림자의 눈길을 피하기 위해서 부하들이 신중을 기했을 것이다. 굳이 용마왕 숭배자라고는 할 수 없는 도적단을 준비해서 사람 눈길이 없는 곳까지 용마왕자를 꾀어낸 것도 그런 이유였다.

용마왕자가 몸소 정찰에 나서서 본대와 떨어진 것은 행운이었다. 솔직히 얼마나 자기가 귀한 몸인 줄 몰라야 그럴 수 있는지 의문이 들 정도다.

원래는 라우라가 인간으로 위장한 채로 세이가를 꾀어낸 다음 비탄의 미궁으로 격리해 버릴 계획이었다. 그런데 세이가가 본대와 떨어져 준 덕분에 중간 과정을 생략할 수 있었다. 본대는 세이가가 어째서 실종된지조차도 모르는 채로 패퇴했다.

여기까지 수호그림자가 개입해 올 여지는 전혀 남기지 않았다. 그런데도 기다렸다는 듯이 비탄의 미궁 주변을 포위하고 있었다.

비탄의 미궁은 공간을 왜곡시켜 외부와 단절된 공간을 만들어낸다. 하지만 이걸 풀고 나갈 때는 출구가 정해져 있었다.

라우라는 슬금슬금 그 출구를 이동시켜 보았지만 수호그림자는 귀신같이 눈치채고 계속 쫓아왔다.

'귀찮게 됐네.'

시간이 지날수록 수호그림자는 각지에서 몰려들어서 수가 늘어날 것이다. 그렇게 판단한 라우라는 만약을 대비해 준비해 둔 비장의 수를 동원했다.

이 산 깊숙한 곳에서 살고 있던 천둥용을 불러낸 것이다.

용살의 의식을 미끼로 동원한 천둥용은 주저 없이 수호그림자를 덮쳤다. 그런데 여기서 또 예상외의 사태가 벌어졌다.

'저자들도 용을 움직였다?'

근방에서 서식하는 서리용이 나타나서 천둥용과 싸우기 시작했다.

용을 움직이는 것은 그러고 싶다고 뚝딱할 수 있는 게 아니다. 미리 용살의 의식을 조건으로 걸고 교섭을 해야 한다. 태곳적 계약에 의해, 이 교섭에서 거짓을 말하는 건 용서받지 못할 일이다.

위대한 용마왕의 말씀에 따르면 그들은 어떤 집단이 용살의 의식을 대가로 삼은 교섭에서 거짓을 말했을 경우, 종족 전체가 그 불신을 공유한다고 했다. 그렇기에 어둠의 설원에서는 반드시 그들과 용살의 의식을 치를 용사를 준비해 두고 교섭에 임해왔다.

수호그림자가 용마왕자 납치를 사전에 예측하는 거야 얼마든지 있을 수 있는 일이다. 라우라도 애당초 그 점을 염두에 두고 움직였다.

하지만 저들이 용을 준비한 건 도저히 이해할 수 없는 일이다. 단순히 이쪽이 일을 벌일 것에 대비한 게 아니라 확신이 있었다는 말인가?

'도무지 알 수가 없네.'

그래도 그녀는 위기감을 느끼지 않았다. 세이가를 제압한 시점에서 그녀가 할 일은 끝난 거나 마찬가지다. 시간을 끌면 원군이 와서 목숨을 버려 가면서라도 탈출로를 열어줄 것이다. 그때부터는 용마왕 아테인의 유산 '공허의 길'을 쓸 수 있는 지점까지 적을 피해 달아나는 일만 남는다.

그런 생각으로 바깥 상황을 주시하던 라우라의 예상을 벗어나는 일이 벌어졌다.

'저 남자는⋯⋯.'

조직에서 공들여서 준비한 변종 오크를 순식간에 해치운 채 이곳을 향해 접근해 오는 붉은 머리칼의 남자는 라우라도 알고 있는 이였다.

아젤 제스트링어.

용마왕의 직계 혈손이며, 일단은 라우라의 경쟁자이기도 한 니베리스에게 실패를 안겨준 정체불명의 인간.

'저 남자, 정말로 닮았어.'

라우라의 눈에 호기심이 떠올랐다.

9

"이게 눈물 자국이라는 건가?"

카이렌은 아젤이 가리킨 곳을 보며 말했다. 허공의 한 지점, 마치 거기에만 작은 아지랑이가 피어오른 것처럼 그 너머가 일그러져 보이는 곳이 있었다. 그것은 마치 벽에 붙은 물방울처럼 서서히 흘러내리면서 사라져 갔다.

아젤이 말했다.

"맞습니다."

"흠. 눈여겨보지 않으면 알아차릴 수도 없겠군."

고작해야 손가락만 한 자국이다. 그런 것이 군데군데 수십 미터의 거리를 두고 흩어져 있어서 미리 알고 보지 않으면 도저히 알아차릴 수 없을 것 같았다. 어둑어둑한 밤의 산이니 더욱 그랬다.

아젤이 말했다.

"사용자가 상당히 미숙하군요."

"어떤 이유로?"

"이 정도로 눈에 띄게 흔적을 남기고 있으니까요. 원래 이것보다 훨씬 작은 자국만 남습니다. 고작해야 작은 빗방울 정도… 그리고 금방 사라지죠."

"직접 본 것처럼 이야기하는군?"

"봤었지요."

"……"

아젤은 알 수 없는 미소를 지어 보이고는 수호그림자를 바라보았다. 그런데 그때였다.

"당신이 갈 곳은 이쪽이 아니야."

옅은 붉은 머리칼 아래로 귀티가 좔좔 흐르는 오만한 인상의 청년이 수호그림자들 사이에 나타났다. 아젤이 말했다.

"누군지 모르겠지만 몸을 사리는 걸 보니 나한테 맞을 일이 있나 보군."

"무슨 말을 하는지 모르겠는데?"

"시시한 환영 따위로 나를 속이려고 들지 말란 말이다, 멍청아."

아젤의 '진실의 눈'은 모든 환영을 꿰뚫어 보는 능력이다. 청년이 수호그림자 중 하나에 환영을 덧씌워서 그럴싸한 실체처럼 위장한다는 것을 단번에 알아차렸다.

청년이 휘파람을 불었다.

"이야, 대단한데? 하긴, 바로 앞에서 변했으니 아무리……."

"네가 조잘거리는 걸 들어줄 시간이 없는데. 볼일이 있으면 그거나 빨리 지껄여."

"흠. 상당히 위압적인 성격이군. 내 이름은 자레스. 아니면 오미크론이라고 불러도 상관없고. 당신을 시험하는 예언지킴이 중의 하나다."

"시험이라. 그 레논이라는 녀석과 한패거리인가?"

"나와는 당신에 대한 견해가 다르지만. 어쨌든 우리는 당신을 시험하고 있어. 좀 잘 보이려고 노력하면 좋을 텐데?"

"네놈들의 빌어먹을 시험 따위 알 바 아니야. 지금 네놈이 어디에 있는지도 알았어. 더 시간을 끈다면 쫓아가서 두들겨 패주지. 수호그림자가 자신을 감추는 능력이 제법 괜찮은가 본데, 그걸로 내 눈을 피해서 달아날 수 있을지 시험해 볼 기회를 주마."

"하하. 허세가 대단……."

"두 걸음 옆으로 움직였군. 네 기준에서, 왼쪽으로."

"……."

자레스의 표정이 굳었다.

아젤이 말했다.

"이제 내 말이 허세가 아니란 걸 믿겠나? 어떻게 했느냐고 묻지 마. 자, 마지막 경고다. 네가 하고 싶은 다른 모든 말을 머릿속에서 지워. 해야 할 말만 해라. 안 그러면 너희 의도가 어떻든 간에, 너희가 무엇을 바라든 간에… 너부터 쫓아가서 죽인다."

"하……."

"수호그림자를 곁으로 불러들이고 있군. 그들이 충분한 수가 모이면 너를 지켜줄 수 있으리라고 확신하나? 그럴지도 모르지. 굳이 나를 적대해서 확인해 보고 싶으면 계속 시간을 끌도록 해."

아젤이 얼음장처럼 차가운 표정으로 청년의 환영을 노려보며 말했다. 목소리에 아무런 감정이 실리지 않은 것이 더욱 섬뜩한 느낌을 주었다.

이 순간, 아젤은 스피릿 오더의 비술을 사용하고 있었다.

'진실의 눈'으로 환영을 꿰뚫어 보고, 환영을 투영하고 있는 본체의 움직임을 파악한다. 그리고 목소리에 교묘하게 마력을 실어서 정신적인 동요를 일으킨다.

자레스가 양손을 들었다.

"아, 좋아. 원하는 대로 해주지. 당신은 용살의 의식을 치러 줘야겠어."

"지금 말인가?"

"그래, 지금 싸우고 있는 두 용 중의 천둥용은 용마왕 숭배 자들이 부른 것이고, 서리용은 내가 불러낸 거야. 원래는 당신 을 상대하게 하려고 준비해 둔 용이었는데 예정이 어긋났지."

"나를 상대하게 하려고 했다? 용살의 의식으로 나를 시험하 려고 했다는 건가?"

"비슷해. 좀 다르지만."

자레스가 이죽거렸다.

아젤이 눈살을 찌푸리며 물었다.

"어떻게 용을 움직였지?"

"용살의 의식을 미끼로."

"역시 그랬군."

그럴 줄 알았다는 아젤의 태도에 자레스가 의아해했다.

"짐작하고 있었나?"

"그거 말고 다른 수단이 없거든. 사실 별로 남는 장사가 아 닐 텐데, 그래도 하려는 놈들이 있을 법하지."

이미 용마전쟁 때도 전술적으로 써먹었던 수법이었다. 용마왕군만이 아니라 아군 쪽에서도.

하지만 별로 영리한 방법은 아닌지라 실제로는 거의 쓰이지 않았다. 두 가지 문제가 발생하기 때문이다.

첫 번째는, 이후에 반드시 용살의 의식을 감당해야 한다는 것이다. 용과 일대일로 싸우는 것은 별로 권장할 만한 일이 아니다. 한창 전쟁 중이라 강한 전력이 귀중한 상황에서는 더더욱.

두 번째는, 그런 방법으로 용을 동원해도 용살의 의식으로 막아버릴 수 있다는 것이다. 자격 있는 자가 용살의 의식을 청한다면 용은 무조건 거기에 응한다. 심지어 그렇게 해서 용이 패한다면 적 좋은 일을 시켜주는 꼴이다.

아젤이 말했다.

"뭐 좋아. 멍청한 네놈이 어떤 쓰레기 같은 시험을 계획했건 상관없지. 요는 내가 저 천둥용을 용살의 의식으로 붙잡으면 서리용을 움직여서 아운소르의 계승자를 치겠다는 건가?"

"그래."

"알겠다. 간단해서 좋군."

아젤은 그렇게 말하고는 눈을 치켜떴다.

"거절한다."

"뭐?"

"내가 네놈의 말을 따라야 할 이유가 없으니까. 다음부터 그런 짓을 할 거면 인질이라도 잡고 해라. 물론 그만큼 네게 돌아갈 보복이 고통스러워지겠지만."

"흠. 자꾸 이렇게 나오면 예언의 사람은커녕 수호그림자를

적으로 돌리는 거라고 판단할 수도 있는데?"

"지금 그게 협박이 된다고 생각하는 거냐?"

아젤이 코웃음을 쳤다. 그리고 경멸 어린 눈으로 자레스를 노려보았다.

"멍청아, 하나 충고해 주마."

순간, 자레스의 표정이 고통으로 일그러졌다.

"큭, 이건… 도대체……."

"세상에 '대화'를 나누는 수단에 진정한 일방통행은 없다."

스피릿 오더의 비술은 인간의 모든 감각을 비술을 거는 매개로 사용한다. 마력 감각은 물론이고 시각, 청각, 통각, 미각, 후각 전부가 공격 대상이다.

처음부터 환영을 간파한 아젤은, 대화를 나누면서 마법의 발신지를 찾아냈다. 그리고 눈빛과 목소리에 마력을 실어서 자레스에게 고통을 선사했다.

심장을 쥐어뜯는 고통에 자레스가 비명조차 지르지 못하고 넘어졌다. 아젤은 돌아서면서 카이렌에게 말했다.

"가죠."

"흠. 아주 맘에 들어. 그래야 내가 인정한 녀석답지."

"보면 볼수록 수호그림자라는 조직이 참 콩가루 집단이군요."

"나도 그렇게 생각하네."

아젤과 카이렌은 괴로워하는 자레스의 환영을 무시하고 걸었다. 그런데 그때였다.

"당신… 닮았어."

소녀의 목소리가 들려왔다.

동시에 수호그림자 위쪽에서 험준한 산과는 너무나도 안 어울리는 모습의 소녀가 홀연히 모습을 드러낸다. 세이가를 제압한 아운소르의 후예, 라우라였다.

10

비탄의 미궁에서 빠져나온 라우라는 용마기 비탄의 잔을 들고 있지 않았다. 하지만 아젤은 그녀를 보자마자 말했다.

"또 용마족 여자군. 네가 아운소르의 계승자인가?"

"내가 용마족으로 보여?"

라우라가 무표정한 얼굴로 고개를 갸웃했다. 겉모습으로만 보면 그녀는 완벽한 인간이었다. 심지어 흘리는 파동조차도 용마력이 아니라 마력이다.

카이렌이 물었다.

"어딜 봐도 인간 아닌가?"

"아닙니다."

"모습이야 그렇다 치고, 용마력을 지니지도 않았는데?"

그 물음에 아젤이 라우라를 보며 말했다.

"뿔과 용마석이 눈동자랑 같은 색이군. 눈 색깔을 보고 찍었다고 여길 수도 있으니 자세하게 말해주지. 뿔은 깃털을 닮은 모양에 위로 휘어서 펼쳐져 있어."

"…어떻게 알아본 거야?"

라우라는 신기해했다. 하지만 표정 변화는 거의 없어서인지 인간미가 별로 느껴지지 않는, 인형처럼 아름다운 용모였다.

그녀가 위장을 풀었다. 정교한 환영이 사라지면서 용마족의 모습이 드러났다.

아젤이 말한 대로였다. 긴 금발에 자수정 같은 눈동자, 백옥 같은 피부 위로 깃털 모양의 자수정 공예품처럼 위로 휘어서 펼쳐진 뿔이 나타났다. 손등에 박혀서 영롱한 빛을 발하는 용마석 역시 같은 색을 띠었다.

동시에 강대한 용마력 파동이 퍼져 나가기 시작했다. 카이렌이 경악했다.

"이런 힘을, 완벽하게 인간의 마력으로 위장하고 있었다고?"

놀랍게도 라우라의 용마력은 카이렌을 능가했다. 카이렌이 자기보다 강한 용마력을 지닌 용마족을 처음 보는 건 아니지만, 그것을 완벽하게 마력으로 위장했다는 점에는 놀랄 수밖에 없었다.

아젤이 말했다.

"용마왕 숭배자들은 하나같이 용마력의 향취를 감추는 솜씨가 비상하군. 특수한 마법이라도 개발했나?"

용 그림자의 일원들도, 니베리스도 마찬가지였다. 다른 건 몰라도 용마력을 감추는 솜씨는 정말 일품이었다.

라우라가 물었다.

"아젤 제스트링어, 맞지?"

"맞다. 넌 길고 귀찮은 방식으로 안 부르는군."

"죄 깊은 이름을 가진 자?"

"그래."

"거기에 대해서 우리 혈족은 좀 견해가 달라서……."

"음?"

"우리 모두가 아젤이라는 이름을 죄 깊은 이름이라고 부르지는 않……."

파지지지직!

순간 그녀의 앞에서 푸른 스파크가 튀었다.

아젤이 급습을 가한 것이다. 분명히 저 앞에 아젤이 있는데 또 하나의 아젤이 나타나서 공격을 가한 것에 라우라는 깜짝 놀랐다.

"응? 분신?"

마주한 상태에서 분신을 만들고 바꿔치기를 하는데 자신이 못 알아봤단 말인가?

의아해하는 순간, 공격을 가한 아젤이 사라졌다. 이쪽이 그림자의 춤으로 만든 분신이었던 것이다. 동시에 진짜 아젤이 순동법으로 뛰어 들어왔다.

'천둥용의 발톱!'

검이 뇌격을 뿜어냈다.

꽈르릉! 꽈광!

그 일격으로 라우라의 방어막이 종잇장처럼 찢어져 버렸다. 니베리스와 싸울 때와는 비교도 안 되는 위력이었다.

하지만 공간을 불태우는 뇌광 저편에서 새하얀 섬광이 뿜어져 나왔다.

파아아아아아!

아젤이 급히 몸을 틀어서 그것을 피했다. 땅에 착지한 아젤이 투덜거렸다.

"절연화. 빠르군."

라우라는 아젤이 공격해 오는 순간, 실체의 검이 닿는 거리 밖으로 몸을 뺐다. 그리고 절연화 마법을 통해서 뇌격을 흘려 버린 것이다.

아무리 용마족의 반응 속도가 빠르다고 해도 사전에 아젤이 뇌격을 사용할 것을 예측하지 못했다면 불가능한 방어다. 라우라가 아젤의 마력 흐름을 보고 기술의 속성을 읽어냈다는 증거였다.

라우라가 말했다.

"대단해."

동시에 그녀의 앞에 섬광이 내리꽂혔다.

우우우우우우!

동시에 압도적인 용마력의 파동이 퍼져 나갔다. 카이렌이 경악했다.

"뭐지?"

라우라가 아니라 저 섬광에서 웬만한 용마족을 능가하는 용마력이 뿜어져 나온다. 아젤이 눈을 가늘게 떴다.

"비탄의 잔… 정말로 남아서 계승되었군. 어떻게 그럴 수 있었는지는 모르겠지만."

네 명의 용마장군 중 하나, 아운소르가 자랑하던 용마기 비탄의 잔.

용마전쟁 당시에 존재했던 용마기 중에서도 손에 꼽을 정도로 강력했던 용마기가, 아젤이 기억하는 모습 그대로 라우라의 손에 쥐어져 있었다.

잠시 동안 아젤을 빤히 바라보던 라우라가 말했다.

"정말로 닮았어."

"무슨 소리지?"

"당신 얼굴, 닮았어. 기록 속의 아젤 카르자크와."

"……"

"그의 후손이야? 그의 후손이 없다고 하지만, 인간은 아주 쉽게 자손을 잉태하니까… 그럴 수도 있다고들 했었어."

"글쎄."

아젤은 건성으로 대답하면서 라우라의 허점을 살폈다. 하지만 비탄의 잔을 든 그녀는 조금 전과는 달리 틈이 보이지 않았다. 본신의 용마력과 비탄의 잔의 용마력이 공명하면서 어마어마한 압박감을 쏟아낸다.

잠시 아젤을 바라보던 라우라가 말했다.

"지금은 당신과 싸우지 않을 거야."

"과연 마음대로 될까? 아무리 비탄의 잔을 가졌다고 해도……"

거기까지 말하던 아젤이 흠칫해서 고개를 들었다.

"…어째서?"

육중한 소음이 울리며 지면이 뒤흔들렸다. 산 위로 거대한 그림자가 날개를 펼치고 날아올랐다.

천둥용이었다. 서리용과 격렬하게 싸우고 있었던 천둥용이 뇌광을 휘감은 채로 다가오고 있었다.

라우라가 말했다.

"용의 주의를 돌리는 건 쉬운 일이야. 목숨을 내던져 가면서 싸울 상대만 준비할 수 있다면."

"용살의 의식인가?"

"응."

라우라는 순순히 긍정했다. 용마왕 숭배자들이 용살의 의식을 통해서 서리용을 끌어내서 천둥용을 자유롭게 한 것이다. 라우라가 여유를 잃지 않았던 것은 이때를 기다리고 있었기 때문이었다.

"당신과 용검공작에 수호그림자까지 전부 상대하는 건 무리야. 그건 용에게 맡길게."

"큭……!"

낭패한 표정의 아젤 앞에서 라우라의 주변 공간이 물결처럼 일그러지기 시작했다. 그 속으로 라우라가 자취를 감춘다.

동시에 천둥용의 머리에 달린 세 개의 뿔이 빛나면서 뇌격이 쏟아졌다.

쫘르르릉! 꽈과광!

뇌격이 그 자리를 휩쓸면서 흙먼지가 자욱하게 피어올랐다.

주변에서 수백 명의 아이가 속삭이는 것 같은 소음이 울려 퍼졌다. 뇌격에 휩쓸린 수호그림자들이 흘리는 신음이었다.

그 속에서 아젤이 물었다.

"괜찮으십니까, 공작님?"

"그럭저럭. 지금 그 수법, 나중에 가르쳐 줄 수 있겠나? 얄미울 정도로 편하게 방어하는군."

용의 뇌격을 카이렌이 방어막으로 버텨낸 데 비해 아젤은 절연화로 거의 힘을 안 쓰고 흘려 버렸다. 아젤이 피식 웃었다.

"그러지요. 그리고 아주 유감스러운 사실 한 가지를 말씀드려야겠습니다."

"뭔가?"

"짜증나지만, 그 멍청한 놈의 계획을 따라야 할 것 같아요."

"왠지 그 이야기일 것 같았지."

"그러니까 왕자님 구출은 공작님께 맡기겠습니다. 저는……."

아젤은 크게 날갯짓을 하며 산 둔덕에 내려서는 천둥용을 노려보았다.

"용살의 의식을 치르기로 하죠."

『용마검전』 4권에 계속…

The Record of **Dragon's Return**

푸른 하늘 **장편 소설**
FUSION FANTASTIC STORY

재중 귀환록

『현중 귀환록』, 『바벨의 탑』의
푸른 하늘 신작!
이계를 평정한 위대한 영웅이 돌아왔다!

어느 날 갑자기 찾아온 부모님의 죽음.
그리고 여동생과의 생이별.
모든 것을 감당하기에 재중은 너무 어렸다.
삶에 지쳐 모든 것을 포기할 때, 이계에서 찾아온 유혹.

"여동생을 찾을 힘을 주겠어요.
…대신 나를 도와주세요."

자랑스러운 오빠가 되기 위해!
행복한 삶을 위해!

위대한 영웅의
평범한(?) 현대 적응이 시작된다!

Book Publishing CHUNGEORAM

유행이 아닌 자유추구 -
WWW.chungeoram.com

김현우 퓨전 판타지 소설

레드 크로니클
Red Chronicle

『드림워커』, 『컴플리트 메이지』의 작가
김현우가 색다르게 선보이는 자신작!

『레드 크로니클』

백 년의 세월 검을 들고 검의 오의에
다가선 남자 티엘 로운.

모든 것을 베는 그가 마지막으로
검을 휘둘렀을 때
그를 찾아온 것은 갈라진 시공간,
그리고… 자신의 젊은 시절이었다!

"하암, 귀찮군."

검의 오의를 안 남자가 대륙을 바꾼다!
티엘 로운의 대륙 질풍기!

Book Publishing CHUNGEORAM

유행이 아닌 자유추구 -
WWW.chungeoram.com

전혁 新무협 판타지 소설
FANTASTIC ORIENTAL HEROES

王侯將相
왕후장상

용마검전
FANTASY FRONTIER SPIRIT
김재한 판타지 장편 소설

「폭염의 용제」, 「성운을 먹는 자」의 작가 김재한!
또다시 새로운 신화를 완성하다!

『용마검전』

사악한 용마족의 왕 아테인을 쓰러뜨리고
용마전쟁을 끝낸 용사 아젤!

그러나 그 대가로 받은 것은 죽음에 이르는 저주.
아젤은 저주를 풀기 위해 기나긴 잠에 빠져든다.

그로부터 220년 후…….

긴 잠에서 깨어난 아젤이 본 것은
인간과 용마족이 더불어 살아가는 새로운 세상이었다.

Book Publishing CHUNGEORAM

유행이 아닌 자유추구~
WWW.chungeoram.com

연재 사이트 베스트 1위!
어디에서도 볼 수 없었던 천재 의사가 온다!

『메디컬 환생』

언제나 실패만 거듭해 온 의사 진현,
그런 그에게 찾아온 인연의 끈이 있었으니.

"다시 삶을 살면… 어떤 삶을 살고 싶으신가요?"

다시 한 번 주어진 인생
이번엔 반드시 성공하리라!

Book Publishing CHUNGEORAM   유행이 아닌 자유추구 -
WWW.chungeoram.com